작전명 회상!

회상이라 쓰고, 미래라 읽는다

작전명 회상!
초판 1쇄 인쇄_2021년 2월 15일 | **초판 1쇄 발행**_2020년 2월 18일
지은이_박가영 · 김운화 · 박은주 · 김민서 · 유가은 · 김유미 · 김기홍 · 송인경 | **엮은이**_김은숙
펴낸이_진성옥 외 1인 | **펴낸곳**_꿈과희망
주소_서울시 용산구 한강대로 76길 11-12 5층 501호
전화_02)2681-2832 | **팩스**_02)943-0935 | **출판등록**_제 2016-000036호
e-mail_jinsungok@empal.com
ISBN_979-11-6186-088-6 43810
※ 책 값은 뒤표지에 있습니다.
※ 새론북스는 도서출판 꿈과희망의 계열사입니다.

2021 대구광역시교육청 책쓰기 프로젝트

여덟 청춘의 喜怒哀樂 미래 자서전

작전명 회상!

박가영 김운화 박은주 김민서 유가은 김유미 김기홍 송인경

김은숙 엮음

꿈과희망

「작전명 회상」 - 회상이라 쓰고, 미래라 읽는다.

이 책을 한 마디로 표현하자면 '미래와 회상의 콜라보레이션'이라 말할 수 있을 것입니다. 자신의 삶에 대해 회고할 미래의 그 어느 시점을 기준으로 각자의 삶에 대한 '희,노,애,락'을 담고 있지만, 단순한 미래의 상상을 담기보다는 구체적 상황과 이에 대한 성찰적 자세를 기반으로 쓴 작품이기 때문입니다.

방송 작가를 꿈꾸는 가영, PD를 꿈꾸는 운화, 소설가를 꿈꾸는 은주, 애니메이터를 꿈꾸는 민서, 과학수사관을 꿈꾸는 가은, 교육부 장관을 꿈꾸는 유미, 체육 교사를 꿈꾸는 기홍, 역사 교사를 꿈꾸는 인경.

8명의 청춘들은 자신이 꿈꾸는 삶에 대해 고민하고 또 고민하며, 자신만의 삶의 로드맵을 하나씩 그려나갔습니다. 그리고 그 로드맵을 완성하기 위해 끊임없이 자료를 찾고 이것을 바탕으로 미래의 삶을 채워가는 가운데, 때로는 '내가 과연 할 수 있을까?'라는 막연한 불안감을 느끼기도, 때로는 자신이 꿈꾸는 삶의 세상을 맘껏 펼쳐보는 무한 상상의 행복감을 느끼기도 했을 것입니다. 아마 이 책을 쓴 8명의 청춘들은 교사인 나보다도 훨씬 앞선 인생의 저만치에서 '희, 노, 애, 락'을 경험한 인생 선배가 아닐까 하는 생각이 듭니다.

책쓰기는 결과가 아닌 과정이다

코로나 펜데믹이란 경험하지 못한 상황속에서 온-오프라인을 오가며 글을 쓴다는 것은 결코 쉬운 일이 아니었지만, 8명의 청춘들은 자신의 꿈을 향한 기록을 한 글자, 한 글자 정성들여 써 내려 갔습니다. 서로의 글을 읽어주며 다독이며 조언하며 함께 힘든 여정을 겪어내고 이겨냈습니다. 힘든 시기에 이루어진 책쓰기 과정이이었기에 정말 '겪어내고 이겨냈다!'라는 말이 가슴에 절절하게 와닿습니다. 오프라인보다 피로감을 더 느꼈을 수 있는 시간의 온라인 화상 회의에서 누구 하나 흐트러짐없이 오히려 새벽이 가까워오는 시간이라 어쩔 수 없이 회의를 마쳐야 했음에 "우리 얼굴 보고 다시 한번 이야기하는 시간이 필요해요. 선생님 우리 만나면 안될까요? 만나서 더 많은 이야기하고 싶어요!"를 외쳤던 열정 덩어리들!

참 고맙고 기특한 나의 여덟 청춘에게 "고생했데이~~! 잘했데이~!!!"라는 말을 전하고 싶습니다.

2020년 12월

날국쌤 김은숙

■ 차례 • 작전명 회상!

• 들어가며
김은숙
004

삶, 문서를 채우는 일
박가영(방송 작가를 꿈꾸는 가영)
009

김PD 일기
김운화(PD를 꿈꾸는 운화)
041

늦어버린 내일은 찬란하다
박은주(소설가를 꿈꾸는 은주)
079

꿈을 향한 단 하나의 에움길
김민서(애니메이터를 꿈꾸는 민서)
109

kcsi
유가은(과학수사관 전문가를 꿈꾸는 가은)
143

최고의 작품은 내 안에 있다
김유미(교육부 장관을 꿈꾸는 유미)
173

받았던 것들을 나누기 위해
김기홍(체육 교사를 꿈꾸는 기홍)
207

그렇게 그들은 별이 되었다
송인경(역사 교사를 꿈꾸는 인경)
235

삶,
문서를
채우는 일

박가영

나의 작가 생활이 처음으로 시작된 곳은 고등학교 연극 동아리였다. 덕분에 대학교에서도 연극 동아리에 들어 꽤 많은 수상 경력을 만들 수 있었다. 이후 대학을 졸업하고, 방송 전문 교육기관인 방송 아카데미를 다니다 예능 작가로 방송국에 입사했다. 수많은 일이 있고 난 후, 현재는 미스터리 및 추리 전문 드라마 작가로 자리를 잡았다.

처음 글을 쓰기 시작한 시절부터 예능 작가를 거쳐 드라마 작가가 되기까지의 그 과정을 몇 가지의 에피소드를 통해 보여주려 한다.

목차

인터뷰를 시작하며

빈 문서

초고 및 퇴고

초고

퇴고

저장하기

저장

다른 이름으로 저장

작동이 중지되었습니다

불러오기

인터뷰를 마치며

인터뷰를 시작하며

Q. 안녕하세요, 작가님. 저는 직업칼럼 김예인 기자입니다.

A. 안녕하세요, 김 기자님.

Q. 인터뷰에 응해 주셔서 감사합니다. 시작하기에 앞서 본인 소개 먼저 부탁드릴게요.

A. 네, 저는 현재 드라마 작가로 활동하고 있는 박가영이라고 하고요. 미스터리와 추리 장르를 주로 집필합니다. 그리고 드라마 작가 생활을 시작하기 전에 20년 정도 예능 작가로도 활동했었어요. 대표작도 몇 개 있고요. 그리고 며칠 전에는 자서전도 출판했답니다.

Q. 아, 그 자서전 저도 봤어요. 제목을 〈삶, 문서를 채우는 일〉이라고 지으셨던데, 왜 이렇게 지으셨나요?

A. 보고서를 작성하거나 대본을 작성하는 등 문서 작업을 할 때 빈 문서를 보고 있으면 굉장히 막막하잖아요. 그리고 문서를 채우는 도중에도

이렇게 하는 것이 맞는 것인가, 하고 의심이 들기 마련이에요. 문서 파일이 오류로 날아갈 수도 있고요. 이런 것이 우리가 사는 삶과 비슷하다고 느껴졌어요. 빈 문서는 꿈을 확실히 정하지 못했던 저의 학창 시절, 문서를 채우는 기간은 저의 예능 작가 시절이지요. 그리고 그 문서를 완성하여 평가받을 때쯤은 죽음이 아닐까, 라는 생각으로 제목을 정해 봤어요.

Q. 듣고 보니 삶은 정말 문서 작업과 비슷하네요. 그렇다면 어쩌다가 작가를 꿈꾸게 되셨는지 그 과정을 들려주실 수 있으실까요?

A. 그럼요. 다양한 에피소드가 많답니다. 길다면 길고, 짧다면 짧은 제 이야기, 지금부터 들려드릴게요.

빈 문서

"너는 꿈이 뭐야? 진로는 정했어? 어느 학과 갈거야?"

이 세 가지 질문의 공통점은 미래에 대한 계획을 물어보는 것뿐만 아니라, 학창 시절에 누구나 한 번 이상은 들어봤을 말들이라는 것이다.

나 역시 이런 질문은 셀 수도 없이 들어보았는데, 그럴 때마다 내가 했던 대답은 한 가지가 아니었다. 초등학생 시절에는 기본 두 가지 이상은 말했고, 중학생 시절에는 잘 모르겠다는 대답을 하고는 했다.

내가 꾸었던 꿈들은 대부분 예체능 계열이었다. 초등학생 때는 신체 조건이 좋아야 하는 강력계 형사나 모델이 되고 싶었고, 중학생 때는 많은 실습 경험이 필요한 바리스타나 제빵사가 되고 싶었다.

이랬던 내가 고등학생이 되어서 갑자기 방송 작가로 길을 틀어야겠다고 생각한 것은 2학년 때 연극 동아리에 들어가고 나서부터였다.

연극 동아리에 들어간 이유도 단순했다. 당시 나의 취미 생활은 아이돌 덕질이었는데, 혹시나 방송 관련 직업을 내 꿈으로 잡아 방송국에 들어갈 수 있지 않을까? 하는 생각으로 들어갔었다. 또 방송국에 입사하면 연예인을 많이 만날 것 같다는 기대감도 함께 가지고 있기도 했다.

하지만 코로나라는 이름의 바이러스가 대유행하면서 우리가 참여할 수 있는 청소년 연극 대회가 대부분 취소되거나 연기되었다. 게다가 바이러스 예방을 위해 온라인 수업까지 하여 동아리 활동을 할 수 있는 시간도 별로 없었다.

그렇게 동아리에서 나의 꿈을 찾아보겠다는 야심찬 계획이 실패하는 줄 알았다. 그러던 중 다행히도 여름이 되고 등교 수업을 재개하면서 우리에게 희소식이 들려왔다.

"이 대회, 한 번 나가볼래?"

드디어 우리가 참가할 수 있는 대회가 진행된다는 소식이었다. 대유행 바이러스가 퍼지고 있는 만큼 우리는 고민할 수밖에 없었지만, 결국 대회에 참가하는 것으로 결론이 났다.

나는 동아리에서 작가라는 자리를 맡았는데, 동아리에는 1학년과 2학년밖에 없어서 작가 중에 혼자 2학년이었던 내가 얼떨결에 메인 작가까지 되었다.

주제는 우리나라 역사적 사건인 조선어학회 사건으로 정했고, 영화 〈말모이〉를 참고하여 대본 작성을 시작했다. 원래 영화 〈말모이〉를 재창작하려고 했었던 것으로 기억하는데, 어쩌다 보니 창작을 하게 되었다. 이유는 기억이 잘 나지 않는다.

일주일 정도 시간이 흐르고, 나를 포함한 4명의 작가들은 힘을 합쳐 약 1시간 분량의 두꺼운 대본을 만들어 내었다. 제목은 역사적 사건이라는 것을 유추할 수 있도록 〈조선말 큰사전〉으로 지었다.

대회는 예선에서 20팀 정도를 선발하여 본선을 진행하는 방식이었는데, 상황이 상황인지라 애초에 우리 학교를 포함한 5팀만 참가했었다. 그래서 우리는 쉽게 본선까지 진출할 수 있었다.

이렇게 상황은 아주 순조롭게 흘러갔다. 불안할 정도였다. 아니나 다를까, 대회 날짜가 다가올수록 코로나바이러스가 더 심해져 연습할 수 있는 시간이 점점 줄어들었다. 우리는 어떻게든 연습을 할 궁리를 계속 세웠지만, 도저히 답이 나오지 않았다. 시간은 속절없이 흘러갔다.

무대에 서기 약 열흘 전, 전년도 연극 동아리의 부원이었던 3학년 선배들이 찾아왔다. 선배들은 우리가 처한 상황을 듣고서는 단호하게 말해 주셨다.

"열흘 안에 완벽하게 못할 것 같으면 그냥 관두는 게 더 나아."

그 이후로도 우리에게 많은 말을 해주셨고, 그에 따른 우리의 고민은 더 깊어졌다. 솔직히 말해서 나는 나를 포함한 작가들이 대본을 썼던 고생만 생각하면 대회에 참가하고 싶었다. 이 생각은 다른 부원들도 똑같이 했던 것 같았다.

하지만 준비를 제대로 하지 않는 배우들도 있었던 데다, 동아리 담당 선생님이 바이러스 때문에 대회에 나가는 것을 원치 않았다. 그래서 내가 먼저 대본은 괜찮으니 대회에 안 나가도 상관없다고 말했다.

"정말 괜찮겠어?"

"응, 생기부에나 적으면 되지."

참고로 생기부는 생활 기록부의 줄임말이다. 내가 작가들을 대표해 이렇게 말할 수 있었던 것은 메인 작가였던 이유도 있지만, 대본 중 반 이상은 내가 작성했었기 때문이다.

그래서 우리는 부원들 각자의 의견을 듣고 난 후 대회를 포기하기로 결정했다.

이후 우리는 다른 연극 대회를 찾고 있었는데, 마침 학교 방송부에서 합동 작품을 만들자는 제안이 들어왔다. 주제는 코로나로 인한 우울증(일명 코로나 블루)이었고, 그에 따른 영상을 만들어 공개하자는 것이었다.

우리는 한 번 포기의 경험이 있었기 때문에 이 작품만큼은 포기하지 않겠다는 생각으로 진행했다. 하지만 서로 소통이 잘 안 되어 의견 충돌과 약간의 싸움도 있었다. 그럼에도 불구하고, 합동 작품을 만들어 내는 데에는 성공하였다.

이후 우리 연극 동아리에서는 학교 축제에 올릴 연극 영상을 준비하기 시작했다. 영화 〈웰컴 투 동막골〉을 요약하여 약 10분 분량으로 재창작하였는데, 아무래도 짧다 보니 전개가 엄청나게 빨라서 조금 민망했다.

그렇게 1년 동안 나는 총 3편의 연극 대본을 작성했다. 이런 과정에서 나는 타인에게 보여주는 글을 쓰는 것에 대한 매력을 느꼈고, 자연스럽게 작가라는 꿈을 꾸게 되었다.

작가 중에서도 방송 작가라는 꿈을 가지게 된 것은 아무래도 돈을 가장 잘 벌 것 같다는 이유가 컸지만, 내가 가장 재미있게 일을 할 수 있을 것 같다는 이유도 있었다.

많은 시간이 흐르고 방송 작가와 관련된 수많은 대학교 학과 중에서 연예엔터테인먼트과에 진학했다. 나는 연극 동아리에도 가입하여 작가로 활동하면서 여러 가지 연극 대회와 극본 공모전에 참가했다. 예선전에서 탈락할 때도 있었지만, 대부분의 대회와 공모전에서는 본선 진출에 성공하였다. 그리고 수상도 많이 했다.

특히 내가 가장 기억에 남는 수상 경력은 극본 공모전에 혼자 참가하여 2등을 거머쥔 때였다. 언젠가는 공모전이나 연극에서 사용해야지, 하며 몇 개월간 쓰고 남겨두기를 반복하던 대본이 드디어 빛을 본 것이다. 그 당시에는 정말 이 세상의 행복은 내가 다 가진 것만 같았다.

하지만 그러면서도 나는 미래에 대한 고민을 놓을 수가 없었다. 꿈인 방송 작가를 향해 나아가고는 있었지만, 방송 작가로 성공하거나 하다못해 자리매김도 할 수 있을지에 대한 의문이 있었기 때문이다.

이처럼 나아가는 것에만 의의를 두고 무작정 도전을 하던 나는, 보다시피 자서전을 발행하는 성공한 50대 방송 작가가 되었다.

그러니 이 글을 읽고 있는 독자들도 일단 무엇이든 도전해 보는 것을 권유한다. 물론 스스로가 미래에 대한 고민이 없다고 생각하는 독자들이 있을 수 있다. 이런 독자들은 정말 자신이 그 분야에서 자리매김을 할 수 있다는 확신이 있는지부터 생각해 보아야 할 것이다. 만약 확신이 없다면, 고민이 없는 것이 아니라 고민을 회피하고 있는 것일 수 있다.

초고 및 퇴고

평소와 같은 어느 날, 대학 시절 같은 동아리 선배였던 '영운' 선배에게서 연락이 왔다.

"요즘 뭐해?"

"면접 보러 다니죠."

"잘 됐다. 그럼 우리 팀 면접도 볼래? 나 이제 서브작가 돼서 막내작가 자리 비거든. 동기가 퇴사하기도 했고."

이 말을 듣자마자 면접에 떨어져 속상해했던 지난날들이 스쳐 지나갔다. 때문에 취업에 대한 고민이 많던 나는 기회다 싶어 바로 그러겠다고 했다.

면접관은 총 4명이 나와 4대 1 면접을 진행하였는데, 몇 가지 질문에 대답하고 나니 약 20분 정도가 걸렸다.

"우리 프로그램 본 적 있어요? 경력은 어떻게 되시죠? 만약 일반인을 섭외해야 한다면 어떤 방식으로 섭외할 것인가요?"

질문들은 여러 곳에 면접을 다니면서 들었던 것들이어서 큰 어려움 없이 대답을 척척 해내었다. 아마도 내가 이전에 다녔던 면접들은 미처 준비하지도, 예상하지도 못한 당황스러운 질문들이 많아서 대답을 제대로 하지 못했던 것 같다.

이틀 뒤, 합격 연락이 왔고 다음 날부터 들뜬 마음으로 방송국 출근을 시작했다.

Ep 1. 초고

입사한 지 6개월 차, 슬슬 일이 손에 익어갈 때쯤이었다. 나는 매주 다른 아이돌을 섭외하여, 그 아이돌에 대한 모든 것을 알아보는 프로그램에 참여하고 있었다. 여기서 내가 맡은 일은 섭외할 아이돌에 대한 자료 조사를 하고 그것을 바탕으로 정리를 하는 것이었다.

그날도 어김없이 섭외할 아이돌에 대한 여러 가지 인터뷰와 그 아이돌이 출연한 다른 방송들을 찾아보며 자료 조사를 하고 있었다. 옆자리에 앉아 머리를 쥐어뜯으며 고민을 하고 있던 영운 선배가 나에게 좋은 아이디어가 있냐고 물어보았다.

“6개월 동안 고생했고, 앞으로도 같이 하자는 의미에서 여행 특집 어때요? 대신 여태 출연한 아이돌 퀴즈를 풀어야 갈 수 있는 거죠.”

별생각 없이 전달한 나의 아이디어가 마음에 들었는지, 괜찮다는 말과 함께 메인 작가에게 전화를 걸었다. 아이디어를 전달하려는 것을 알고 있었던 나는 그를 신경 쓰지 않고 다시 자료 조사에 몰두했다. 그런데 그의 입에서 이상한 소리가 들려왔다.

“에이, 저 혼자 생각한 아이디어죠.”

그는 뻔뻔스럽게도 나의 아이디어를 본인이 혼자 생각한 아이디어라고 거짓말을 내뱉고 있었다. 당황스러웠다. 내가 이 일을 따져야 할지, 말아야 할지 고민하는 동안, 그는 전화를 끝내고 의기양양하게 나를 바라보고 있었다.

“뭘 그렇게 봐?”

“아니, 아무것도 아니에요.”

"아이디어는 고맙다. 덕분에 신뢰 회복했어."

나는 황당해서 아무 말도 할 수가 없었다. 멍하니 그를 바라만 보고 있자, 그는 괜히 목소리를 높였다.

"내 아이디어가 네 아이디어고, 네 아이디어가 내 아이디어지! 뭘 자꾸 쳐다보냐? 얼른 일이나 해."

이것이 바로 눈 뜨고 코 베인다는 것일까? 나는 대충 고개를 끄덕이고 일을 계속할 수밖에 없었다. 따져봤자 나만 불이익을 얻을 것 같았기 때문이다.

이후 나는 영운 선배가 아이디어가 있냐고 물어볼 때면 좀 더 생각해 보겠다는 말로 피하거나 메인 작가가 함께 있을 때만 나의 아이디어를 전달했다.

그래서인지 그는 점점 나에게 더 많은 일을 주거나 대답을 똑바로 안 했다며 다시 대답을 시키는 등 군기를 잡기 시작했다. 정말 유치했다. 메인 작가나 다른 스태프들 앞에서는 온갖 착한 척과 친한 척을 하고, 둘이 있을 때만 꼭 군기를 잡았다.

결국 그런 상황을 버티지 못하고 영운 선배에게 화를 낸 나는 욕설이 섞인 폭언을 받았다. 운이 좋게도 지나가다가 그것을 들은 제작진이 나를 그에게서 구해 주었다.

"영운 씨, 무슨 말을 그렇게 해요?"

나는 감사의 말을 전했다. 이후 영운 선배는 프로그램에서 잘렸고, 메인 작가는 정신적인 충격이 컸을 것이라며 일주일만 쉬다가 돌아오라고 했다.

그 일주일 동안 문득 이 일도 일종의 직장 내 괴롭힘이라는 것을 깨달았다. 왜 진작에 알아차리지 못했을까, 하는 후회도 잠시, 다음번에는 꼭 빨리 알아차리고 강하게 대응을 해야겠다는 생각이 마구 들었다.

이후 안정을 찾은 나는 새로운 서브작가와 호흡을 맞춰 프로그램을 계속 진행할 수 있었다. 제작진들의 도움이 없었다면, 나의 작가 생활이 어떻게 되었을지 상상도 되지 않는다.

Ep 2. 퇴고

다사다난했던 첫 프로그램 종영 후, 약 2주간의 첫 휴식기를 가졌다. 이 시기에 나는 오랜 친구인 '기은'이와 많은 고민과 대화를 나누었다.

기은이에 대해 약간의 설명을 하자면, 중학생 때 처음 알게 되었고, 같은 대학의 사회복지학과를 졸업한 친구이다. 기은이는 다른 친구들과 달리 취업이 빨리 된 편이라서 큰 고민이 없다고 늘 말하고 다녔다.

"야, 너도 고민있는 거 다 알아. 그러니까 말해봐."

그런 기은이가 답답했던 나는 고민 좀 말하라며 기은이를 보챘고, 덕분에 첫 휴식기를 가졌을 때 기은이가 가진 고민을 처음 듣게 되었다.

기은이의 고민은 내 입장에서 생각했을 때 그렇게 어렵지 않은 문제였다. 소극적이고 내성적인 자신의 성격이 일을 할 때면 가끔 문제가 되는 경우가 있다는 고민이었다.

〈빈 문서〉의 목차에서도 한 번 언급했듯이, 이 고민은 내가 처음 방송작가라는 꿈을 꾸게 되었을 때 했던 고민이다. 그래서 나는 그 당시의 기억을 살려 최대한 도움을 주려고 노력했다.

내가 기은이에게 어떤 말들을 구구절절했었는지 자세하게는 기억이 잘 나지 않는다. 대부분 용기를 가지고 먼저 말을 건네거나, 할 말이 다 떨어졌을 때는 상대방이 길게 대답할 수 있거나 공감할 수 있는 질문을 건네라는 말을 했었다. 또, 나도 겪었던 일이고, 용기를 낸다는 것이 굉장히 어려운 일이라는 것을 알고 있다는 말로 너도 할 수 있다는 말을 간접적으로 전하기도 했었다.

반면에 나는 영운 선배 사건 이후 방송 작가를 하는 것이 정말 나와 맞는지, 나의 미래를 망치고 있는 것은 아닌지 등 주로 다른 직업을 준비해야 하는지에 대한 고민을 가지고 있었다.

기은이는 사회복지학과 졸업생답게 나의 말에 공감을 잘해 주었다. 그러면서 나에게 영운 선배같은 사람만 있는 것을 아닐 테니까, 한 번만 더 작가 일을 해보고 결정하라는 말을 해주는 등 형식적인 말과 함께 다른 고민 해소법도 많이 알려주었다.

이후 나는 다른 프로그램에 참여하여 나의 작가 생활을 포기하지 않을 수 있었고, 기은이도 내가 알려준 방법으로 성격을 바꿀 수 있었다고 나에게 말해 주었다.

이처럼 우리가 가지고 있던 고민은 공통적이지 않았다. 하지만 그래서 더 빨리 고민을 해결하고 서로에게 더 많은 도움을 줄 수 있었다.

이후에도 우리는 이런 고민뿐만 아니라 다른 여러 가지 고민도 많이 나누었다. 그러면서 형식적인 말을 해줄 때도 있었고, 그저 서로 공감해 주며 함께 욕을 해주었을 때도 있었다. 그럼에도 우리는 서로에게 많은 위로를 받았다.

기은이와는 여전히 연락을 하며 친하게 지낸다. 종종 고민 상담도 한다. 아무리 생각해도 고민을 나눌 수 있는 친구가 있다는 것은 정말 감사한 일이다. 그리고 나는 이때 깨달았다. 세상에 고민이 없는 사람은 없다는 것을.

저장하기

"종영이 다음 주라고요?"

그날 메인 작가의 입에서 나온 말은 가히 충격적이었다. 갑자기 종영이라니, 그 말을 듣고 있던 나와 서브작가는 당황한 기색을 감추지 못했다.

"그래. 종영 준비해."

메인 작가는 이 말만 남기고 그대로 사라졌다. 간간이 우리를 무시하던 것은 알고 있었지만 종영까지 늦게 알릴 줄은 몰랐다. 나와 서브작가는 어이없어 할 틈도 없이 이틀 내내 준비했던 여러 자료와 대본을 새로 갈아엎어야만 했다.

며칠이 지나고 종영을 하면서 휴식기가 찾아왔다. 이전에는 내가 원해서 휴식기를 가졌기 때문에 의도치 않게 휴식기를 가진 것은 이번이 처음이었다.

"너 올해 6년째라고 했지? 서브작가 지원해 봐."

나는 이 말을 따라 일말의 고민도 없이 바로 서브작가 모집 공고에 지원했고, 간단한 면접 후 한 프로그램의 서브작가가 될 수 있었다. 시간이 지나 면접관이었던 메인 작가에게 들어보니, 면접 때 보였던 나의 자신감과 당당함이 마음에 들어서 뽑았다고 했다. 서브작가가 알려주었던 자신감을 어필하라는 팁이 먹혀들었던 것이다.

그렇게 나는 6년 간의 막내작가 생활을 끝낼 수 있었다.

Ep 1. 저장

내가 2년 차 서브작가일 때의 이야기이다. 새로운 여행 예능 프로그램을 들어가면서 처음 만난 막내작가가 나와 동갑이었다. 그 사실을 알게 된 순간 친하게 지내고 싶다는 생각밖에 들지 않았다.

다른 작가들에게 듣기로는, 동갑이나 연상이 후배로 들어왔을 때, 그들이 해야 할 마땅한 일을 주었지만, 우리가 할 일도 본인들에게 떠넘긴다고 오해하는 경우가 종종 있다고 한다.

이런 것처럼 오해가 생기는 것을 방지하려는 목적으로 친해지고 싶은 것도 있었지만, 사실 나와 동갑인 작가와 함께 일하는 것은 처음이었기 때문이라는 이유가 더 컸다.

“우리 동갑인데 말 편하게 해요!”

이런저런 대화를 하며 친해진 우리는 꽤 비슷한 점이 많았다. 좋아하는 방송 스타일은 물론 성격적으로도 전생에 부부는 아니었을까, 싶을 정도로 잘 맞았다.

우리는 그 어느 방송 프로그램의 일을 할 때보다 더 재미있게 일을 할 수 있었다. 게다가 여행을 다니는 프로그램이라 그런지 우리는 정말 단기간에 친해질 수 있었다. 또, 메인 작가인 ‘서연’ 언니와도 잘 맞아 시즌제 프로그램이라는 것이 아쉬울 정도였다.

하지만 이렇게 잘 맞으면 늘 문제가 생기기 마련이다. 첫 시즌이 끝나고 두 번째 시즌을 준비할 때였다. 우리 작가들은 첫 시즌과 비슷하지만, 조금만 다른 컨셉으로 준비하기를 원했고, PD는 아예 다른 컨셉으로 준비하기를 원했다. 한 마디로 안전함과 모험의 대립이었다.

좀처럼 의견이 모이지 않자, 서연 언니는 다른 작가님을 찾아보라면서 프로그램을 나가겠다고 선언했다. 그리고 우리도 언니와 같은 마음이었기 때문에 자연스럽게 프로그램에서 나오게 되었다.

이후 우리 셋은 최대한 같은 프로그램을 하며 호흡을 맞추려 했다. 하지만 일이라는 것이 늘 그렇듯 원하는 대로 잘 흘러가지 않는다. 이 사실을 이맘때쯤 정말 절실하게 깨달았다. 우리가 하는 프로그램마다 진행 도중 무산되거나, 시청률이 좋지 않아 종영하기 바빴기 때문이다. 결국 우리는 자주 만나는 친한 언니, 동생 사이로 남게 되었다.

Ep 2. 다른 이름으로 저장

나는 약 한 달 동안 휴식기를 가진 적이 있었다. 이유는 별 것 없었다. 그저 조금 쉬고 싶었고, 어떤 프로그램에 참여해야 할시에 대한 고민이 많았기 때문이다.

그러던 중 드라마 작가로 활동 중인 서연 언니에게서 연락이 왔다.

"혹시 드라마 서브작가 해보지 않을래? 나랑 같이 해보자."

생각지도 못한 제안이어서 며칠을 내리 고민했었다.

'드라마를 하면 예능으로 돌아오지 못하는 것은 아닐까. 그렇다고 지금 아무것도 안 할 수도 없는데. 예능으로는 아직 하고 싶은 프로그램도 없어. 그냥 나도 언니처럼 드라마 작가로 활동할까? 이 상태로 예능 프로그램에 참여한다고 좋은 방송을 만들어 낼 수 있을까.'

이런저런 고민 끝에 결국 드라마 서브작가를 하게 되었다. 계속 고민만 하다가는 아무것도 할 수 없을 것 같았기 때문이다.

드라마 작가의 세계는 정말 신세계였다. 물론 자료 조사를 하고 대본을 쓰는 것은 똑같았지만, 그 양이 아주 많아야 했다. 게다가 내가 참여한 드라마는 미스터리, 추리 장르였다. 다른 장르보다 자료 조사를 2배는 더 꼼꼼히 해야 한다는 뜻이다. 정말 힘들었다.

내가 여태까지 경험한 예능에서의 자료 조사는 출연자와 촬영 장소에 대한 정보만 있으면 충분히 대본을 만들어 갈 수 있었다. 정 안 되면 관련 분야의 전문가를 섭외하여 출연을 부탁하면 되었다. 혹시나 틀린 정보가 있다면 자막으로 죄송하다는 말과 함께 정보수정을 할 수도 있다. 물론 힘들지 않다는 것이 아니다. 이런 정보들을 위주로 재미를 만들어 내는 작업이 쉽지 않기 때문이다.

하지만 드라마에서의 자료 조사는 자신이 쓰는 장르에 배경이 되는 장소와 인물에 대한 배경 지식은 물론이거니와, 그에 대한 아주 작고 사소한 지식도 완벽하게 숙지하고 있어야 했다. 조금이라도 틀린 부분이 있는 상태로 방송된다면, 드라마 특성상 수정할 수도 없기 때문이다.

내가 드라마 서브작가를 시작하기로 마음먹은 이후, 미스터리와 추리에 관한 거의 모든 책을 속독했다. 그 사이 언니는 업무에 방해가 되지 않는 선에서 형사를 지겹도록 따라다니며 여러 가지 정보를 얻어냈다고 한다. 내가 드라마 서브작가를 하겠다는 결정을 내리기 전부터 따라 다녔다고 했던 것 같기도 하다.

글을 쓰는 데에 필요한 웬만한 정보들을 얻은 후에는 대본을 쓰는 것에만 매진하였다. 덕분에 약 3주 만에 대본을 완성할 수 있었다. 자료 조사 기간까지 합하면 한 달이 조금 넘은 것 같다.

완성한 대본을 배우들에게 전달하고, 중간중간에 회의도 하며 시간이 흘렀고, 마침내 촬영까지도 끝을 맺게 되었다.

"고생했어. 같이 해줘서 고마워."

이후 방영을 시작하고 아쉽게도 드라마가 크게 흥행하지는 못했지만, 나에게는 새로운 경험이었고, 기회였다.

여담을 말하자면, 내가 예능 작가를 하다가 온 것을 알려드리지 않았는데 어떻게 아셨는지, 드라마를 함께 제작한 '시우' PD님께서 함께 추리 예능을 제작해 보자고 제안하셨다. 나는 기쁘게 수락했고, 그렇게 나는 예능 메인 작가가 되었다.

작동이 중지되었습니다

지금부터 할 이야기는 방송 작가 인생에서 가장 불행했던 마흔넷의 이야기이다. 당시의 나는 시우 PD와 3년째 진행해오던 추리 예능 프로그램의 제작진 중 한 명이었다.

사건은 연예인 'A'씨의 지각에서부터 시작되었다. 그날은 해외 촬영을 위해 공항으로 모여야 하는 날이었다. 비행기 출발시간이 다 되었는데도 A씨가 나타나지 않아 초조한 마음이 들어 매니저에게 계속해서 전화를 걸었다.

"네, 네. 죄송합니다. 얼른 갈게요."

비행기 시간에 겨우 맞춰 들어온 A 씨는 오히려 우리에게 역정을 냈다.

"이전 스케줄이 늦게 끝났네요. 연예인이 좀 늦을 수도 있죠. 어쨌든 비행기 시간 맞췄으면 된 거 아닌가요?"

어이가 없었다. 사과를 해도 모자를 판에 화를 내다니. 게다가 매니저에게 이전 스케줄은 없었다고 전해 들었다. 덕분에 얼음장 같던 분위기는 한층 더 차가워졌다.

화가 나 어쩔 줄 모르는 제작진들을 달래며 비행기에 올랐다. 험난한 촬영이 될 것이라는 예상은, 안타깝게도 정확하게 들어맞았다.

촬영장에 도착해 바쁘게 뛰어다니는 막내작가에게 커피를 가져다주며 잠시 숨 좀 돌리라고 하던 참이었다. 마침 근처에서 서성거리던 A씨가 우리에게 다가와 본인이 마실 음료 한 잔을 사서 가지고 와달라고 부탁했다.

"A씨 팬분들이 커피차 보내주셨잖아요?"

"그래서요?"

"네?"

"아무튼 부탁해요. 걔네가 보내는 건 맛 없어요."

"저희 말고 매니저님께 부탁하세요."

그의 욕짓거리와 함께, 당황해서 어쩔 줄 모르는 막내작가를 데리고 그곳을 빠져나왔다. 우리에게 주어진 5분간의 황금같은 휴식 시간이, 그와의 실랑이로 인해 순식간에 지나갔다.

1시간 뒤, 추리 예능다운 세트가 완성되고 곧바로 촬영이 시작되었다.

"특별 게스트 A씨는 비행기도 못 탈 뻔했잖아요!"

"하하하, 저도 많이 반성하고 있어요. 지각을 하다니."

역시 카메라 앞에서의 이미지 관리는 연예인답게 철저했다. 팬분들이 보내주신 커피가 너무 맛있다며 감사하다는 인사도 했다. 입에도 대지 않았지만 말이다.

숙소에서 그는 또다시 나를 찾아왔다. 개인적으로 할 말이 있다길래 그나마 사람이 없는 복도 끝으로 갔다.

"사과하세요."

뜬금없이 나온 그의 말에 당황하여 아무 말도 할 수 없었다. 내가 뭔가 실수한 것이 있었던가? 5초도 안 되는 짧은 순간에 머릿속으로 오늘 하루가 스쳐 지나갔다.

"아까 스튜디오에서 커피 안 사주셨잖아요. 촬영할 때 피곤해서 미치는 줄 알았다고요."

"네? 매니저님께 부탁하시라고 했잖아요."

"그럼 제 잘못이라는 거예요?"

"그럼 그게 제 잘못인가요?"

작가 일을 하면서 직접적이든, 간접적이든 몇 번이나 이런 일은 겪어보았다. 때문에, 출연진과 사이가 틀어지면 일에 지장이 생길 수 있다는 것쯤은 알고 있는 사실이었다.

하지만 이 정도로 뻔뻔하게 말하는 사람은 그가 처음이었기에, 사과를 하고 자리를 피해야겠다는 생각이 전혀 들지 않았다.

"하, 무릎 꿇고 싶으세요?"

그가 또 한 번 막말을 내뱉을 때, 매니저가 그를 부르며 다가왔다. 라이브 방송 시작까지 5분 남았으니 급한 일이 아니면 얼른 들어와서 준비하라는 말을 전하러 온 것이었다.

한숨을 쉬며 머리를 한 번 쓸어올린 그는 매니저와 함께 방으로 돌아갔다. 그 모습을 바라보던 나는 어이가 없어 실소가 터졌다. 창문을 열고 잠시 바람을 쐬었다. 아무래도 게스트 섭외를 잘못한 것 같았다. 생각이 많아졌다.

"작가님, 괜찮으세요?"

막내작가였다. 들어보니, 잠시 복도에 나온 사이 나와 A씨의 실랑이를 발견해, 곧장 그의 매니저에게 찾아가 도움을 요청했다고 했다.

"잘했어, 너무 고마워."

이날 밤은 맥주 한 캔을 마시고서야 겨우 잘 수 있었다.

다음 날, 촬영장에서 그는 나를 계속해서 무시했다. 그날은 야외 촬영도 동시에 진행했기 때문에 메인 작가인 나의 말을 무시해서 좋을 것은 단 하나도 없었다. 하지만 그는 방송을 망칠 작정이었는지 아주 제멋대로였다.

"이거요? 하기 싫은데요. 아니요, 싫어요. 제가 왜요?"

결국 A씨는 시우 PD에게 혼났다. 조금 통쾌했다. 저렇게 혼날 줄 알았다. 그렇게 그날의 촬영은 애매한 분위기 속에서 끝을 맺었다. 마지막 촬영이었던 다음 날도 이날과 별반 다르지 않은 분위기 속에서 마무리되었다.

다른 스케줄이 있는 출연진들은 촬영이 끝나자마자 바로 한국으로 입국했고, 스튜디오를 정리해야 하는 스태프들은 하루 뒤에 입국했다.

우리는 스튜디오를 정리하며 이런저런 담소를 나누었다. 그중 대부분의 대화가 A씨와는 다음 예능에서도 절대 만나지 않기를 기도하는 것이었다.

2주가 지나고 방영을 시작했다. 편집자들이 A씨의 좋은 모습만 담느라 꽤 고생했다는 말이 스태프 사이에 오갔다. 심지어 고정 출연진 'S'씨도 그런 말을 전해왔다.

그렇게 평화로운 나날을 보내고 있었다. 오랜만에 푹 자고 깨어보니 막내작가와 서브작가에게 전화가 10통 이상 와 있었다. 방송에 문제가 생겼나 싶어 불안한 마음에 전화를 걸며 방송국으로 향했다.

"언니! 지금 어디세요? 큰일났어요!"

"지금 가는 중. 방송 문제 생겼어?"

"아뇨! A씨가 언니 관련해서 글 올렸는데, 그게 좀…."

"뭐? 하, 일단 알겠어. 얼른 갈게."

방송국에 도착하자마자 막내작가에게 어떻게 된 일인지에 대한 설명을 들었다. 그의 글에 따르면, 내가 사소한 부탁도 들어주지 않고 매니저에게 가라며 화를 냈고, 사과해달라는 말은 귓등으로도 안 들었다는 어딘가 아주 왜곡된 글이었다.

덕분에 실시간 검색어는 우리 프로그램과 A씨, 그리고 나로 가득 채워졌다. 시우 PD에게서도 전화가 왔다. 그날의 일을 간단히 전달한 후 회의를 거쳐 결국 대부분의 스태프가 그에게 대항하기로 했다.

알고 보니 나뿐만 아니라 갑질을 당한 스태프가 많았고, 이런 식으로 상황이 흘러가면 우리 프로그램이 지금 당장 사라져도 이상하지 않을 것이 뻔했기 때문이다.

우리는 개인 SNS에 글을 올리기 시작했다. 뒤늦게 알게 된 사실이지만, 서브작가들이 그의 앞에서 무릎을 꿇었다고 했다. 곧장 귀국해버릴 것이라는 협박을 들어 어쩔 수 없었다는 말을 덧붙이면서 말이다.

상황은 우리 쪽으로 기울었다. 그는 허위사실 유포로 고소할 것이라고 말했지만, 다른 프로그램의 스태프들도 조금씩 글을 올리자 결국 꼬리를 내리고 잠적했다.

당연하게도 그의 팬들은 난리가 났다. 내가 올린 커피차 사건을 포함하여 다른 스태프들이 올린 수많은 팬기만 사건을 갑작스럽게 마주치게 되었으니까 말이다. 게다가 그뿐인가? 스태프에게 갑질까지 했다.

한참 전에 끝난 줄 알았던 A씨와의 다툼이 이제야 끝이 나다니, 속이 후련했다. 앞으로는 이런 사건 사고가 없었으면 좋겠다는 생각만 했던 하루였다.

하지만 나의 간절한 바람을 비웃듯, 한 달 뒤에 엄청난 폭탄이 터지고 말았다.

고정 출연자 S씨를 포함한 남자 출연진 몇 명과 그의 연예인 친구들이 성매매에 가담했다는 뉴스가 속보로 보도되었다. 심지어 방영 시간이 되어 오프닝을 하는 도중이었다.

결국에 우리는 긴급회의를 통해 그날 급하게 종영하며 다음 시즌을 기약했다. 열심히 준비해 둔 크리스마스 특집은 그대로 쓰레기통으로 들어갔다. 범죄 사실이 의심되는 연예인들을 데리고 방송을 계속할 수는 없었기 때문이었다.

당시에는 종영을 너무 급하게 한다는 이유로 시우 PD에게 약간의 불만도 있었다. 한 주만 더 방영해서 시청자들에게 정식으로 인사를 하고 싶었으니까 말이다.

하지만 시간이 흐르고 그들의 범죄 사실이 진실로 밝혀지자 나의 불만은 씻은 듯이 사라졌다. 아니, 그럴 수 밖에 없었다. 범죄자들을 방송에서 좋은 이미지로 비추며 종영 인사까지 하는 것은 피해자들과 시청자들에 대한 기만이기 때문이다.

이렇게 나의 마흔넷이 지나갔다. 뜬금없는 연예인과의 싸움으로 지쳤고, 수많은 욕을 먹느라 무서웠고, 내 잘못이 아니라는 것을 증명하기 위해 힘들었던 기억을 밝히는 과정이 너무나도 어려웠던 나의 일 년이었다.

지금 생각해 보면, 이런 일이 있었음에도 작가의 길을 포기하지 않은 내가 정말 대견스럽다. 어떤 일이 있어도 좌절하지 않는 지금의 나를 만들어 주었으니 말이다.

불러오기

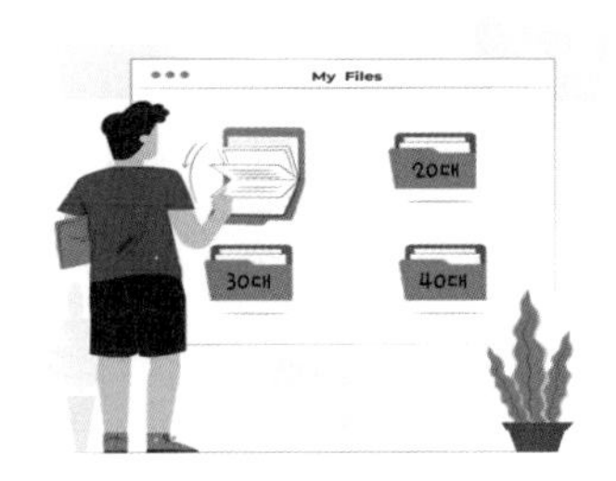

"작가님, 수상 축하드려요!"

50대의 첫 시작, 대학합격 이후 나에게 축하의 말이 가장 많이 온 시기였다. 예능 프로그램을 하며 미스터리와 추리에 대한 지식이 많아진 나는, 드라마로도 작품을 써내고 싶어 도전한 드라마 공모전에서 1등으로 수상했기 때문이다. 이렇게 오기까지 참 많은 일이 있었다.

추리 예능 프로그램의 두 번째 시즌을 시작한 지 얼마 지나지 않았을 때였다. 시우 PD가 드라마 PD로 복귀하여, 우리 프로그램의 PD가 바뀌었다. 그래서 회차마다 다른 사건을 다루었던 저번 시즌과는 달리 살인 사건이라는 하나의 컨셉을 정해두고 진행하게 되었다.

나를 포함한 작가들은 방송의 퀄리티를 높이기 위해 실제 살인 사건의 정황을 자세하게 알아보기도 하고, 법의학 도서를 찾아서 읽어 보는 등 방송에 필요한 여러 가지 자료를 찾아보았다.

대본을 완성한 후 다른 제작진들과 회의를 할 때, 소품을 준비하고 촬영을 해야 하는 연출팀에서도 꽤 많은 고민을 했다고 한다. 덕분에 두 번째 시즌의 첫 촬영과 방송은 성황리에 끝이 났다.

"방송 정말 재미있게 보고 있어요!"

반응은 감사하게도 아주 좋았다. 심지어는 다른 방송의 스태프들이나,

우리 프로그램에 한 번도 출연해 보지 않은 연예인들까지도 칭찬을 마다하지 않았다. 특히 시청자들이 남기는 댓글에서는 퀄리티가 더 높아졌다, 다음 주가 기다려진다, 재미있다는 말들이 대다수였다.

사실 우리는 S씨 사건으로 인해 많은 시청자가 등을 돌려 걱정이 많았다. 첫 방송의 시청률은 우리의 생각대로 좋지만은 않았다. 하지만 첫 방송을 본 시청자들의 댓글로 인해 '다시 보기'나 재방송의 시청률은 높았고, 두 번째 본방송은 첫 번째 시즌의 최고 시청률과 맞먹을 정도로 높았다.

그렇게 매주 좋은 시청률과 평가는 물론, 우리가 만든 살인 사건을 더 깊게 파고들어 분석하고 해석하는 시청자들도 많아졌다.

하지만 시즌제 방송이고, 살인 사건이라는 특수한 컨셉을 잡은 만큼 방송을 끝낼 수밖에 없었다. 우리는 새로운 컨셉을 들고 오겠다는 말과 함께 다음 시즌을 기약했다.

이후 우리는 다섯 번째 시즌까지 마무리했었는데, 각각 약물 범죄 사건, 가정 범죄 사건, 청소년 범죄 사건을 컨셉으로 잡아 진행했었다. 그리고 제작진들과 함께 여섯 번째 시즌을 진행할지에 대한 여부를 고민하는 동안, 우연히 한 댓글을 보게 되었다.

[작가님들 미스터리나 추리물로 드라마 제작하셔도 성공하실 것 같다.]

315

이 댓글로 인해 서연 언니와 함께했던 드라마 서브작가 시절이 떠올랐다. 그래서 나는 미스터리 작가로 이름을 날리고 있는 서연 언니에게 연락을 해보았다.

"갑자기? 무슨 장르? 미스터리?"

"응, 일단 생각만 해보는 중."

"미스터리는 내 전문이지. 도와줄 수 있어."

언니는 도움이 필요하면 언제든지 편하게 말하라는 것을 신신당부까지 하며 전화를 끊었다. 그리고 나는 드라마 서브작가 제의를 받았을 때와 비슷하게 이번에도 며칠 동안 많은 고민을 했다. 여섯 번째 시즌 준비와 드라마 작가 준비의 대결에서 승자는 결국 드라마 작가 준비가 되었다.

다섯 번째 시즌까지 함께했던 제작진들에게 나의 의견을 조심스레 전하고, 서연 언니에게 연락하여 본격적으로 드라마 작가 준비를 시작했다.

서연 언니는 드라마 메인 작가가 되기 위한 방법 중 하나는 공모전에 참여하여 수상하는 것이라고 알려주었다. 당연히 쉬운 길은 아니다. 하지만 쉽지 않은 만큼 더 열심히 준비하고, 간절함도 더 커지기 때문에 실력을 향상하는 데에는 가장 좋은 방법이라고 한다.

"주제 잡아서 자료수집 먼저 해. 어떤 캐릭터를 주인공으로 삼을지 정하고, 서브작가일 때 해본 것처럼 뭐든지 아주 자세하게 알아야 하는 거 잊지 마."

나는 언니의 말에 따라 주제는 추리, 주인공은 형사라는 큰 틀을 먼저 정하였다. 그 다음으로 드라마 서브작가 시절의 경험을 떠올려 그 당시에 읽었던 책들을 다시 읽고, 최근에 나온 새로운 책도 사서 읽어 보았다. 또, 같은 장르의 드라마나 영화를 보고, 내가 진행했던 추리 예능 프로그램도 다시 돌려보았다.

충분히 자료를 수집했다고 생각한 나는 정리해 둔 자료들을 바탕으로 글을 쓰기 시작했다.

"자료 좀 더 모아야 할 것 같은데…."

"아냐, 괜찮을 것 같아. 내가 추리 예능만 거의 5년 했잖아!"

자신감에 넘쳐 2주도 되지 않는 기간에 대본 하나를 완성해 낸 나는 서연 언니에게 제일 먼저 보여주었다. 사흘이 지나고 언니는 조심스럽게 피드백을 해주기 시작하였다.

"여기, 이 부분에서는 조금 더 구체적인 게 좋아. 그리고 여기는 현실성이 약간 부족해. 그리고 또…."

한 마디로 사건을 조사하고 결론을 내리는 모든 부분이 부족하다는 말이었다. 완벽한 대본이라고 생각했던 나의 생각은 완전히 틀렸던 것이다. 언니는 내가 상처받았을까, 싶어 머쓱하게 웃으며 말을 덧붙였다.

"자료수집을 이론으로만 해서 그래. 형사 따라다니면서 실제 경험도 들어보고 그래야지. 나도 그렇게 해서 대본 완성하는 거야."

이후 언니는 본인이 친하다는 형사를 나에게 소개해 주었고, 나는 그분에게 대본에 있는 상황과 비슷한 상황들에 대한 경험이나 관련 이야기들을 많이 들을 수 있었다.

그리고 가해자와 피해자의 심정에 대한 것들을 많이 생각하고 고민해보라는 언니의 말을 그대로 따랐다. 어두운 골목길을 걸으며, 칼을 보며 가해자는 어떤 생각을 하는 것인지, 가해자에게서 살아남은 피해자는 어떤 기분일지, 그들의 주변인들은 어떤 심정을 갖고 있을지에 대한 모든 것들을 성격별로 생각해 보았다.

그러다 보니 시간은 빠르게 흘러 1년이 훌쩍 지나있었고, 다시 글을 쓰기 시작하였다. 처음에 썼던 대본을 바탕으로 조금씩만 수정을 하며 글을 쓰려던 나의 계획과 달리, 주제와 주인공, 사건만 같은 아주 다른 내용의 글이 완성되었다.

이때 썼던 글은 약 한 달 만에 완성되었는데, 확실히 전에 썼던 글보다 퀄리티가 더 좋고 깔끔해졌다. 그 글을 읽은 언니는 공모전에 제출하면 우승까지도 노릴 수 있을 것 같다는 호평을 남겨주었다.

그래서 나는 진행하고 있는 모든 공모전에 이 글을 제출했고, 결과는 아주 좋았다. 대부분의 공모전에서 순위권 안에 든 것도 모자라, 1등까지 차지하게 되었다.

그 사실을 알자마자 가장 먼저 서연 언니에게 알려 고마움을 전했고, 나에게 도움을 주셨던 여러 명의 지인에게도 감사함을 표현했다. 더불어 처음에 말했던 것처럼 축하의 말도 많이 왔다.

50대의 첫 시작이 정말 상쾌했다. 이후 드라마를 함께 제작할 PD를 소개받았었는데, 마침 나를 예능 메인 작가로 만들어 주었던 시우 PD였다. 이 사람은 어느새 미스터리 및 추리 전문 PD가 되어 있었다.

아무래도 아는 PD이다 보니, 배우 캐스팅이나 연출에 대한 각자의 의견을 좀 더 쉽게 표현할 수 있어서 제작은 빠르게 진행될 수 있었다.

이후 첫 방송부터 마지막 방송까지, 하루도 빠짐없이 댓글을 보았다. 칭찬의 말로 자신감을 챙기는 것은 물론, 내가 모자랐던 부분과 제작 과정에서 모자랐던 부분이 있었는지 확인하고, 수용하며 드라마 작가로서 한 단계 더 성장하려고 노력했다.

그리고 휴식기를 가지는 동안, 연기대상 시상식에도 참여했다. 나는 극본상을 받았고, 대상과 최우수상, 게다가 신인상까지 모두 우리 드라마의 배우들이 받게 되었다.

뒤풀이 회식을 하며 행복하게 웃고 떠들던 우리는 시우 PD의 한 마디에 열기가 아주 뜨거워졌다.

"작가님, 후속작도 같이 제작합시다!"

인터뷰를 마치며

Q. 아! 그 드라마 나온다는 뉴스, 저도 봤어요. 아마 "미스터리 및 추리계의 거장이 돌아오다."라는 제목의 기사였을 거예요. 실시간 검색어에도 오르셨잖아요. 보셨나요?

A. 아, 네. 너무 좋게 봐주시는 것 같아서 그저 감사할 따름이에요. 드라마는 몇 주 전에 집필을 마치고, 지금 촬영 중에 있습니다.

Q. 그럼 언제쯤 만날 수 있죠?

A. 아마 1년 정도 더 기다려야 할 것 같아요. 미스터리, 추리 장르답게 세트와 분장을 열심히 준비하고 있거든요. 기대하셔도 좋습니다. (웃음)

Q. 좋아요. (웃음) 그렇다면 마지막으로 이 글을 읽을 독자들과 팬들에게 하고 싶은 말이 있으실까요?

A. 먼저 독자분들. 저처럼 취미 생활을 즐기다가 꿈을 찾으실 수도 있어요. 그러니 늦었다고 생각하지 말고, 포기하지도 말고, 끝까지 해보세

요. 길은 열려 있을 테니까요. 그리고 팬분들. 저를 항상 응원해 주시고, 도움을 주셔서 감사합니다. 덕분에 더 성장할 수 있었어요. 앞으로도 성장하는 모습 보여드릴 수 있도록 노력하겠습니다.

Q. 이상으로 인터뷰를 마치겠습니다. 감사합니다.

A. 감사합니다.

김PD 일기

김운화

대구 동문고등학교 졸업생. 2029년 SBS 공채에 합격하였으나 〈월간소식지〉 조연출 생활 중 방송 일에 회의감을 느끼고 휴직을 했다. 당시 방송국 스텝 사이에서 몇 년 치 휴가를 끌어 모아 휴직한 것으로 유명하다. 이후 예능국 복귀, 조연출 이후 첫 작품 〈여기서 행하다〉로 감각적이라는 소리를 들으며 이름을 알렸다. 하지만 〈트러블트래블〉, 〈교양을 먹다〉 등 여러 파일럿 프로그램을 기획했음에도 많은 관심을 얻지 못하며 한동안 메인PD를 하지 못했다. 그러던 중 〈청춘노트〉 시작, 시즌 2까지 제작하며 시청자들에게 인기를 받아 프로그램의 수준을 인정받아 정규로 편성된 바 있다. SBS에서 〈청춘노트〉로 올해의 프로그램 상을 받으며 예능 신예PD라는 타이틀을 거머쥐었다.

목차

#1_ 페이드인

#2_ 클로즈 업

#3_ 슬레이트 치겠습니다!

#4_ 니주의 시간

#5_ 사인 온

#6_ 프라임 타임

#1_페이드인

* 페이드인 : 어두웠던 화면이 점차 밝아지면서
장면이 전환되는 것을 말한다.

화면의 전환,
모든 조명이 밝아지면,
fade-in

기대하지 않는다. 그런데 수상 소감은 준비해왔다. 이 얼마나 모순적인가. 2044년 12월 30일, 나는 SBS의 시상식에 와 있고 지금은 많은 PD들이 고대하는 프로그램 상을 발표하는 차례이다. PD들에게는 어쩌면 이 프로그램 상이 최고의 명예일 것이다. 프로그램의 인기와 수준 자체만을 보는 상이기 때문이다. 기대도 않고 시상식이 끝나기만을 기다리던 수많은 지난날들의 나. 14년차 PD가 된 김운화, 오늘은 조금 다르다.

시즌 2까지 성황리에 끝난 우리의 프로그램은 결국 인정을 받아 정규로 편성되었다. 그 후 프로그램의 성공을 예감한 제작진 모두가 기대했다. 시청자들에게 입소문을 타며 착실하게 오르는 시청률이 우리의 기대가 김칫국만은 아님을 입증했다. 후보에 버젓이 올라와 있는 우리의 프로그램에 모든 관계자들은 서로의 손을 마주 잡았다. 5년간의, 길다고 보면 긴, 오랜 신뢰와 끈끈한 유대관계가 보이는 듯했다.

'올해의 프로그램상은, 저도 참 좋아하는 프로그램인데요. 축하드립니다! 청춘이 봄만은 아니잖아, 청춘은 겨울이다, 라는 신조어를 만들며 시청자들의 훈훈한 도전 열풍을 이끌어낸 김운화 PD의 〈청춘노트〉입니다!'

곱고 단아한 목소리의 배우가 우리의 프로그램명을 부른다. 목소리 참 좋으시네. 내가 평소 좋아했던 배우다. 아 이게 중요한 게 아니라 우리 프로그램이 불리었다. 눈이 동그랗게 커지고 나도 모르게 함박웃음이 지어진다. 우렁찬 박수갈채가 쏟아지며 주변 사람들의 축하와 토닥거림이 우리를 향한다. 나는 멍해지는 정신을 간신히 부여잡고 단상 위에 올랐다.

"감사합니다. 저희 프로그램이 이렇게 대중분들에게 사랑받은 이유는 누구나 품어둔 '청춘'이라는 단어를 밖으로 이끌어낸 것이 아닐까 싶습니다. 처음을 두려워하는 청년들에게는 용기를, 처음을 그리워하는 중년들에게는 추억과 도전을 주는 것. 저희가 처음 프로그램을 기획할 때 바라던 대로 된 것 같아 아주 기분이 좋네요. 이제 저희 프로그램은 시작인 것 같습니다. 저희의 청춘도 지켜봐 주시기 바랍니다."

– 한바탕 제작진들의 축하 파티가 이루어진 후 집으로 돌아왔다. 왁자지껄한 회식에서 신나게 소리치다 혼자 사는 집에 돌아오니 적막감에 괜스레 낯설어 혼잣말을 되뇌며 구두를 벗었다.

시상식의 피로를 씻어내지도 못하고 침대에 누우니 오히려 잠이 오지 않는다. 이미 거리는 어둠으로 잠식된 지 오래고 방도 거리처럼 캄캄한데 내 눈은 야광스티커처럼 말똥하다. 결국 침대 옆 스탠드를 킨다.

오늘은 참 특별한 날이다. 눈물을 몇 번이나 참았는지 모르겠다. 회식 중간 중간에도 술잔에 술이 아니라 눈물을 담을 뻔했다. 고맙게도 나 말고도 우는 친구들이 참 많았다. 늘 변덕에 까다로운 PD를 따르느라 고생인 조연출, 촬영팀, 작가들, 패널들의 얼굴 하나하나 떠오른다. 왁자지껄한 분위기가 참 즐겁고 소중했다. 어쩌면 이번 수상은 새로운 것을 시도한다는 것에 대해 겪었던 무시와 서러움을 이번 기회로 털어낸 것이 아닐까 싶다.

줄곧 파일럿 프로그램과 시즌제 프로그램만 만들던 신입 PD가 정규 편성 예능 프로그램을 맡는다고 했을 때 받았던 '망한다'라는 반응들은 참 상처였다. 서러웠지만 무시는 오히려 나를 독하게 만들어주었다. 그리고 그런 나를 굳세게 만들어준 건 믿음이었다. 프로그램에 대한 스탭들의 믿음, 팬들의 믿음, 그리고 내가 나의 능력에 가지는 믿음. 벅차오름을 느낀다. 우리는 우리를 입증했으니까.

기억이 되살아난다. 잠도 안 오는데 오랜만에 오래전 일기나 읽어 봐야겠다. 내 청춘을 기록한 일기를.

#2_클로즈업

* 클로즈 업 : 영화나 텔레비전에서, 등장하는 배경이나 인물의 일부를
화면에 크게 나타나는 일

모든 카메라가 나를 향하고,
초점이 잡히면,
close-up

맹목적으로 나의 꿈을 좇기만 한 적이 있다. 열일곱의 나는 중학생 때부터 가진 방송국 PD라는 진로에 대해 단 한 번의 의심도 없이 지냈다. 한 친구한테, "네가 PD를 한다고?"라는 말을 들으니 참 서러웠다. 서울에 갈 성적이 안 되었기 때문이다. 처음엔 잔뜩 풀이 죽어 있었지만 덕분에 내가 왜 PD가 되고 싶은 건지 생각하게 되었다.

2019년 12월 23일 17세(고등학교 1학년)

1학년의 모든 시험이 끝나고 나니 내 성적이 어느 정도인지 궁금했기에 담임 선생님께 상담을 받았다.

나는 1학기 기말고사를 아주 완전히 말아먹은 후에 깊은 슬럼프에 빠진 적이 있다. 그와 동시에 '아, 이대로면 나 PD는 못하겠구나.'하고 생각했다. 서울의 대학교에 진학하지 못하면 서울의 방송국 PD가 되지 못하는 것 아닌가,하고 허망함에 방에서 혼자 눈물을 흘렸다.

아무튼 그때 깊은 슬럼프에 빠져 있는 때에 마음속에서 물음이 튀어 나왔다. '넌 왜 PD가 되고 싶은 건데?' 대답하기가 어려웠다. 이렇다 하는 큰 계기보다는 오래 전부터 PD를 동경하며 자연스럽게 자라온 꿈이었다.

사실 자라나는 꿈을 발견하는 것도 힘들었다. 가족들과 예능을 보며 박

장대소하던 순간에, 내가 만든 영상을 보고 즐거워하는 친구들의 모습에, 내 글을 읽으신 선생님의 창의력이 풍부하다는 칭찬에 꿈은 조금씩 자라났다. 한 번 PD에 대한 나의 열망을 발견한 후론 지금까지 망설임 없이 달려왔다. 나의 소중한 기억 속에서 찾은 꿈은 그래서 아주 소중했다.

나는 지금도 PD가 하고 싶은가. 나는 PD가 하고 싶다. 내가 만든 프로그램을 보고 많은 사람들이 웃고 즐거워하는 모습을 상상하면 웃음이 나올 정도로 설렌다. 그래서 성적 때문에 PD라는 꿈을 포기하고 싶지는 않다고 생각했다. 후에 마주할 어려움을 벌써부터 두려워하며 도망치면 분명히 후회할 것이다.

성적 때문에 시작하게 된 고민은 나에게 좋은 작용을 한 것 같다. 그 후 2학기가 되자 성적이 오르기 시작했다. 그래서 어느 정도 자신감이 생겼고 오늘 상담을 받으러 간 것이었다. 선생님께서는 성적이 오른 것에 대한 칭찬과 힘내라는 응원을 보내 주셨다. 그리고 더 좋은 성적을 받아야 한다는 쓴 말과 각종 도움이 되는 말씀도 아낌없이 주셨다. 더 좋은 성적의 필요성은 올린 건 사실이라는 말('더'라고 하셨으니 말이다.)이고 노력하면 이룰 수 있다는 뜻이다. 오히려 의지가 샘솟는다. 여기서 지치지 않을 것이다.

▲(처음 방송국을 가본 날. K사지만…)

2022년 03월 02일 20세(대학생)

오늘 드디어 첫 수업을 들었다. 수업을 듣고 나니 새삼 실감이 든다. 내가 대학생이라니, 정말 믿기지 않는다. 마치고서는 학식도 먹었다. 맛은 진짜 없었는데 먹는 것 자체가 너무 행복했다. 나와 같은 1학년들은 다들 같은 생각인건지 모두 싱글벙글이었다.

고등학생 때에 대학교의 수업이 너무 궁금해 신청을 통해 한 대학교 신문 방송학과 수업을 들어본 적이 있다. 기억하는 첫인상은 과 강의실이 아주 좁았다는 것. 그리고 대학생 멘토 선배들의 이야기를 들어보니 몇몇을 제외하고는 다들 고시를 준비한다는 이야기가 있었다. 언론고시 말하는 건가? 싶었는데 공무원 시험이었다. 내가 생각한 대학교와는 다르다, 라는 생각이 들었다. 그때 교수님을 뵈었다. 교수님께서는 짧게 미디어와 커뮤니케이션, 콘텐츠에 대해 이야기해 주셨다. 대학교에서는 어떤 것을 배우는지, 어떤 수업이 있는지 들으며 내가 미래에 대학생이 되어 수업을 듣는 상상을 했다.

이후 고등학생 때는 듣기 싫은 수업을 듣고, 읽고 싶지 않은 책들을 읽을 때마다 이런 상상을 하며 참았다. 다 나중의 내가 듣고 싶은 수업을 듣고 읽고 싶은 책들을 읽기 위한 것이라는 생각을 하니 참을 수 있었다.

대학교의 첫 수업은 처음이라 그런지 아주 가벼웠다. 하지만 그 짧은 수업 속에서도 질문을 던지는 내용이 많았다. '커뮤니케이션이 뭐라고 생각하나요.' 이 학교에서 배우며 변해갈 내 답도 기대가 된다. 아무튼 참 행복한 하루다.

2023년 08월 03일 22세 (대학생…)

나는 휴학계를 냈다. 남들은 얼른 졸업해서 취업 준비에 바쁜데 왜 지금 휴학을 하는지 의문이라던 조교의 말에 그냥 웃어주고 학교를 나온 게 통쾌해서인지 조교의 벙찐 표정이 기억에 남는다.

고등학생 때는 분명 대학교에 가면 원하는 수업을 들으며 재미있게 지식을 넓히고 성장할 수 있겠지, 하고 막연히 생각했다. 하지만 대학교에서 배우는 '미디어'는 완전한 이론 기반 개념이었기 때문에 배우면 배울수록 생각했던 것과 다르다고 느꼈다. 그렇게 2학년 1학기까지 학교를 다니면서, 이런 생각이 들었다. 고등학생 때에는 대학교를 위해, 이제는 취업을 위해 공부한다. 누가 고등학교 졸업하고 대학생이 되면 학원 안 다녀도 된다고 했냐, 나와라. 방학에도 나의 미래를 위해 언어 학원도 다니고, 자격증도 따야 하고, 알바도 해야 한다.

그러니까 내 말 속에 답이 있다. 그놈의 미래, 미래. 심지어 내 주변에 친구 이름에도 미래가 있다. 나는 늘 미래를 바라보며 살아왔는데 왜 미래는 손에 잡히지 않는 건가.

그래서 나는 이번 휴학 때만이라도 나의 꿈을 곰곰이 생각해 보는 시간을 갖기로 했다. 내가 지금 당장 하고 싶은 것, 지금 느끼는 걸 더 자세히 관찰해 보고 싶다. 그래서 나는 휴학을 하고 제주도에 왔다. 어떠한 외부 환경으로 어쩔 수 없이 설정되고 꾸며진 내 모습이 아니라 진짜 내 스스로에 대해 알아보고 싶었다. 나는 그런 시간이 '여행'이라는 것으로 아주 깊게 이루어질 수 있음을 안다.

게스트 하우스 일의 고됨과 상관없이 내가 봐온 제주도는 참 날씨가 좋다. 파란 하늘에 뭉게구름까지, 거의 매일이 이런 날씨다. 마당에는 잔디가 깔려있고 귤나무, 감나무 등 많은 나무도 심어져 있다. 바다가 보이지는 않지만 동네 집들의 주황색 기와지붕들과 낮은 돌담들은 참 정겹고 그만의 매력이 있다.

제주도에 온 지 얼마 되지 않았지만 기억에 남는 것들이 많다. 하루는 같이 일을 하는 동생과 자주 가던 카페에 커피를 마시러 갔더니 카페가 문을 열고 있지 않았다.

카페 안에서 방송 촬영을 하느라 하루 쉬게 되었다는 사장님의 말에 동생도 보내고 혼자 구경을 했다. 가만히 보니 스릴러 드라마 촬영인 듯 보였다. 카페가 좀 어두운 분위기이긴 하지. 분주한 분위기 속에서 촬영이 시작되자마자 소음이 사라진다. 모두가 카메라에 비추어지는 것들을 향해 침묵과 집중. 촬영 현장을 구경하며 알아차릴 새도 없이 가슴이 설레었다. 배우, 카메라보다 무엇보다도 감독의 빨간 의자가 눈에 띄었다. 나도 저런 곳에 앉아 디렉팅을 하는 PD가 될 수 있으려나.

설레는 마음과는 반대로 머릿속에서는 '가능할까'라는 자신 없는 목소리가 나왔다. 어느 순간부터 'PD'라는 꿈을 꾸던 나를 잊게 된 것 같다. 잊게 된 것 보다는, 점점 나의 기대를 낮춘 것이다. PD는 힘드니까, '미디어 관련 회사에 들어가는 것도 나쁘지 않지. 가능하잖아.' 이런 식으로 말이다. 하고는 싶지만 도전하기 두려워하는 나를 어떻게 해야 할까. 두려움의 원인은 무엇일까. 아직은 잘 모르겠다. 하지만 앞으로 남은 시간동안 제주도를 느끼고 나에 대해 고민하며 성장하는 경험을 얻고 싶다. 그만큼 더 열린 생각으로 모든 걸 바라봐야겠지.

2026년 04월 23일 24세 (아직은 대학생)

오늘은 졸업 사진을 찍었다. 벌써 이렇게 대학생도 끝나간다는 게 믿기지 않는다. 그래도 아쉬움보다는 설렘이 더 크다. 뭐랄까 새로운 공간까지 나의 영역을 확장해 나가는 기분? 학사모를 쓰고 졸업 사진을 찍으면서 생각해 보았는데 졸업의 설렘은 역시 사회인이 된다는 것 아닐까. 곧 졸업을 하고 난 후 학생이 아닌 어른으로 대접받는 느낌은 어떨까 궁금하다. 물론 나는 법적인 성인일 뿐이지 아직 완전한 어른은 아니지만.

나는 요즘 졸업 준비를 하며 동시에 방송국 공채 시험을 준비하고 있다. 여태까지는 내가 신문 방송학과에서 공부를 하고 있음에도 불구하고 공채 시험을 볼 생각은 하지 않았다. 경쟁률도 그렇고, 난이도도 그렇고 너무나도 어려우니까. 실제로 신문 방송학과의 모든 학생들이 방송국이나 미디어 관련 직종에 종사하지만은 않는다. 공부를 하면서 '내가 생각한 미디어 학과에서 배우는 것과 다르다.'라는 생각을 한 적이 있다. 동시에 고등학생 때 모 대학교 선배가 '언론 정보학과에 들어오면 언론고시가 아니라 행정고시를 준비한다. 그게 더 쉬우니까.' 라는 말을 했던 것이 기억난다.

그냥 도전해 보라는 게스트 하우스 친구의 말을 듣고 처음에는 도전이 쉽지 않다고 생각해 넘기기만 했다. 하지만 이후에 내가 정말 왜 도전을 하지 않고 있는지 생각해 보았다. 나는 많은 시간과 노력을 들일 내가 좌절하고 상처받을 것이 무서웠던 것이다. 무언가 얻기 위해 도전을 하면 또 다른 무언가를 잃는 것은 당연하다. 나는 그 무언가가 나의 소중한 것일까 두려웠다. 생각 정리를 했다. 두려움에도 불구하고, 앞으로 나아가자. 촬영을 시작하면 수십 대의 카메라가 쉼 없이 돌아가는 것처럼 가장 청춘일 때, 나만의 끝이 없는 도전을 해보자고 생각했다.

공채 준비가 어렵다는 것은 정말 틀림없는 사실이다. 공채 시험을 결심하자마자 겨우 스터디원을 구하고 멘토, 선배들에게 도움을 요청하니 준비해야 하고 갖추어야 할 것이 산더미다. 나는 예능국에서 기획을 하고 싶기에 다른 분야보다 조금 더 독창적이고 구성이 탄탄한 글을 연습해야 한다. 나만의 글과 기획을 준비하는 것은 정말 어렵다. 자리에 앉아 노트북을 펼치지 마자 머리가 멍해지는 느낌이 자주 든다. 분명 창의력 하나는 내가 뛰어나다고 생각했는데… 스터디원들끼리 의지가 굳세기도 하고, 나 스스로도 이 꿈에 대한 열망이 강하니 그럼에도 쉽게 포기할 것 같지는 않다. 열심히 손을 놀려야지. 이제 말을 줄여야겠다.

… 근데 졸업사진 망한 것 같은데.

#3_슬레이트

*슬레이트 : 매 테이크 앞에 카메라가
이를 찍을 때마다 2개의
판지를 탁 쳐서 시작을
알리는 것

카메라 앞에 서서
자신 있게 외치자,

2029년 07월 17일 27세 (방송국 입사 한 달)

내가 조연출로 일을 하게 된 지도 벌써 한 달이 지났다.(*조연출(AD)은 공채에 합격한 PD지망생들이 PD가 되기 전 겪는 단계이다. 조연출의 보조로 FD라는 단계도 있는데, 이분들은 시험에 붙어 들어온 것보다는 지인을 통해 특채로 들어오거나 방송 일을 배우려는, 혹은 프리랜서로 일하는 분들이다.)

부모님께 처음에 공채에 합격하여 방송국에서 일을 하게 되었다고 말씀을 드리니 꿈에 한 발 다가선 나를 보며 눈시울을 붉히셨다. 나도 내가 공채에 붙어 조연출로 일하는 것이 신기하고 감동이다. 불가능할 거라고 생각했던 일이 일어나니 기적을 마주한 기분이기도 하다. 1시간에 한 번씩 회사 출입증을 보며 꿈이 아닌지 확인한다.

내가 담당을 받은 프로그램명은 〈월간소식지〉이다. 다들 알지? 엄청 유명한 그 예능 프로그램 맞다. 〈월간소식지〉는 많은 유명 연예인들이 게스트로 출연하는데 오늘은 유명한 아이돌들이 출연했다. 10대들에게 엄청 유명하다는데 나도 방송국에서 지나가다 몇 번 본 것 같다.

확실히 인기 있는 프로그램답게 스태프의 규모가 매우 크다. 조연출과 FD만 합하더라도 10명이 가뿐히 넘는다. 사실 조연출도 회사의 정직원인 사람과 외주(외부라고도 할 수 있다.) 업체로 방송국에 고용된 일명 프리랜서로 나뉜다. 나는 매일 그들과 회의하고, 아이디어를 기획하고, 편집을 하며 프로그램을 위해 일한다고 생각한다. 조연출과 FD가 그런 것 아닌가? 샘솟는 아이디어를 적절히 활용하고 자료를 모으며 프로그램의 제작을 돕는 것. 나는 무엇보다 이들이 프로그램 제작, 기획에 있어 중요한 존재라고 생각한다.

외주의 조연출분들과는 아직 친해지지 않았다. 오랜 기간 일을 해 오신 나이 차가 많이 나는 분도 있고 또래의 젊은 분들도 있다. 대체적으로 정직원 조연출과 어울리는 분위기는 아니다. 선배 조연출분들도 외주 분들과는 친해질 기대는 하지 말라는 말을 했다. 그런 말에 의아하기도 하지만 친해지며 많은 이야기를 나눠보고 싶다는 마음이 더 크다.

PD님은 워낙에 바쁘시다 보니 회의 시간에 자주 참석하시지는 않고 우리의 회의 내용을 전달 받고 지시를 내리신다. 사실 나는 PD님이 조금 무섭다. 메인 카메라 앞에서 촬영을 지켜보며 실수가 나면 가끔씩 호통을 치시는데 그때마다 어깨가 움츠러들고는 한다. 하지만 촬영이 끝나면 늘 스탭들의 어깨를 두들기며 힘내라고 말을 건네며 힘을 주시는 분이다.

아직까지도 꿈만 같다. 보조로서 일을 하는 것은 아주 힘들기는 하다. 방송국 입사를 준비할 때 예상했던 것과 같이 아침 8시에 출근해서 그 다음날 밤 10시에 마친다. 그러니까 하루를 꼬박 샌다는 말이다. 원체 몸이 허약한 나라서 다른 사람들보다 견디기 힘들어하지만 나의 힘듦을 토로할 분위기가 아니기도 하고 애초에 일을 하는 것이 너무 재미있어서 몸의 지침이 느껴지지 않는다.

내일 촬영을 위해 이쯤에서 일기를 그만 써야겠다.

2030년 01월 24일 28세 (방송국 입사 6개월 차 조연출)

일주일 만에 집에 온 지 하루가 지났다. 집에 와서 침대에 눕자마자 기절하듯 잠든 내 몸을 방금 겨우 일으켜 씻고 왔다. 방금 확인해 봤는데 냉장고에는 유통기한이 훨씬 지난 편의점 도시락과 물만 가득했다. 일주일 내내 컴퓨터 앞에 앉아 있었기에 온 몸이 쑤시고 편두통이 심하다. 동기인 조연출이 컴퓨터 앞 파리한 내 모습을 보고 놀라 서둘러 집에 보내지 않았다면 나는 그곳에서 쓰러졌을 지도.

방송국 일은 피곤과 비례하는 정도로 재미있다. 방송국의 많은 사람들이 단순히 프로그램 제작에 대해서는 만족도가 높고 일에 대해 긍정적으로 생각할 것이다. 많은 사람들이 프로그램을 봐주고 그들의 댓글을 보면 자동으로 힘이 난다. 나 또한 아무리 힘들어도 긍정적인 반응을 보면 편집실로 들어가게 된다. 방송에 내 이름이 적혀 있지 않아 말하지 않으면 나와 친한 사람이다 하더라도 내가 프로그램에 속해 있음을 주위사람들이 모른다 해도 말이다.

사실 오늘 많은 일이 있었기에 더 컨디션이 안 좋았을지도 모르겠다. 〈월간소식지〉는 많은 스태프들이 있고 당연히 모두가 방송국 소속이지는 않는다. 우리나라의 방송법은 편성 프로그램의 일부는 외주 업체와 협력해야 한다고 하기 때문에 방송국은 외주 업체의 인력과 자금을 빌려 프로그램을 제작한다. 우리 프로그램도 많은 외주업체 프리랜서들과 함께 일한다. 나는 그들이 단순히 프로그램에 도움만 주는 존재라고 생각하지 않는다. 함께 프로그램을 만들고, 일을 하며 '우리'를 형성한다고 생각한다. 하지만 몇몇 사람들은 어떤 이유인지 우리의 생각을 왜곡된 채로 알고 있는 것 같았다. 나는 〈월간소식지〉에 배정받은 그날 이후로 6개월이 지난 지금까지도 2명의 외주 조연출들과 친해지지 못했다. 물론 여태까지 고된 일을 같이 해오기도 했고 회식을 몇 번 하며 속 이야기를 통해 대다수의 사람들과는 친해졌다. 하지만 그 2명과는 회의시간의 회의와 사적인 대화

말고는 대화를 나누어본 적이 거의 없다.

오늘 회의 시간의 일이었다. 요즘 들어 한 조연출의 적대감이 실린 듯한 시선이 더 잘 보이는 것 같아 스스로 위축되어 있었다. 나는 여기서 막내 조연출이었고 그는 숙련된 경력을 가지고 있었기 때문이다.

“운화 씨는 그러면 오늘 파일 변환이랑 자료 수집하면서 대기하고 있어.”

그 조연출분의 말이었다. 억울했다. 그 정도면 나 말고도 두어 명의 보조가 붙어야 오늘 안에 끝낼 수 있는 분량인데. 알겠다고 말하면서도 자연스럽게 불만스러운 표정이 나왔나보다. 엄청난 꾸지람이 쏟아졌다.

“공채라고 잡일은 싫다는 건가?”

분명히 나는 열심히 공부했고 정당하게 공채에 합격해 일을 하고 있음에도 그 말에 아무런 대답을 하지 못했다. 그들과 나는 다른 방식으로 방송에 대한 일을 진행해 왔다. 방송사와 어느 정도의 갈등과 오해가 빚어졌는지는 모르지만 지금은 나에게 화풀이한다는 생각이 들었다. 나는 혼자 편집실 컴퓨터 앞에서 앉아 고심 또 고심했다. 내가 반년 동안 봐온 그는 분명히 나쁜 사람이 아니며 남에게 쉽게 화풀이하는 성격이 아닌 사람이다. 그렇기 때문에 나는 그와 제대로 된 이야기를 해야 한다는 필요성을 느꼈다. 조금 뒤 편집실에 그가 들어왔고 우리는 많은 시간동안 이야기를 나누었다.

그는 현장에서 많은 사람들을 접하였고 자연스레 프리랜서로 일하는 자신을 배척하는 정직원 스태프들을 많이 보며 선입견을 가졌다고 말했다. 그리고 자신의 무례함에 대한 사과를 했다. 우리는 이야기를 통해 오해를 풀 수 있었다. 실제로 일을 하다보면 이러한 오해는 정말 많이 존재한다.

방송국에 속해 있는 직원들은 프로그램 선택이나 공백기의 자유는 구속되는 편이지만 그 대신 방송국의 보호를 받으며 일을 할 수 있다. 그리고 연출, 촬영 직업의 장기성에 대한 불안감이 상대적으로 적은 편이다. 나 또한 공채로 들어왔기 때문에 조연출로의 일정 시간이 지나면 PD가 되는 것은 어느 정도 확신할 수 있다.

외주 업체 혹은 프리랜서로 일하는 연출, 촬영팀들은 자유를 갖는 대신 보호를 받지 못한다는 것으로 인한 고용에 대한 불안감이 클 수밖에 없다. 내가 보아온 조연출들 중에는 6년차임에도 '입봉'을 하지 못한 분들도 있다. 그만큼 프리랜서 PD가 되는 것은 힘든 일이며 미래의 불확실성이 클 수 있다. 물론 외주업체의 PD가 되면 방송국 소속의 PD보다 훨씬 더 큰 성장 가능성을 가질 수 있다. 결국 방송국 PD는 월급쟁이이지만 외주업체는 자유도가 훨씬 크기 때문이다.

이러한 차이점에서 오는 오해가 많다. 일부 방송국 직원들은 외주업체의 스탭들을 무시할 때가 있고, 외주업체 사람들도 방송국의 직원들을 꺼리는 경향이 있다. 이러한 갈등들이 결국 둘 사이의 삭막한 거리감을 만드는 것이다. 위에서도 언급한 바 있지만, 프로그램을 만드는 데에는 편을 가르는 것은 좋은 방법이 아니다. 나는 어느 곳에서든 프로그램이 스탭끼리 편을 가르지 않고 '우리'라는 단어를 자연스럽게 사용하며 함께 어울려 프로그램을 제작했으면 한다.

긴장이 풀리고 나니 온 몸에 힘이 빠져 제대로 서 있을 수가 없었다. 동기 조연출은 다른 사람들과 함께 일을 하기로 했다며 하루 쉬고 올 것을 말했다. 몸도, 마음도 힘들지만 내일 출근할 때에는 여태보다 더 가벼운 마음으로 다녀올 수 있을 것 같다. 이제 무언가 풀리는 기분이 든다.

#4_니주의 시간

* 니주 : 촬영장에서 사용하는 깔판. 방송에서는 중요한 내용 앞에
어떠한 내용을 만들어 중요한 내용을 극대화시키는 것을
'니주 깐다'라고 한다.

내가 무릎을 꿇었던 건
추진력을 얻기 위함이다,

2031년 09월 23일 29세 (방송국 입사 2년 차 조연출)

요즘에는 일이 재미가 없다. 그렇기 때문에 주어진 일도 마다하고 편집실 구석에서 가방에 든 일기장을 꺼내 글을 쓰고 있다. 나를 비롯한 스탭과 외주 조연출들이 갈등을 풀고 난 후부터 우리 프로그램은 더 성장할 수 있었다. 삭막하고 경쟁하듯 이루어진 회의가 더 활기차고 에너지 있는 분위기로 바뀌었기 때문이다. 우리는 '우리'라고 말할 수 있었다. 서로의 선택과 의견을 존중했고 다양한 아이디어를 함께 모색하며 더 나은 방향을 찾아갈 수 있었다. 승승장구하던 프로그램은 작년에는 프로그램상과 PD상, 우수상 등 무려 5개의 상을 받으며 전성기를 보여주었다.

나는 조연출 2년차가 되었다. 평균적으로 공채로 뽑힌 이들은 3년 정도 조연출로 일을 하면 PD가 된다. 후배도 생겼다. 방송국에서 공채를 새로 뽑았고 예능국에 들어온 후배들은 6명이었다. 예전에 내가 처음 방송국에 들어왔을 때가 생각이 났다. 선배들은 들어오자마자 우리의 출신 대학교를 물었고 서울대 말고는 다 잡대라던 선배의 말은 참 상처였다. 나도 그 기억이 참 아팠기 때문에 후배들에게 대학 이야기는 꺼내지 않았다.

늘 피로하고 힘들지만 그럼에도 일은 항상 즐거웠던 나는 이제 방송국에 괴리감이 느껴진다. 2주 전 신입 공채들이 조연출로 들어온 것과 동시에 새로운 스탭들이 들어왔다. 그리고 충격적인 것은 동시에 여태껏 함께 일해오던 외주 업체 스탭들이 다 물갈이가 된 것이다. 나는 충격에 빠져 나올 수가 없었다. 선배들과 PD님은 안타까운 일이지만 공사구분이 필요하다며 일에만 집중하라고 나에게 말했다. 나는 그러한 말에도 이해할 수가 없었다. 2년이 외주업체와 방송국의 계약임은 잘 알고 있었지만 작년의 성과도 그렇고 화목한 사이도 그렇고 방송국 측에서 당연히 계약을 연장할 줄 알았다.

노동법 중 비정규직을 고용하여 2년 이상 계약을 유지하면 장기계약이 성립되어 정규직으로 전환해야 한다는 법이 있다. 이 때문에 단기직도 2년이 지나면 계약을 더 이상 하지 않는 것은 알고 있었지만 그것이 외주업체에도 성립이 되는지는 몰랐다. 방송국은 더 많은 이익을 창출하기 위해서 적은 인원과 외주 제작사 고용을 선택한다. 그리고 그들에게 외주 제작사 교체는 참 쉬운 일이다. 외주 제작사를 고용할 때 근로 계약서를 쓰지 않고, 회차 당 임금을 준다는 것은 방송국에게만 유리한 조건이었다.

방송국은 그들과의 계약을 더 이상 하지 않고 다른 외주 제작사로 교체했다. 매우 허무했다. 여태껏 갈등을 풀기 위해 노력했고 그 후 시너지 효과가 나오며 많은 칭찬을 들었다. 나를 제외한 많은 이들은 벌써 이러한 냉정함에 적응한 듯 평소와 다름없이 일을 시작했다. 나는 '추억만을 기억하는 사람'이 되어버린 것이다. 방송국일이 즐겁고 사람들에게 행복을 전해 주고 싶다며 시작한 방송국 일에 괴리감이 들기 시작했다.

그와 동시에 손에 잡히지 않는 일 때문에 하루에도 몇 번씩 PD님께 혼나기 일쑤였다. 전에 한번은 수집한 자료를 날려 보내 주어진 시간까지 자료를 보내드리지 못한 적이 있다. 진짜 잘리는 줄 알았다. 겨우 자료를 다시 모아 보내드렸지만 철저하지 못한 내용에 꾸지람을 들어야 했다. 그럼에도 반성과 의지보다는 스스로를 깎아내리며 나의 자존감 또한 낮아졌다.

항상 미소 지으며 열정적으로 일하던 내가 시름시름 앓고 있으니 선배들과 동기는 걱정을 한다. 그도 그럴 것이, 항상 남들보다 허약한 체력을 가지고 있던 나는 심리적 갈등 때문인지 더 몸이 안 좋아졌다. 직업상 병원을 자주 가지 못하니 한 달 치 양의 약을 끊어 먹고 있다. 의사는 나에게 늘 스트레스와 피로가 원인이라며 적당한 쉼이 필요하다고 말한다.

방송국에서 일하면서 쉼을 원하는 것은 사치가 되었다. 워라밸이 가장 존중받지 못하는 것이 방송국 스탭이 아닌가. 시간이 지나 내가 방송 PD가 되면, 내가 과연 행복해질까? 점점 궁극적인 의문만 든다.

2031년 11월 21일 29세 (방송국 휴직)

3개월간의 휴직을 받았다. 여태 아무도 받지 못했던 기간의 휴직이다. 향후 몇 년간의 가능한 월차와 휴일까지 몽땅 끌어 모아서 썼다. PD가 되면 쓸 수 있는 휴가까지 다 썼는데도 3개월이 최대이다.

최고의 시너지와 에너지를 보여주며 오래 동안 함께할 줄 알았던 사람들이 현실에 부딪혀 좌절해야 했을 때, 나는 할 수 있는 것이 없었다. PD가 되기 위해 몇 번을 더 이런 끝을 알 수 없는 관계를 마주해야 함과 그 관계 속의 갈등을 몇 번이고 마주해야 한다는 사실은 참 두려웠다. 어쩌면 이기적인 생각일지도 모른다. 다른 동기들은 이러한 관계에 체념을 하든, 적응을 하든 버티고 있으니까. 동기와 주변 사람들의 버티고 일어서라는 말은 셀 수 없이 들었다. 그들이 보기에도 나는 생명력이 없는 사람처럼 보였을 것이다. 무엇을 위해 일을 하는가, 목표를 길을 잃자 나는 몸도 마음도 지쳐갔다.

결국 가장 큰 원인은 편집실에서 쓰러진 것이다. 모두들 잠시 촬영 상태를 보기 위해 촬영장에 갔을 때 편집실에 홀로 남아 있던 나를 자료를 가져가려던 후배 한 명이 본 것이다. 몸이 안 좋고 고민이 많아도 악착같이 버티던 내가 점점 지쳐가는 모습을 보던 PD님은 결국 며칠 쉴 것을 제안하셨다.

사실은 PD님께 그 말을 듣기 전에, 그만 두고 싶다고 말했다. PD님은 자신이 조연출일 때에도 현실을 마주하며 괴리감에 그만두고 싶었던 적이 있다고 말씀하셨다. 그때는 아무도 자신을 도와주지 않고 그저 버티라는 말만 반복했기에 버티면 나아질 줄 알았다고 하셨다. 하지만 나아지지 않았다. PD님의 상처는 한구석에 깊이 자리 잡고 있었고, PD가 되고 나서도 몇 년간은 고생을 많이 하셨다고 한다. 그 말을 들을 때에도 나는 과연 쉰다고 나아질까, 라는 절망감에 빠져 있었다.

국장님과의 상담까지 벌어졌다. 이쯤 되니 몇몇 선배들은 아직 조연출밖에 되지 않는 애가 그만두니 마니로 내색을 한다며 대놓고 꾸지람을 주었다. 참 아팠다. 그들도 분명히 이런 경험이 있었을 텐데 왜 그런 말만 하는 걸까. 국장님은 나보고 현실적으로 나의 향후 휴가까지 모두 끌어 모아 나오는 것이 3개월이라며 그동안 진지하게 고민을 해보라고 하셨다.

"자네가 이렇게 아파하고 고뇌한다는 것은 그만큼 방송을 사랑하는 거겠지. 그런 사람들은 아픔을 딛고 나면 반드시 엄청난 성장을 보여줄 거라고 믿네. 다녀와서 앞으로의 이야기를 해보자."

나는 이렇게 3개월간의 휴직을 받았다. 휴직을 받고 나니 뭘 해야 할지 감이 오지 않았다. 그때 PD님이 혼자 해외여행을 가보는 것을 제안했다. 낯선 공간에 혼자가 된 상태에서 스스로에 대해 질문을 던져보는 것이 어떻겠냐는 PD님의 말씀에 나는 곧바로 쿠바로 가는 티켓을 구매했다. 쿠바에 대한 TV 프로그램을 보고 감명 깊었기도 하고 가장 좋아하는 책 중 하나가 '노인과 바다'이기에 배경지인 쿠바를 살면서 한 번쯤은 가보고 싶었다. 지치고 고민투성이인 내가 과연 쿠바

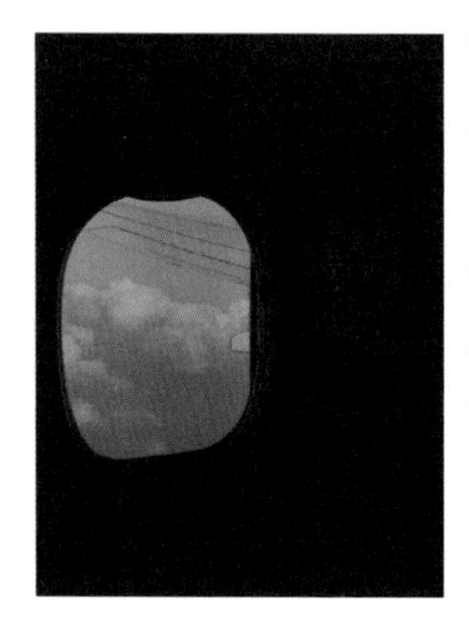

를 다녀온다고 해서 내 선택에 힘을 가질 수 있을까 의문이 먼저 들지만 여행은 머릿속 고민의 여부와는 상관없이 늘 나를 설레게 만든다.
그리고 나는 지금 쿠바로 가는 비행기 안에 있다.

2031년 12월 26일 29세 (방송국 휴직 중)

쿠바에 다녀온 지 이틀이 지나 이제야 일기를 쓰게 되었다. 쿠바에서 일기장을 잃어버리기도 하고 우여곡절 많은 일이 있어 쓰지 못했다. 사실 많은 문제점들은 나의 부주의함 때문이었고 이것은 가족들과 PD님, 방송국 사람들에게만 말을 전한 후 짐을 챙기자마자 비행기에 탔기에 여러 가지 여건들과 문제들을 못한 것이 가장 크다.

첫날 도착하니 쿠바는 밤이었다. 공항에서 급하게 잡은 까사(숙소)를 가기 위해 택시를 잡았다. 지금 생각해 보면 왜 흥정을 하지 않았는지 후회가 된다. 쿠바는 택시에 타기 전에 목적지를 말하며 흥정을 통해 값을 결정하는데 나는 그걸 완전히 까먹고 있었던 것이다. 하룻밤을 자고 난 후에는 본격적으로 수도인 아바나 여행이 시작되었다. 쿠바의 수도인 아바나는 참 다양한 색을 가진 곳이다. 낡고 오래된 건물임에도 원색의 색을 가진 건물은 무언가 쿠바만의 분위기가 느껴진다. 며칠 동안 혼자 아바나 시내를 돌아다니며 사진을 찍고 정신없이 거리를 돌아 다녔다. 쿠바의 아바나는 배낭 여행객들의 성지라고 말할 정도로 많은 여행객들이 있다. 그들 틈에 존재하지만 완전히 동떨어져 나 홀로 여행을 하는 것은 참 긴장되면서도 설레는 느낌이다.

하지만 쿠바에서의 홀로 여행은 설렘보다는 위험을 더 많이 느꼈

다. 쿠바는 남아메리카 중 치안이 좋은 국가라고 하지만 그럼에도 나는 위기를 느꼈다. 지나가는 나를 보고 낯선 언어로 말을 거는 일은 아주 흔하다. 하루는 저녁에 까사로 돌아가는데 까사 앞까지 누군가가 따라온 적이 있다. 그날 너무 무서워 잠을 못 잤다. 무엇보다도 외로움이 제일 컸다. 나는 여태 내가 혼자 다니는 것에 두려움과 외로움을 느끼지 않고 오히려 혼자 다니는 것을 더 좋아한다고 생각했다. 그렇지만 아바나 해안의 파란 안개 속 붉은 일출을 보았을 때 처음으로 외로움을 느꼈다. 이 멋진 풍경에 대해 그 누구와도 이야기할 수가 없다는 것, 그저 혼자 감탄하며 사진을 찍는 것밖에 할 수 없다는 게 나를 외롭게 만들었다. 이후에는 오히려 위축된 나를 볼 수 있었다.

이런 외로움을 일행을 만나며 해소할 수 있었다. 공항에서 예약해둔 까사의 기간이 끝나 체크아웃을 하고 숙소를 찾으러 돌아다니던 중이었다. 생각했던 것보다 훨씬 까사를 찾기가 힘들었다. 오전부터 해가 질 때까지 까사를 구하지 못해 거리에서 방황하며 쩔쩔매던 나를 한 일행이 발견하고 도와준 것이다. 그들 덕분에 나는 그들 일행 옆방에 까사를 구할 수 있었다.

6명이서 다니는 일행은 참 독특한 조합을 가지고 있었다. 먼저 미국인 스티븐과 한국여자 민지언니 커플, 혼자 온 한국 남자 종훈 씨와 일본인 친구들 3명, 이렇게 다양한 나라에서 온 사람들이었다. 그들도 쿠바 여행을 하다가 만나게 되었다고 하고 그 일행에 나도 끼게 되었다. 우리는 다양하고 자유롭게 여행을 했다. 하루는 다 같이 시골에 내려가 바다에서 물놀이를 하다가 오고, 또 하루는 일행을 나누어 여행을 하고. 5년 전부터 매년 쿠바에 온다던 종훈 씨 덕분이었다.

나는 이들과 여행을 하며 점차 그들의 이야기를 듣게 되었다. 먼저 친해진 것은 국제 커플이었다. 그들과 나는 아바나 시내와 산 프란시스코 성당을 셋이서 함께 다니며 친해졌다. 그들 또한 쿠바에서 만나 함께 여행 중이라고 했다. 미국인인 스티븐과 한국인인 민지언니는 한 달 동안 쿠바에 있었고 그동안 그들은 함께 여행을 하며 가까워져 연인 사이가 되었다고 했다. 그들의 이야기는 비현실적이라고 생각이 들 만큼 로맨틱했다. 쿠바의 거리는 사람들을 사랑에 빠지게 할 만큼 아름다웠으니 말이다.

하지만 일주일 뒤, 민지언니는 한국으로 돌아간다고 했다. 민지언니는 한국에서의 삶이 늘 바쁘고 지친다고 말했다. 그렇기 때문에 쿠바에서의 추억을 아름다운 순간으로 간직하고 싶어 했다. 스티븐은 미국으로 돌아간 뒤에도 언니와 계속 연락을 하며 지내고 싶어 했지만 그녀의 생각을 대강 알고 있는 듯 보였다. 내가 무언가를 할 수 있는 것은 없었다. 언니의 입장이 이해가 가지 않는 것은 아니다. 언니는 진심으로 그를 아꼈고 그와의 추억을 소중히 여겼지만 이 여행이라는 특수한 상황의 매개체가 끊어진 후의 관계에는 확신이 서지 않았던 것이다. 나는 이러한 사랑과 고뇌의 모순된 상황이 쿠바라는 곳과 어울리며 그 자체로도 참 아름답다고 생각했다. 그러니까 사람 간의 관계를 보여주는 여행의 아름다움을 느끼게 된 것이다. 사람들의 관계와 여행, 아주 우연적인 배열이지만 그 속에서 그들의 필연을 느끼게 하는 단어 같다.

국제커플들과 하루를 보낸 후 다음 날은 5년 동안 한 번도 빠짐없이 매년 쿠바를 방문한 종훈 씨와 함께 헤밍웨이의 책 '노인과 바다'의 배경지가 되는 어촌마을인 코히마르라는 곳을 갔다. 그는 20대 때 처음 혼자 여행을 온 쿠바에서 한 친구와 만났고 그 친구의 연락처를 받지 못해 그 후 연락이 끊겼다고 했다. 그는 그 친구가 또 쿠바에 오고 싶다고 말했던 것을 기억하고 매년 쿠바에 방문하는 것이다. 새파란 올드카를 타고 코히마르로 가는 길에 그의 이야기를 들으며 씁쓸한 기분이 들었다. 그의 맹목적인 믿음이 그때에는 이해가 잘 가지 않았다.

헤밍웨이가 자주 다녔다는 식당에서 밥과 간단한 술을 마시고 코히마르 요새 앞 바다에서 노을을 보고 있었다. 분홍빛으로 물드는 바다가 참 아름다웠다. 그는 혼잣말인 건지 분홍빛 바다만을 바라보며 자신의 이야기를 꺼냈다. 사실 그를 다시 만날 수 있다고 생각하지는 않는다고. 하지만 힘들었던 20대에 한줄기 빛처럼 희망을 주던 그와의 추억이 참 예쁘고 그리워서 오는 것일지도 모른다고.

아바나로 돌아가는 길에는 이미 온통 어둠으로 잠식된 후였다. 쿠바는 참 묘한 힘을 가지고 있는 것 같다. 일행들의 각자 이야기를 들어보며 여행 속의 사람 간의 관계는 참 위태롭지만 찬란히 빛난다고 생각이 들었다. 나는 자연스럽게 이러한 사람들의 이야기가 여행지의 아름다운 풍경과 함께 방송이 된다면 어떨까 생각을 하게 되었다. 특정한 관계 속의 사람들이 여행을 떠나며 보여주는 그들의 모습은 마냥 밝지만은 않더라도 그것만의 매력이 있을 것이다. 역시 이런 매력을 남들에게 보여주는 것은 정말 재미있을 것 같다.

처음 방송에 대해 회의감을 느끼고 일이 손에 잡히지 않았던 때 이후로 처음 편하게 방송에 대해 생각한 순간이었다. 참 아이러니하다고 생각했다. 그렇게 힘들게 하고 고통을 주어 나를 쿠바로까지 끌고 온 고민은 결국 천천히 답을 찾아가고 있었다. 능력의 부족, 진로에 대한 고민에도 나에게 방송은 놓을 수 없는 애절한 것이다. 가슴이 뜀을 느끼기 때문이다. 어느새 다시 방송 일을 하고 있는 내 모습을 상상하고 있다.

#5_사인 온

* 사인 온 : 촬영장에서 담당 프로듀서가 전 스태프에게 큐 사인을
날리는 것으로 방송의 시작을 알리는 신호

내 이야기의 시작을 끊는 건
나다,
sign-on

2033년 02월 14일 31세 (방송국 복귀, PD 시작)

오늘은 프로그램 기획안이 통과된 날이다. 작가팀, 촬영팀, 연출팀들 어느 누구 하나 이 프로그램을 위해 고생하지 않은 사람들이 없다.

여행을 다녀오고 잠깐의 휴식기를 가진 나는 쉬었던 조연출 일을 1년간 계속 했다. 3개월이라는 휴직이 있었던 만큼 결코 쉬는 날 없이 일만 한 것 같다. 끊임없이 주어지는 일들에 지치고 힘든 날도 많았지만 결국 나에게 에너지를 주는 것은 '방송'이다.

나는 조연출이라는 단계가 끝날 때쯤 국장님과 이야기를 나누었다. 나를 포기하지 않고 나에게 적절한 방안을 준 것에 대한 무한한 감사함을 표했다. 그리고 여행을 다녀오면서부터 생각해둔 첫 프로그램 기획을 어필했다. 처음에는 나의 의욕적인 모습에 웃으면서도 당황하셨지만, 내 아이디어가 나쁘지 않다고 생각하셨는지 한번 기획안을 작성해 보라고 하셨다.

내가 생각한 프로그램은 '여행'에 관한 예능이다. 쿠바에서 만난 일행들의 이야기를 들어보며 떠올린 아이디어이다. 여행이라는 것은 변화를 불러 온다. 낯선 곳에서의 여행에서 만나는 인연들, 기존의 인연들과 떠나는 여행, 뭐든지 개인들에게 여행은 보편적인 의미를 가진 것일 수 없다.

개개인들에게 각기 다른 의미를 지닌 것이다. 이러한 연예인이 아닌 평범한 사람들의 여행 모습을 통해 여행 속 관계에 대해 보여주는 프로그램을 만든다면 괜찮을 것이라 생각했다.

그래서 나는 쿠바에서의 인연들을 약 3년 만에 다시 만나보기로 했다. 쿠바에서 연인이었던 스티븐과 민지언니, 매년 쿠바에 방문하던 종훈 씨, 대학생이던 일본인 친구들까지. 가장 빠르게 연락이 닿았던 건 스티븐과 민지언니였다. 둘은 각자의 나라로 돌아간 후 아주 간간이 연락을 주고받는다고 했다. 종훈 씨는 왜인지 아직까지도 연락을 받지 않고 있다. 마지막에 헤어질 때에 몇 년 간은 계속 쿠바에 올 것 같다, 라고 말하던 그의 모습이 아직까지도 눈에 선하다.

2033년 12월 24일 31세 (방송국 PD 1년 차)

오늘 드디어 마지막 방송을 했다. 첫 화 방송을 볼 때에도 긴장했었지만 마지막 화를 스탭들과 다 같이 식당에 모여 보니 첫 방송 생각도 나고 아주 떨렸다. 여태 모두와 한국에서, 타지에서 그리고 편집실에서 함께 겪었던 고생이 떠오른다.

우리의 프로그램 이름은 〈여기서 행하다〉, 여행지에서 이야기를 시작하는 사람들의 모습을 보여주는 이름이다. 여행지 스페인과 포르투갈 두 나라를 배경지로 잡았다. 두 나라는 지리적으로 인접해 있을 뿐만 아니라 아름다운 경치로 걸어 다니기만 해도 좋다는 여행객들의 후기가 자자한 곳이다. 이곳에서의 여행을 통해 총 5팀의 사람들은 각자만의 이야기를 진솔하게 풀어나갔다. 사연을 받고 인터뷰를 통해

선정한 5팀이 주인공이다.

1화, 가장 처음 나오는 팀은 스티븐과 민지언니다. 놀랍게도 그들은 나의 친구임에도 불구하고 나로 인해 선정된 것이 아니었다. 사연을 신청해 보라는 나의 적극적인 어필이 있긴 했지만, 사연을 읽은 많은 스텝들의 추천이 있었다. 그 둘의 관계는 확실히 옆에서 본 나도 신기할 정도로 묘한 이야기를 품고 있다. 인터뷰에서 둘의 쿠바에서의 만남을 이야기해 주는데, 나도 그렇게 자세히 들은 것은 처음이라 신기했다.

쿠바는 정말 인터넷이 잘 통하지 않는다. 사람들이 전자기기를 들고 한 장소에 몰려 있으면 그곳이 wifi 영역인 것이다. 민지언니가 본 스티븐은 인터넷 때문에 늘 쩔쩔매고 있었다. wifi 영역에 들를 때마다 쩔쩔매는 스티븐을 민지언니가 우연적으로 발견했고 두어 번 도와주고 다섯 번이 넘어가자 자연스레 같이 식사를 하게 되었고 그 이후 여행을 동행했다.

그때의 쿠바의 붉은 석양과 바다가 여행의 분위기에 한 몫 했다는 민지언니의 말에 우리는 곧바로 그들을 스페인의 세비야로 보내기로 결정했다. 조각품처럼 꾸며진 가로등을 조명삼아 어두운 세비야 거리를 함께 걷는 것도 나쁘지 않지. 사실 어느 곳이든 '여행'이라는 단어가 붙으면 더 솔직해지고 그곳에 녹아드는 것이니까. 그들은 〈여기서 행하다〉라는 프로그램의 '관계의 재정의'라는 하나의 취지에 알맞은 만남과 헤어짐, 대화를 보여주며 시청자들의 좋은 반응을 이끌었다.

3화에서는 삼남매의 이야기가 나왔다. 23살 맏이와 20살, 16살 여동생들. 할머니와 넷이서 살던 그들은 작년에 당신을 보내드렸다고 한다. 그들은 인터뷰에서 할머니 이야기를 꺼낼 때에도 다들 그늘은 없는 사람처럼 아주 밝고 발랄한 모습을 보여주었다. 하지만 그들은 서로의 상처를 건드리는 것 자체를 두려워했다. 서로를 너무나 아끼기에 서로의 상처를 알아차리는 것조차 무서워했다. 혹시나 자신의 시선에 더 아파할까 봐. 막내의 사연에는 이렇게 적혀 있었다.

'한 번쯤은 서로에게 물어봤어야 했는데 하지 못했던 말을 건네고 싶다.

괜찮은 지, 나는 사실 아직도 그립다고.'

포르투갈 포르투의 루이스 다리에서 석양으로 더 빨갛게 물든 주황빛 지붕들을 바라보다가 문득 떠오르는 당신 생각에 눈물을 흘리는 남매의 모습은 사람들에게 저마다의 그리움을 떠올리게 했다.

회차가 지날수록 시청률이 늘고 사람들의 관심이 집중되는 것 같아 제작진끼리의 분위기도, 기분도 매우 좋았다. 다양한 사람들의 관계와 사연이 섞여 보여주는 도시의 풍경은 참 아름다웠다.

사실 프로그램 기획안이 통과된 후 후회한 적도 많았다. 여행 예능 프로그램은 타지에서 촬영을 하는 만큼 PD인 내가 책임질 것이 많았고 그만큼 위험을 감수해야 했으니까. 심지어 한 시청자는 댓글로 '이게 예능이냐, 다큐냐.'라는 말을 남기기도 했다. 씩씩거리는 조연출을 말리며 그냥 감사히 칭찬으로 듣기로 했다. 예능이 단순히 즐거움을 주는 오락만을 담은 것이 아니라 여러 생각을 하게 만드는 진정한 감정을 담았다는 말로 들린다.

마지막 회는 종훈 씨가 출연했다. 마지막 출연자로 어느 사연을 선택해야 할지 제작진들끼리 한창 고민일 때, 종훈 씨가 연락을 주었다. 3년 만의 연락은 나를 깜짝 놀라게 만들었다. 자신이 그토록 기다리던 그 사람을 드디어 만나게 되었다고 말하면서 말이다.

종훈 씨는 20대 중반에 심한 우울증에 시달리고 있었다. 열정을 갖고 시작한 청년 사업이 대기업에게 아이디어를 빼앗기며 큰 위기를 맞고 직원들이 떠나며 결국 홀로 남게 된 것이다. 그는 큰 아픔을 가지며 매일을 술에 찌들어 살아가던 중 여행을 떠올렸다. 그는 가진 돈을 털어 모아 겨우 비행기 티켓을 사 쿠바에 도착했다. 거기서 그는 한 할아버지를 만났다. 한국에서 홀로 쿠바로 여행을 왔다던 할아버지는 숙소를 예약할 돈조차 없던 종훈 씨와 함께 여행을 다녔다. 특별한 대화도 하지 않았고 쿠바에 가면 누구나 한 번씩은 탄다는 올드카 한 번 타지 않았다. 그들은 그저 과묵하게 함께 거리를 걷고, 밥을 먹었다. 마치 오랜 시간 함께 해온 가족처럼. 할아버지는 그렇게 일주일을 그와 함께 지내다가 그에게 비행기 티켓을 사는데 보태라며 돈을 주고는 다음날 공항으로 가버리셨다. 참 그들다운 이별이었다. 종훈 씨는 이틀을 홀로 여행을 다니다가 한국으로 돌아왔다. 그 여행 이후 종훈 씨는 변화했다.

정확히 8년이 지나 그는 자신을 슬픔에서 벗어나게 해준 할아버지에 대해 알 수 있었다. 할아버지는 종훈 씨를 쿠바에서 만난 지 2년이 지난 그해에 돌아가셨다고 한다. 평소 지병이 있었기 때문에 쿠바에 혼자 여행을 다녀오신다고 할 때도 가족들이 많은 걱정을 했다. 할아버지의 고집을 누구도 꺾을 수 없었고 실제로 여행 2주일 후 할아버지는 새까맣게 탄 채로 집에 도착했다. 할아버지는 한동안 손자 또래로 보였던 한 청년에 대한 이야기를 가족들에게 수도 없이 이야기하셨다. 손자는 할아버지를 위해 자신의 또래라는 청년을 찾아다녔다.

한 할아버지를 통해 인생이 변화한 종훈 씨와 그 할아버지의 손자의 여행. 미묘할 수도 있다. 하지만 나는 그 둘의 여행을 보며 할아버지와 종훈 씨의 여행이 왜인지 자연스럽게 상상이 되었다. 할아버지가 어떤 이야기를 자주 하셨는지, 어떤 행동을 자주 했는지. 그들은 스페인 톨레도의 광장을 걸으며 할아버지와 쿠바 광장을 떠올렸다.

마지막 회차가 끝나고 모두가 다 함께 박수를 쳤다. 몇 십번의 회의와 수정, 두 달간의 타지에서의 촬영과 몇 백번의 편집. 우리의 고된 노력이 담겨 있는 프로그램이 마침내 무탈하게 끝이 났다.

#6_프라임 타임

* 프라임 타임 : 시청취율이 가장 높은 시간대로,
드라이브 타임, 골든 타임 등이 같은 뜻으로 쓰인다.

아직도 현재진행형
시간을 달리며,
prime-time

2040년 08월 13일 39세 (방송국 PD 9년 차)

오랜만에 일기를 찾아 읽어 보았다. 사실 심심할 때마다 일기를 찾아 읽어 보는 것 같다. 방송국에서 일하던 내가 나의 행복과 궁극적인 질문에 대해 답하고자 노력하지 않았다면 PD가 되기를 포기했을 것이다. 이렇게 나의 고민을 외면하지 않고 마주보며 시작한 PD 생활은 마냥 행복하지만은 않았다.

〈여기서 행하다〉가 성공적으로 끝이 난 후 나는 자신 있게 새로운 프로그램을 아이디어를 내놓았다. 여행을 엉망으로 만드는 트러블러(일명 스파이)를 찾으며 여행하는 프로그램인 〈트러블트래블〉이 그중 하나였다. 나는 이 아이디어가 생각난 후 스스로에게 박수를 쳤을 만큼 프로그램이 정말 대성할 줄 알았다. 하지만 복잡한 설정으로 이해하기 어렵다는 평과 함께 시청률은 저조했고 결국 편성대기조에서 사라졌다.

〈여기서 행하다〉가 마니아층이 생길 정도로 생각보다 반응이 좋았기 때문에(나의 첫 프로그램이기에 소중한 것일 수도 있다) 나는 이러한 결과에 좌절했다. 하지만 기회는 많다고 생각하며 몇몇 방송에 들어가 일하며 심기일전으로 나의 프로그램을 기획했다. (CP가 총괄PD이고, PD가 그 밑에 들어가 일하기도 한다.)

3년간의 준비기간 동안 여러 아이디어를 떠올렸다. 그리고 기획안 하나를 국장님께 제출했다. 〈교양을 먹다〉였다. 음식과 관련된 세계 문화에 대해 여행을 통해 보여주는 〈교양을 먹다〉로 국장님께 칭찬을 들으며 자신 있게 프로그램을 시작했다. 사실 방송을 하면서도 위태로웠다. '또 여행이냐…'라는 댓글에 자주 절망했다. 정보만 알려주는 듯한 느낌이 든다는 게 총평이었다.

이후에도 몇 번의 파일럿 프로그램의 편성 실패와 정규 편성 이후의 흐지부지한 반응에 내가 자질이 없는 걸까 생각도 했다. 고민과 고뇌에 가득 차 있지만 기획안을 떠올리는 건 PD에게 습관과도 같다. 다른 PD님의 기획에 따르며 함께 프로그램을 만드는 것도 재미있지만 나는 나의 프로그램이 방송되기를 꿈꾸기 때문이다.

그래서 새로운 프로그램을 요즘 생각하고 있다. 제목은 〈청춘노트〉로, 부끄럽지만 요즘 이 일기를 읽으며 떠올린 아이디어다. 내 일기의 표지에는 항상 〈김PD일기〉라고 적혀 있다. 어릴 때의 내가 야심차게 무조건 김PD가 될 것이라며 적은 것이 그대로 이어진 것이다. 내 청춘이 담긴 노트를 보며 결국 나는 많은 시간 동안 '도전'을 두려워하지 않을 것을 배웠음을 알았다. 노잼PD라는 말을 들음에도 포기하지 않고 이번에도 새로운 것을 도전하는 이유이기도 하다.

〈청춘노트〉는 단지 20대, 30대와 같은 젊은 층들을 청춘이라고 하지만은 않았으면 한다. 그것은 '청춘은 봄이다'와 같은 표면적인 해석밖에 되지 않는다. 청춘은 사계절이다. 푸르게 피어나는 봄도 있고, 뜨거움을 즐기는 여름도 있고, 낭만을 보여주는 가을도 있고, 또 하얗게 얼어버린 겨울도 있다. 절대 단편적이지 않다는 말이다.

프로그램명	〈청춘노트〉 - 시즌제 (시즌1: 꿈)
기획 의도	현대인들은 누구나 자신의 '청춘'을 가슴속에 품고 살아간다. 단지 '청춘'을 추억으로 삼으며 현실을 살아가는 기성세대와 불안한 자신의 '청춘'에 꿈보다는 현실을 좇는 청년세대에게 불씨를 주고 싶다. '꿈'을 좇아가는 방송을 통해 사람들의 꿈을 꾸는 '청춘'을 새롭게 다시 한번 이끌어내보자는 의도를 가진다.
제작 정보	연출: 김운화, 박XX, 정XX, 이XX 작가: 박XX, 윤XX
회차	10회차 예상
설정 예시	1) 챌린지 각 방송 이후 홈페이지에 방송 관련 '챌린지'를 공지, 이후 시청자들의 '챌린지'를 보며 몇 명을 선정하여 상품을 줌. 2) 출연자 - 다양한 세대를 요함. 무조건 흥행하는 사람들보다는 방송에 몇 년 보이지 않는 등의 고뇌가 드러난 사람을 선호함.

20대, 40대, 60대 연예인들을 모아서 그들의 '도전'을 보여주고 싶다. 이를 통해 사람들에게 청춘은 절대 당신의 젊은 시절만의 것이 아니라고 말할 것이다. 아, 벌써부터 떨린다. 이번에는 과연 어떨까 모르겠네. 내일 PD들과 국장님에게 말해 보며 반응을 봐야겠다.

2042년 2월 14일 41세 (방송국 PD 11년차)

벌써 〈청춘노트〉가 방송을 시작한지 중반이 지났다. 몇 년 만의 기획이기에 첫 방송 때 다리를 떨며 지켜본 게 벌써 한 달이 지났다. 점점 시청률이 오르고 시청자 게시반의 반응도 나쁘지 않다. 일단 '노잼PD 탈출'이라는 댓글이 참 기억에 남는다. 여태 너무 사람의 '감정', '관계'에 집중한 탓일까 빵 터지는 부분이 없다는 비판을 수용하여 이번 프로그램은 재미를 살렸다. 입담으로 유명한 연예인들을 섭외한 것이 가장 큰 요인이지 않을까.

"노잼PD, 그거 단순히 댓글이라고만 생각하면 안 되는 거 잊지 말게나. 김PD는 예능PD야. 웃음과 감동, 두 마리 토끼를 한 번에 잡을 수 있네. 자네는 그럴 능력이 충분이 있는 사람이잖아."

그래, 몇 번의 여행 프로그램을 기획하니 제자리걸음이라는 생각은 있었다. 하지만 국장님의 말씀을 통해 들으니 다시 충격이기는 했다. 〈청춘노트〉를 기획하며 나는 내 청춘을 떠올렸다. 〈여기서 행하다〉. 그래, 내 20대, 30대 청춘의 고뇌와 불안이 들어간 뜻깊은 프로그램임은 확실하다. 하지만 나도 프로그램을 기획하며 나의 새로운 청춘을 불러일으킨 것 같다. 새로운 것에 도전하는 무엇이든 그게 '청춘'의 한 형태 아닐까.

작성자: 로미오와 줄다리기	 아역 때부터 배우라 원래부터 꿈이 배우인 줄 알았는데 의외다. 조유라 원래 피아노를 배우고 싶어 했구나… 두렵다는 말 공감된다. 232
작성자: 울지 마라	 헐. 임태웅 뭐야 호감이다. 유명한 개그맨이니까 어느 정도 위치에 올랐을 텐데도 극에 대한 열망에 연극을 짜는 거 보니까 응원하고 싶네. 350

이번 회차에서 나온 조유라 배우와 임태웅 개그맨의 이야기에 댓글창이 떠들썩하다. 연예인들도 자신이 이루고 싶은 꿈을 도전하는 것에 두려워 한다는 점은 시청자들의 공감을 자극했다. 앞으로 남은 방송에 사람들이 어떤 반응을 보이고 과연 자신의 꿈에 대해 생각하는 기회를 가질지 궁금하다.

저번 회차의 '도전을 주제로 한 단편극 만들어보기' 챌린지는 적지 않은 사람들이 자신의 글을 보내주었다. 임태웅 개그맨의 연극 도전에서 나온 챌린지인데, 가장 기억에 남는 것들을 단편의 연극 혹은 소설처럼 적어 보내주면 응모가 되는 것이다. 드라마 작가가 꿈이라던 시청자의 단편 속 대사가 기억에 남았다.

'불을 켜줘, 내가 보일 수 있게. 모두를 홀릴 춤을 출거야 난. 불빛 때문이든, 무엇 때문이든 무대에 선 순간 나는 제일 빛나니까.'

단편 속 주인공의 말이 참 공감된다. 우리는 우리의 무대에 서 있지 결코 조연이 아니다. 그러니 두려워하지 말고 도전하라는 뜻이다. 챌린지를 기회삼아 '도전'이라는 말을 모두의 가슴 속에 스며들게 한 것 같다.

이제 프로그램의 절반이 남았다. PD 11년차, 지금도 새로운 도전을 하고 있는 중이다. 하지만 내 프로그램이 궁극적으로 하는 말은 모두 같다.

"도전해 봐. 후회하지 않을 거야."

고민과 망설임에 시간을 쏟지 말라는 말이 아니다. 그 시간을 거쳐 결국은 한 발 내딛으라는 말이다. 내 프로그램이 도전을 원하는 사람들에게 한 발자국 내딛을 힘을 주기를 원한다. 앞으로도 나는 끝없이 도전을 말할 것이다.

후기

꿈을 꾸는 건 청춘들의 자유라고 하지 않는가. 하지만 한창 청춘의 나는 어느 순간부터 꿈을 꾸는 것을 두려워했다. 내가 가진 잠재력보다 꿈이 크다고 생각하자 꿈을 숨기는 게 익숙해졌다. PD가 되고싶다, 라는 말을 꺼내는 데에는 용기가 필요했다. 그 용기를 가지는 발화점이 된, 내 작은 목소리를 키워준, 이 글을 쓰게 되어 얼떨떨하지만 행복하다.

글에도 들어 있지만 내가 PD를 꿈꾸게 된 건 큰 계기가 있었던 건 아니다. 작은 추억과 기억들이 모이며 '방송'이라는 것에 아주 깊은 인상을 가지게 된 것이다. 꿈에 대한 큰 이유가 없다는 생각은 글을 쓸 때마다 나를 힘들게 했다. 이렇다 할 과거가 없는 것, 불안감이 들기도 했다. 하지만 김은숙 선생님께서는 지나온 길보다는 내 앞에 놓인 길을 상상하라고 조언하셨다. 꿈을 꾸며 어떤 미래를 그려나갈지, 내 미래에 집중하자 글을 쓰는 데에는 더 수월해졌다. 그리고 글자 하나 하나 쓰기가 고통스러웠던 책쓰기 시간이 즐거워진 터닝포인트였다.

내가 전하고 싶었던 많은 이야기들은 다 너무나 소중해서 손에 꼽을 수가 없다. 미래의 내가 걷는 길이 바뀌지 않는다면 언젠가 경험할 이야기들이다. 쿠바로의 여행 속 고뇌는 발판이 되어주는 니주의 시간, 첫 프로그램 기획은 사인 온(신호)을 보내는 것 등 나의 이야기가 방송의 과정과 같다는 생각이 들었다. 그 다양하고 소중한 이야기들은 하나같이 같은 말을 하고 있다. "도전을 두려워 하지 마." 놓친 기회는 후회가 되니까. 어쩌면 책쓰기 활동을 하게 된 이 경험도 19살 고등학생인 나에게는 다신 오지 않을 정말 값진 기회일 것이다. 정말 다행이다, 기회를 놓치지 않아서.

그리고 스스로에게 수고했다는 말을 건넨다. 글을 쓰는 데 함께 도우고 고민한 책쓰기 청춘들 가영, 가은, 기홍, 민서, 은주, 유미, 인경이에게도 수고했다는 말을 하고 싶다. 학생들에게 책을 쓴다는 로맨틱한 기회를 준 우리의 동문고등학교와 그 누구보다 고민하는 청춘들을 가장 옆에서 지켜봐주시며 항상 고생하셨던 김은숙 선생님께 감사의 인사를 드리고 싶다.

이제 나의 글을 마친다. 이 책을 펼친 당신이 책을 통해 당신의 이야기에 "페이드 인"하는 과분하지만 기분좋은 상상을 하며…

늦어버린 내일은 찬란하다

박은주

대구 동문고등학교 출신으로 계명대 문예창작학과를 재학하며 공모전을 모두 참가하였으나, 졸업 전 장려상을 타내고 성과를 얻지 못했다. 학교 내에서 수상을 못하는 '불운'의 학생이라고도 불리운다. 소설 수업 과제로 제출한 〈늦어버린 내일은 찬란하다〉라는 작품을 창비 신인문학상에 제출하여 2039년, 창비 신인문학상을 수상했다. 이후로 〈파라다의 그녀〉, 〈시공간 너머 비밀 상담소〉를 출간하며 승승장구하고 있다.

목차

To Be Continued!

꿈은 습작이 아니다

되살아난 문장

뛰는 펜 위에 나는 종이

퇴고되어 가는 꿈

To Be Continued?

청춘은 우리에게 앞으로 나아갈 힘을 준다

저마다 생각하는 '청춘'은 다 다를 것이다. 누군가는 아파야 청춘이라고 하고, 또 다른 누군가는 청춘은 젊음이라고도 한다. 나는 자서전을 쓰면서 내 미래의 꿈을 다시금 생각해 보았고, 나의 '청춘'을 생각해 보았다. 내 생각엔 청춘이라는 건, 내가 가슴 뛰는 일을 찾아서 그 일을 즐기고 있을 때를 말하는 게 아닐까? 지금의 나는 청춘을 만끽하고 있다. 노트북으로 타자를 두드리며 글을 쓰고, 그 글을 계속해서 수정해나간다. 지금의 나는 내 가슴이 뛰는 일을 찾았으니 청춘을 즐기고 있지만, 간혹 그런 사람들이 있다. 자신의 심장을 뛰게 만드는 일을 못 찾은 사람들. 내 심장을 뛰게 만드는 일을 찾는 건 굉장히 어렵다. 다양한 경험을 해보지 않는 이상, 더더욱 찾기 어렵다. 그래서 인생 전부를 찾는 데에만 시간을 날릴 수도 있다.

우린 타인으로부터 배우며 날마다 성장을 하고, 가슴에 끌어안은 상처와 기나긴 전투를 벌인다. 방황하고, 길을 찾지 못할 때가 있다. 우리는 그 미세한 성장을 우리가 알아채지 못할 뿐, 충분히 성장하고 있다. 지금 하고 있는 일들이 때로는 지쳐서 다 관두고 쉬고 싶을 때가 있을 거고, 잘 나가는 친구들이 부러워서 한심한 자신의 인생을 탓하고 있을 수도 있다. 각자 시작점이 다를 뿐이지, 우리는 모두 나아가고 있다. 나도 '진로'를 결정할 때, 머릿속이 방황과 고뇌만 맴돌았다. 그 과정에서 꿈과 현실의 난투가 벌어지고, 난 지쳐서 현실을 택했다. 그리고 후회했다. 더 꿈꾸지 못한 게 후회가 되어 다시 꿈꿨다. 내 진실한 소리에 귀 기울여 다시금 꿈꾸니, 나는 어느덧 글을 쓰는 소설가가 되어 있었고 주변은 내게 감탄을 했다.

진실하지 못한 것이 참으로 슬프고 씁쓸하고 외롭다. 난 내 꿈에 진실하지 못해 후회하였고, 늦게라도 되돌아가 다시 꿈꾸었다. 청춘은 가슴 뛰는 일을 찾아서 그 일을 즐기고 있을 때 진실한 꿈을 향한 자신을 부르는 '이름'이다. 불리고 나서야 진정한 의미가 생기는 청춘은 이미 모두가 마음속에 지니고 있다.

"당신의 청춘은 어떤 이름을 지니고 있는가?"

부디 내 이야기를 읽고 당신이 마음속에 지닌 청춘에 귀 기울이기를 바란다. 지금 그 청춘이, 당신을 애타게 부르고 있을지도 모르는 일이니까.

소설가의 꿈을 잃지 않게 도와주신 김은숙 선생님, 그리고 국어를 좋아하게 되는 데에 발판이 되어주신 김규남 선생님, 내 이야기를 읽고 재밌어해 준 친구들, 미처 다 적지 못한 나의 소중한 인연들에게 감사하다고 전하고 싶다.

To Be Continued!

눈보라가 매섭게 몰아치던 어느 겨울이었다.
길에는 온통 차갑게 얼어붙은 얼음과 눈들로
가득했다.
시간에 쫓겨 서둘러 걸음을 재촉하다보니,
무릎에 퍼런 멍이 수두룩했다.
늦은 걸음으로 나는 그 곳으로 향했다.

“지금부터 2031년 창비 신인문학상 시상식을 시작하겠습니다.”

그곳은 바로 시상식이었다. 무대 아래 많은 사람들이 옹기종기 모여, 모두 무대에 집중하고 있었다. 낯익은 풍경에 기억을 떠올려보니, 몇 년 전 이곳에서 시상식을 했던 기억이 있다. 그때의 나는 교복을 차려입고 객석으로 참가했었다. 커다란 무대에 빛나는 조명. 난 무대를 뚫어져라 쳐다만 봤었고, 그런 내 모습에 수상소감을 말씀하시던 한 작가분이 이런 말씀을 하셨다.

“어릴 적의 저는 글을 쓸 때가 가장 행복하단 걸 인지하지 못했습니다. 어느 날 어머니가 제게 그렇게 말씀하시더군요, 제가 글을 쓸 때면 늘 싱글벙글 웃는다고. 그렇게 빛나 보인다고 하더군요. 저기에 앉아 있는 저 학생의 빛나는 눈처럼요. 야망이 가득 찬 눈빛을 지녔다고 하셨죠. 그때부터 저는 저 자신을 볼 수 있게 되었어요. 진실한 제 모습을요.”

그 말을 듣고는 마음이 일렁거렸었다. ‘진실한 내 모습’이라는 건 멀리 있는 게 아니라, 내 가까이서 머무르고 있다는 게 크게 와닿았던 모양이다. 눈가가 뜨거워지고, 온몸이 들뜨기 시작했다. 할 수 있겠다는 말이 입안에서 맴돌았다. 나는 마음이 벅차오르던 그 순간부터 글을 쓰기 시작했다. 무작정, 생각이 이끄는 대로 줄줄 적어 내려갔다. 그러다 글이 막히면 친구들에게 이야기하면서 영감을 되찾아오기도 하고, 나름대로 쓴소리도 많이 들었었다.

"시작하기에 앞서 주최자의 연설이 있겠습니다."

원고를 다 작성하고, 책처럼 인쇄하면 가족들이 관심을 두었다. 출판까지 하지 않은, 미완성된 책인데도 책 형태를 지닌 내 글을 보곤 신기해하며 흐뭇한 표정으로 바라보았다. 출판사와 계약을 하고, 출판까지 해서 전국 서점에 판매가 시작되면 사인해달라며 내게 책을 들이밀기도 했다. 그런 가족들의 반응은 계속되는 퇴고에 지칠 때 힘이 되어주었다. 나 혼자서 이룬 건 별로 없는 듯하다. 글을 쓸 때에도, 책을 인쇄할 때에도, 주변의 도움이 있었기에 해낼 수 있었다.

연설이 끝나자, 기다렸다는 듯이 박수 소리가 퍼졌다. 이후 상패 수여식이 이어졌는데 상패를 받고 웃으며 사진 찍는 작가분들을 보니 문득 상장을 받기 위해 학교 강당 무대 앞으로 올라가 상을 받은 기억이 떠올랐다.

학창 시절에 상장을 받으면 내가 지금껏 열심히 한 게 인정받는 기분이어서 기뻤다. 이 상장이 내 노력의 '증거'가 되어주기를 바라는 마음도 물론 있었다. 소설가를 꿈꾸었을 때는 '문학상'이 목표가 아니었지만, 소설가가 되고 여러 번 글을 쓰고 실패하고, 다시 쓰고, 계속 실패하니까 나 자체를 의심하게 되고 지쳐갔었다. 실패에 굴복하지 않고 다시 글을 썼는데도 실패만 돌아오니까, 다시 시도하려 한 내 노력이 배신당한 기분이 들었다. 내가 잘하고 있다는 걸 증명해 줄 무언가를 절실하게 갈구했다. 실패의 원인이 전부 내 탓인 것만 같아서 한동안은 글을 못 쓰기도 했었다. 잠시 멈추어서 생각해 보니, 결과에 내 잘못은 하나도 없었고 난 그저 열심히 했을 뿐이었다. 내가 잠시 쉬었다는 걸 들은 친구들이 그랬다. 결과가 아무리 참담하더라도 그 과정에서 네가 배우고 느낀 게 있으면 그걸로도 괜찮다고 다독여 주었다. 분명 나는 계속 시도하면서 점점 발전해가고 있는데 그 변화가 짧아서 잠시 내가 인지하지 못하는 거라고 말했다.

'그 과정에서 내가 배우고 느낀 게 있으면 충분하다….'

과정에 노력을 기울인 것만으로도 괜찮다고 생각하니, 실패가 두렵지 않게 되었다. 난 다시 공모전에 작품을 냈고, 또 실패하고, 계속해서 실패했었다. 하지만 실패에 굴복하지 않았다.

눈보라가 매섭게 몰아치던 어느 겨울이었다.
길에는 온통 차갑게 얼어붙은 얼음과 눈들로
가득했는데, 굳은 결심으로 헤쳐나가니
어느새 길에 봄이 찾아왔다.

"소설가 박은주 님의 이번 수상작 '늦어버린 내일은 찬란하다'
수상소감 들어보겠습니다."

'늦어버린 내일은 찬란하다'는 서둘러 지금의 행복을 잃은 채 살아가는 사람들의 꿈들이 현실에 밀려 늦어지고 있어도 빛나고 있다는 의미이다. 숨을 깊게 내뱉고, 무대로 향한다. 저 멀리 눈에 별을 머금은 한 소년이 보였다. 어릴 적의 나처럼 무대에 눈을 못 떼고 있었고, 살며시 미소를 지어 보였다. 너도 그때의 나처럼 느끼고 있구나, 나도 그 아이의 해맑은 미소처럼 행복에 겨워하는 말을 하고자 한다. 마이크에 손을 얹으니 짧은 선율이 타고 흐른다.

꿈은 습작이 아니다

"가고 싶은 학과에 뭐라고 적었어?"
~~나는~~ 괜한 조바심 때문에 걱정이었던 나는
친구에게 물었다.
"응? 나는 심리학과 적었는데, 너는?"
상담가가 되고 싶다고 했던 내 친구는 이미
자기가 어디 학과에 가야 하는지,
그리고 무엇을 해야 꿈을 실현할 수 있는지
알고 있는 듯 했다.
"음… 나는 …"

어렸을 때부터 나는 미술을 좋아했다. 머릿속으로 그려지는 시나리오를 그림으로 그리고 싶었다. 웃고 있는 인물을 그릴 때면 나도 싱긋 웃으며 그렸고, 화내는 인물을 그릴 때면 얼굴을 찡그리고 그렸었다. 웹툰 작가가 내 꿈이라는 걸 부모님께 말씀드렸을 때, 부모님은 무미건조한 반응이었다.

"미술하면 돈 많이 들 텐데."

"은주가 그림을 잘 그리긴 하지."

만약, 부모님들이 내 결정을 지지하고 응원해 주었다면 미래가 바뀌었을까? 웹툰을 그리기 시작하려 할 때, 부모님은 내가 미술을 좋아한다는 것을 친척들에게 자랑하듯이 말씀하셨다. 그럴 때마다 삼촌들은 무미건조한 반응을 보였고, 이모들은 황당한 시선으로 날 바라봤었다. 그 눈빛에

난 위축이 되었던 것 같다. 그 눈빛에 감히 미술을 하고 싶단 말을 할 수가 없었다. 그때의 나는 꿈에 용기가 없었다. 그런 나에게 외할머니는 이런 말을 했다.

"미술하면 돈 많이 드는데, 굳이 해야 되나?"

굳이 해야겠냐는 말에 쐐기를 박지 못했다. 난 외할머니의 말씀에 대답할 수 없었다. 긴 침묵만이 유일한 대답이 되었을까? 엄마가 나를 변호해주기 시작했다.

"은주 그림 잘 그린다. 상도 많이 타가지고 온다!"

"…그렇나."

그 순간, 외할머니 앞에 있는 내가 마치 독 안에 든 쥐가 되어 버린 듯한 기분이 들었다. 감히 미술을 하겠다고 하면 건방져 보이고, 미술을 안 하겠다고 하면 괜히 내 칭찬만 번지르르 한 우리 부모님이 이상하게 보일게 뻔했기 때문이었다. 내 재능을 시험 보는 듯했다. 난 그 말에 걸려 넘어졌다. 이후로 나는 내 재능을 끊임없이 의심했다.

내 그림에서 부족한 부분만 보였고, 남들과 비교되는 실력에 16살의 나

내가 정말로 잘 그리는 건가?

나보다 잘 그리는 애들도 많은데 …

얘는 나보다 어린데 나보다 잘 그리네

나만 너무 늦는 거 같아

이번에 그린 건 잘 못 그린 거 같아

~~할 수 있을까~~

는 그냥 포기해버렸다. 그냥 … 더 이상 마음고생 하고 싶지 않았다. 지금 되돌아보면, 16살의 나는 상당히 지친 듯 보였다. 재능이 없다는 걸 인정하고 싶지 않았다. 주변의 '반대'에 어쩔 수 없이 포기해버린, 꿈을 접어버린 불쌍한 아이처럼 보이고 싶었을지도 모른다. 만약, 그 순간으로 다시 돌아가서 선택할 수 있다면…. 난 똑같이 포기할 듯하다. 별거 아닌 이유로 쉽게 포기해버린 꿈이라면 내 진정한 꿈이 아니었을 테니까.

내가 우리 고유의 문자, 한글을 좋아하게 된 건 14살부터였다. 내가 초등학교에서 국어를 배울 때는 국어 시간이 시시하고 지루했다. 교과서에 실린 문학 작품이 전하고자 하는 바를 제대로 이해하지 못했고, 글쓰기가 재미없었다. 정말로! 초등학생 시절의 나는 깊게 생각하는 것에 재미를 느끼지 못했나 보다.

그러고 시간이 흘러서 중학교로 오게 되었는데, 담임선생님이 국어 선생님이셨다. 무뚝뚝하신데 말은 재밌게 하시는 남자 선생님이셨다. 선생님은 국어 시간에 자는 애들을 굳이 깨우지 않고 수업을 진행하는 방식으로 하셔서, 시험을 잘 치고 싶은 애들은 선생님 시간에 졸지 않고 수업을 들었다. 난 그 애들 중 한 명이었다. 그래서 흥미를 못 느꼈던 문학 작품을 읽고 주인공이 왜 이런 행동을 했는지를 고민하고, 한글 문법도 배웠다. 가장 처음 배운 문법은 바로 음운! 입에 따라서 자음 소리가 다 다르게 난다는 것을 배웠는데, 자음을 발음할 때는 모음이 반드시 쓰인다는 선생님의 말씀에 한 남자애는 모음 없이 자음 발음을 할 수 있다고 했다.

"선생님, 모음 없이 자음 발음될 수 있는 거 아니에요?"

"'ㄱ'을 기역이라고 읽을 때 모음이 쓰이는데, 모음 없이 읽을 수 있나?"

"네! 되는데요?"

"함 해봐라."

"극."

"모음 쓰였잖아, 안 되는데?"

반 애들 모두가 빵 터졌고, 그 이후로 난 그런 생각을 했다.

'우리가 쓰고 말하는 이 한글이 세세하게 봤을 때는 이렇게나 재밌구나!'

한글이 색다르게 보이기 시작했다. 유일하게 누가 지었는지 알 수 있는 언어이자, 이 문자들로 만들 수 있는 조합이 무궁무진하다는 것을 깨달았을 때 난 한글에 푹 빠져버렸다. 색깔을 표현할 때 '퍼런색', '푸른색'처럼 다양하게 표현할 수 있다는 것도 재밌었고, 교과서에 실린 시 작품을 해석하는 데에 재미가 들리기 시작했다. 작가가 왜 이런 표현을 썼는지, 이 단어는 무엇을 의미하는지에 대해 생각할 때마다 내가 작품에 점점 빠져들고 있는 듯한 기분이 들었다. 이때부터 깊게 생각하는 데에 재미가 들린 모양이다. 그래서 학교 도서관에 가면 시집만 골라 읽었었다. 이때 당시의 나는 그리 소설을 좋아하진 않았다. 단편 소설도 내겐 너무 길게 느껴지고, 소설 속에 계속해서 이어지는 호흡을 따라가기 버거웠다. 그래서 소설보단 시집을 골라 읽었던 기억이 있다. 애들이 어려워하는 문법도 배울 때는 정말 즐거웠다. 담임선생님과 함께하는 국어 시간이 너무 재밌어져서, 자리도 일부러 앞자리만 고집했고, 선생님이 해주시는 말씀에 귀 기울여 수업을 들었다.

어느 날은 선생님이 교과서 지문을 보고 답을 쉽게 찾을 수 있는 질문과 답을 찾기 어려운 질문을 만들어서 학습지를 작성해오라고 하셨다. 열심히 해야겠다는 생각이 들어서 나는 지문을 여러 번 읽어 보고, 학습지 앞면과 뒷면을 빽빽하게 채웠다. 내 학습지를 본 친구들 모두 감탄이 나올 정도로 세세하고 구체적으로 적었다. 수준 있는 질문을 만들려고 괜한 욕심을 부려서 제출을 늦게 했다. 내가 학습지를 제출하기 전부터 선생님은 내게 학습지 다 썼냐고 여쭤보셨다.

"학습지 다 채웠나?"

"아뇨! 아직요! 근데 금방 채울 수 있어요!"

"빨리해서 가지고 온나."

"넹!"

"학습지 열심히 잘 채웠네."

학교 방과 후 시간에 남아서 주루룩 적고 제출했더니 선생님은 수행평가 점수 100점 주셨다. 내가 학습지를 열정을 다해 적었다는 걸 선생님은 알아채셨을까? 국어가 좋으니까 선생님의 수업 활동에 적극적으로 참여하게 되고, 애들이 귀찮아하는 학습지도 더 적게 되고 그랬다. 14살의 나는 국어도 미술도 좋아하던 아이였다.

16살, 졸업을 앞두고 있었을 때 사회 선생님이 상담을 해주셔서 진로에 대해 고민을 하게 되었다. 사회 선생님은 상담 관련 기록이 필요해서 나와 내 친구들에게 상담을 부탁하셨고, 우리는 흔쾌히 승낙했다. 선생님과 상담을 하면서 미래를 생각해 보게 되었다. 20대, 30대 넘어서 4~50대에는 뭐 하고 싶은지에 대해 적어보기도 하고, 자존감에 관하여 질문에 대답을 서술하기도 했다. 선생님과 상담하게 되면서 작가에 관심이 생겼다.

'작가도 나쁘진 않은 거 같아.'

당시에 나는 웹툰 작가를 포기해서 진로가 없었고, 선생님이 내가 쓴 걸 보시곤 작가에 대해 이야기를 해주셔서 작가를 한다면 어떨까란 생각을 했었다. 웹툰 작가를 포기한 내게 선생님은 그림이 아직도 좋으면 하면 된다면서 마음껏 그림을 그릴 수 있는 연습장 노트를 선물로 주셨다. 난 그 연습장 노트에 색연필로 다양한 그림을 그리려 했다. 연습장 표지를 넘겨 흰 종이를 마주한 순간, 손이 굳어버렸다. 웹툰 작가를 포기하길 잘했다는 안도감이 들었다. 그림이 안 그려지면 웹툰 작가하기 힘드니까, 미리 포기하길 잘했다는 생각이 들었다. 그 연습장 노트로 나는 웹툰 작가를 완전히 내려놓았다. 부모님께 미술을 안 하겠다고 했다. 엄마는 미술이 돈 많이 든다면서 차라리 잘 됐다고 했고, 아빠는 아쉬워 보이는 듯했다. 그림 잘 그리는데 왜 포기했냐고 물어봤다.

"그냥. 미술 때문에 내가 너무 지쳐서 관뒀어."

되살아난 문장

어느 날이었다.
옥상에 널어둔 빨래를 가지러 옥상으로
올라갔는데, 푸른빛 머금은 하늘이 광활하게
펼쳐져있었다!

나는 손을 뻗어보았다.
내 손은 당연하게도 하늘에 닿지 않았다.
하늘이 저렇게나 높은 이유는, 과학적으로
증명이 되어있지만 곰곰히 생각해보았다.

사실은 하늘 저 너머에 우리가 손대서는
안되는 게 숨겨져 있는 건 아닐까?

소설가에 환상을 가지게 된 건, 17살이었던 내가 고등학교를 입학하고 난 후였다. 담임선생님이 국어 선생님이셨고, 반 아이들을 사근사근 포근하게 대해 주셨다. 그래서 나는 적극적으로 선생님과 상담을 할 수 있었고, 선생님과 대화하면서 작가라는 직업에 애정이 생겼다. 선생님은 작가에 관한 여러 조언을 해주셨고, 난 그 조언을 들으면서 상당히 들떠 있었다. 인터넷으로 작가를 조사하면서 문예창작학과라는 글쓰기를 주로 하는 학과를 알게 되었고, 글쓰기 기술을 배운다는 게 너무 설레서 희망하는 학과에 '문예창작학과'를 적었다.

중학교 시절의 나는 소설보다 시집을 더 선호했다. 그래서 글을 쓴다면 소설보다 시를 쓸 생각을 했는데, 선생님 시간에 한 '한 학기 한 권 읽기'로 생각이 완전히 뒤바뀌었다. 2학기가 되고, '한 학기 한 권 읽기'로 무슨 책을 읽을지 고민하고 있던 찰나였다. 도서별로 모인 애들끼리 조별을 하는 활동이었는데 내가 읽고 싶었던 책에는 애들이 안 모여서, 애들이 모여 있는 모둠이 선정한 책인 작가 정은의 『산책을 듣는 시간』을 선택했다. 단편 소설이어서 처음엔 관심조차도 가지 않았다. 그러나 책을 사서 수업 시간에 읽는데 세상에. 왜 내가 소설을 좋아하지 않았는지 스스로를 원망했다. 소설이 이렇게나 재밌구나! 시보다 긴 호흡이 유지되는 소설이 오히려 지루함을 끌기보다 오래 집중력을 이끌어서 독후감을 써야 하는 시간까지 책에 푹 빠진 사람처럼 읽었다. 책을 읽는 시간이 즐거웠다. 전개가 어떻게 흘러가는지 너무 궁금해서 집에 가서 읽고, 학교 쉬는 시간에 틈내서 읽었다. 반 애들이 옆에서 소란스럽게 놀아도 제자리에 고정해서 책만 읽었다. 책을 읽는 내 모습에 같은 반 친구들은 내가 집중력이 대박이라며, 그렇게 시끄러운데 어떻게 책이 읽히냐며 감탄을 했다. 수업 시간에 읽은 소설책 하나로 나는 소설에 흥미가 생겼다. 직접 써보고 싶었고, 더 재미있는 소설책을 읽고 싶었다. 도서관에 가니까 시집뿐만 아니라 소설책들이 눈에 쏙쏙 들어왔다. 문예창작학과에 가서 소설을 어떻게 써야 하는지 간절히 배우고 싶어졌다.

그러나 문예창작학과를 꿈꾸면서 동시에 두려웠던 건, 내 작품을 보고 학생들이 평가하는 비평이었다. 내 작품의 문제점을 알 수 있다는 점이 좋지만, 비난을 받게 될까 봐 두려운 게 있었다. '비난'과 '비판'은 다르다는 걸 잘 알지만, 그래도 욕먹을 거 같아서 두려웠는데 버텨보기로 했다. 비평이 두렵다는 이유로 도망치고 싶진 않았기 때문에 내 작품을 다른 사람들 앞에서 얘기할 수 있다는 것에 충분히 만족하기로 했다.

뭐든지 다 써 내려갈 수 있을 것만 같은 느낌이 들면서 감정이 붕 떠올랐다. 노래를 들으면 그 노래 가사에 맞는 스토리가 떠올랐고, 길거리를 산책하고 있으면 생각에 잠겨서 길을 빙빙 돌아가기도 했다. 사소한 것에서 스토리를 떠올리는 게 너무 즐거워서 아이디어를 적기 위한 작은 노트를 구매해 아이디어를 적기 시작했다. 자려고 누웠을 때 아이디어가 떠오르면 벌떡 일어나서 졸린 눈을 비비면서 노트에 필기했다. 그러면서 공모전도 생각해 보았다. 소설가를 꿈꾸었던 나에게 '상'은 내가 바라던 것도 아니었고, 글을 쓰기 위한 '목적'조차도 아니었다. 어릴 적의 나는 그랬다. 환상에 푹 빠져서 글만 쓸 수 있다면, 그리고 내 책을 출판할 수 있다면 상 같은 건 안 받아도 괜찮다고. 그래서 나는 돈을 못 벌더라도 글을 쓸 수 있으면 정말로 괜찮을 거라고 생각했었다. 그러다 학교 위클래스 상담을 했을 때, 상담 선생님이 그렇게 말씀해 주셨다.

"은주야, 그래도 돈 버는 것도 생각해야 해."

그 말을 들었을 때는 귓가에 들어오지도 않았다. 그럴 만큼 나는 글을 쓰는 것에 환상을 가지고 있었다. 뭐라도 할 수 있을 것만 같다는 '착각'이었을 수도 있다. 그때는 꿈을 현실적으로 생각하지 않았고, 내가 행복하면 괜찮다고 여겼다.

"글 써둔 거 있어?"

소설가가 꿈이라는 말을 하면 늘 듣는 말이다. 아이디어는 넘쳐나는데 그걸 글로 적어내는 건 시도도 못했다. 분명 아이디어 적을 때는 그렇게나 신이 났는데, 막상 적으려고 하니까 어떻게 적어야 하는지 막막해져서 아이디어를 썩혀뒀다.

'내가 글쓰기에 재능이 없어서 못 쓰는 걸까?'

…라는 생각도 했다. 그러다 점차 재능을 의심하게 되었고, 도저히 글을 쓸 용기가 나오지 않아서 잠시동안 아이디어를 떠올리는 것도 하지 않았고 그 시간에 공부했다.

'현실적으로 내가 소설가가 될 수 있을까?'

소설가가 되겠다는 말을 하면 늘 주변의 야유가 함께 따라왔고, 환상을 가지고 있을 때 잊고 있었던 '현실'이 떠올랐다. 학교에서 대학교를 가기 위해 다들 내신을 신경 써서 공부만 하는데, 나는 공부뿐만 아니라 글을 쓰는 것도 중요했다. 머릿속이 복잡해져서 공부가 잘 안 됐을 때, 같은 반 친구들이 문제집을 보고 있는 모습을 바라보며 서둘러 나도 문제집을 펼치고 억지로 공부를 했다. 이렇게 공부를 열심히 해서 대학을 가게 된다면 그 많은 등록금은 부모님 홀로 감당하셔야 하나? 내가 히트작을 쓰지 않는 한, 성공하기도 어렵고 돈도 많이 못 벌고 취업도 잘 안 되는데 내가 과연 그걸 극복할 수 있는지 스스로에게 계속해서 질문을 던졌다.

엄마와 아빠, 그리고 오빠들과 살면서 난 가족들에게 빚진 게 많았다. 많은 사랑도 받고, 많은 지원을 받았으니 어른이 되면 내가 똑같이 가족들에게 되돌려줘야겠다는 마음을 가지고 있었다. 대학 가서 공부 열심히 하고 장학금 타서 엄마, 아빠 드리고 아르바이트해서 가족들끼리 맛있는 것도 먹고 싶었다. 하지만 엄마, 아빠는 가면 갈수록 아프시고 오빠들은 군대에 가서 고생 중이라서 도움이 되어주지 못했다. 그래서 나는 꼭 성공하고 싶었다. 난 어른이 되고 난 후에 엄마, 아빠 손을 빌리지 않고 나 스스로 돈을 벌고 싶었다. 철없는 아이가 되고 싶지 않았다. 나 혼자 할 수 있다는 자신감이 과했다. 그러다 보니 소설가라는 꿈을 꾸고 있는 나는 '소설가'가 허망 된 꿈이 아닐까, 여러 생각이 들었다. 글 쓰는 거에 재능도 없어 보이고, 성공하기 어려우니까 난 못할 거라고 생각했다. 그래서 잠시 포기했다.

'돈, 그리고 모든 것들이 다 안정되어가면 그때 내 꿈을 다시 실현해야지. 그때 해도 안 늦어.'

잠깐 동안 내려놓고 현실적인 진로를 조사했다. 여러 번 고민하고 나는 '도서관 사서'를 꿈꿨다. 뭐, 평소에 책을 좋아하기도 했었고. 대학 졸업하고 자격증을 취득해서 공무원 시험을 치면 취업도 걱정 없고, 연봉도 안정적이라서 더 끌렸던 것 같다. 하지만 확실하게 다른 건, 내가 소설가가 되고 싶었을 땐 내 꿈에 애정이 갔는데 사서를 꿈꾸었던 그때는 그러지 않았다. 하나도 설레지 않았고, 가슴이 뛰지 않았다. 누군가에게 내 진로를 말할 때, 하나도 들뜨지 않았다.

'내가 이 일을 하면 정말로 행복할까?'

전혀 행복하지 않을 것만 같다는 생각이 들자, 소설가를 꿈꿨던 그 순간이 그리워졌다. 분명 그때는 소설가를 하면 가슴이 콩닥콩닥 요란하게 뛰고 행복해할 것 같았는데…. 소설가를 꿈꾸었던 날들을 회상하니까 심장이 미약하게 요동쳤다.

"가슴이 뛰지 않는데 왜 사서가 네 진로야?"

어느 날, 이 질문을 들었을 때 말문이 턱하고 막혔다.

'그러게? 왜 이게 내 진로인 거지?'

나도 사서가 좋진 않았다. 그래도 꿈꿨다. 확실하니까. 문헌정보학과를 졸업하고 공시만 합격하면 나도 이제 돈을 벌 수 있으니까. 경제적인 사람이 되어가니까, 현실에 너무 쉽게 수긍했다. 한번 시도는 해 볼 걸 그랬나, 라는 생각이 들었다. 가슴이 뛰지 않는데 왜 사서가 네 진로냐는 질문에 나조차도 답을 할 수 없었다.

"가슴 뛰지 않는 일인데 왜 그게 꿈인데?"

그러게. 사서는 현실적으로 날 충족해줄 수 있는 수단이었고, 내 마음은 그냥 글 쓰고 싶었다. 두렵더라도 한번 부딪혀볼걸, 사서를 꿈꾸었던 시간이 아까웠다. 내 감정에 솔직하지 못해서, 내가 정작 무엇을 원하는 건지를 알면서도 회피해서 나 자신이 부끄러워졌다.

'그냥 한번 해볼걸. 부딪혀볼걸. 뭐가 무섭다고 난 도망을 친 걸까.'

'도서관 사서'를 내 머릿속에서 완전히 지워버렸다. 그리고 그 자리에 다시 '소설가'를 심었다. 그래, 나는 소설가가 되고 싶었고, 내가 이런 생각을 가지고 있다는 걸 보여주고 싶었다. 그리고 내가 상상한 이야기를 봐줬으면 하는 간절한 바람이 있었다. 다시는 도망치지 않을 거고, 현실이 힘들어도 이 마음 변함없이 이어갈 수 있기를 다짐했다.

뛰는 펜 위에 나는 종이

적막한 교실에 마우스 클릭 소리가 맴돌았다.
모두가 숨죽이고 있던 그 때,
"와! 합격이다!"
모니터 화면을 본 아이는 기뻐서 울부짖었다.
그의 친구들은 모두 함께 환호해주며 박수를
쳤다. 난 그런 아이들의 모습을 바라보았다.
'아… 나도 제발 붙었기를…. 제발!'
부들부들 떨리는 손으로 마우스를 꽉 쥐었다.
마우스 커서가 화면 속에서 요동치고 있었다.
나는 스크롤을 조금씩, 천천히, 내렸다.
그러곤 눈을 질끈 감았다. 마음속으로
'하나, 둘, 셋!'을 외치고 눈을 떴다.

"이번 역은 계명대, 계명대역입니다."

강의 신청을 만만하게 여겼다가 시간표를 망쳐버리는 바람에, 수요일 아침마다 수업을 들으러 지하철로 향했다. 처음에 대학교를 가는 지하철이 기다려지고, 덜컹거리는 소음마저 노래처럼 들렸다. 문예창작학과 단체 카톡방이 생겼을 때도,

'이제 내 꿈이 시작하려고 하는구나!'

…라는 설렘만 가득해져서 수업이 없을 때는 대학교 도서관에 가서 글

을 왕창 써버렸다. 홀로 퇴고를 여러 번 하다 보니, 초안과는 다르게 많이 변했지만, 이 과정이 너무 즐거웠다.

지하철을 타고 가다 보면 갈아탈 때마다 꼭 만나는 친구가 있는데, 우연히 그 친구와 같은 수업을 듣게 돼서 그 친구와 함께 학교에 간다. 그 친구가 나와 같은 수업을 듣는다는 걸 알게 된 건 불과 며칠 전이었다. MT에서 인사만 나누었던 친구를 지하철역에서 마주쳐서 서로 어색한 인사만 나누다가,

"혹시 너 지금 한 교수님 수업 들으러 가?"

"어? 응…. 혹시 너도?"

"아…. 나도. 내 친구들이랑 내 시간표가 안 맞아서 한 교수님 수업은 나 혼자 들어야 하거든."

나는 계명대학교 문예창작학과에 합격하고, 새로운 사람들과 친해지고 싶어서 MT도 나가고, 학과 단체 카톡방에 대답도 성실히 하고 그랬는데도 아직 같이 대학 다니는 친구가 없었다.

"아…. 그렇구나."

"저기… 실례가 안 된다면 한 교수님 수업… 같이 들을래?"

"어?"

"아…. 교수님이 준비하라고 한 교재를 내가 아직 못 사서 같이 볼 사람이 필요하거든. 혹시 좀 그러면 거절해도 돼."

"아냐, 괜찮아. 같이 보자!"

그렇게 나는 대학교에서 새 친구를 사귀게 되었다.

"너 이름이 뭐였더라?"

"나 은주! 박은주야."

"아~ 맞다. 은주! 기억났다. 편하게 비비라고 불러."

교재를 보여주려고 같이 나란히 앉았다가 비비의 반려동물 사진도 보고, 서로가 추구하는 글의 스타일도 알게 되었다. 첫 수업 후, 비비는 교재를 구매해서 더 나랑 같이 앉을 이유가 사라졌다. 그런데….

"은주! 왜 혼자 앉아 있어!"

"아, 너 책 샀길래…."

"바보야, 그래도 같이 앉을 순 있잖아!"

비비는 내가 혼자 있으면 곁에 와서 함께 있으려 했고, 덕분에 나는 홀로 쓸쓸하게 수업을 듣지 않을 수 있었다. 나의 첫 대학 친구 비비, 그녀는 어릴 때부터 동화를 좋아했다고 한다. 본가에는 아직도 어릴 때 읽었던 동화책들이 수두룩하고, 동화에 들어가는 삽화를 위해서 그림도 공부했다며 작업물을 내게 보여주었다.

이야기가 어떻게 전개되는지 구체적으로 듣지 못했으나, 앞을 보지 못하는 공주의 이야기를 담았다고 한다. 어릴 적에 한쪽 눈을 다쳐서 앞을 제대로 보지 못해 줄곧 '엄마'를 입에 달고 살았는데, 어느 날 엄마가 출장을 가버리는 바람에 홀로 집에 남아서 출장 간 줄도 모르고 점심시간에 '엄마'를 찾으러 온 집안을 돌아다녔다고 한다. 그러나 엄마가 없어서 그때,

"눈만 안 다쳤다면 엄마를 찾았을지도 몰라."

…라는 생각을 하게 되었다고. 그때, 비비의 어머님은 출장을 가는 길에 비비의 식사를 챙기지 못한 게 떠올라 급히 집으로 돌아갔는데, 싱크대에는 그릇이 쌓여 있었고 비비는 입가에 밥풀을 묻히곤 곤히 잠자고 있었다고 한다. 이러한 이야기를 성인이 되고 나서 듣게 된 비비는,

'내가 눈을 다쳐 안 보인다고 해서 스스로 밥을 못 먹는 건 아니었구나.'

…라는 생각이 들면서 왕자 없이는 사랑을 쟁취할 수 없던 공주의 이야기를 뒤집고 싶다고 했다. '왕자'의 키스에 되살아난 백설 공주, '왕자'의 키스에 영원한 잠에서 깨어난 잠자는 숲속의 공주, '왕자'의 눈에 띄어서 결혼까지 한 신데렐라, '왕자'를 사랑했지만, 물거품이 되어버린 인어공주…. 우리가 아는 동화는 사랑을 꿈꾸는 '공주'와 그 사랑을 대신하는 '왕자'의 행복한 사랑 이야기였다.

"'공주와 왕자는 오래오래 행복하게 살았답니다.'는 아이들한테 오히려 안 좋은 환상만 심어주는 거 같아."

비비는 자기 생각을 편하게 표현할 수 있는 사람이라는 것을 알게 되었고, 자기계발을 하면서 내면을 성장하고 있었다. 비비를 우러러보게 되고, 존경했다. 비비와 함께 공모전도 준비하고, 함께 대학 생활을 지냈다. … 비비가 CC(Campus Couple) 하는 것도 구경하고, 밤을 새워서 함께 과제도 했다. 가끔은 혹한 비평을 받고 잔뜩 뿔이 난 비비를 달래기도 했고, 서로의 작품을 읽고 조언도 해주면서 서로가 서로의 1호 팬이 되어주기도 했다.

"은주야, CC는 절대로 하는 거 아니다. CC를 한다는 건 마감 날짜가 똑같은 공모전을 4개나 하는 거다."

"ㅋㅋㅋㅋㅋㅋㅋㅋㅋㅋㅋㅋㅋㅋㅋㅋㅋㅋㅋㅋㅋㅋㅋ"

퇴고되어 가는 꿈

"이번 공모전에 출전해주셔서 감사합니다.
귀하의 작품은 안타깝게도 …"
이번이 4번째 낙 '落'이다. 괜찮아, 다른
공모전도 출전했으니까 그게 당선되면
정말로 괜찮으니까 …
"본 공모전에 출전해주셔서 감사합니다.
귀하의 작품은 안타깝게도 …"
아, ~~설마~~ 설마. 이거 말고 다른 공모전은
당선됐겠지? 제발 ….
"귀하의 작품은 안타깝게도…"
'안타깝게'라는 말이 머릿속을 맴돌았다.
안타까우면 제 작품 좀 뽑아주세요….
'안타깝게도, 안타깝게도, 안타깝게도…"

~~젠장!~~

비비가 개인 사정으로 휴학을 하고, 나 홀로 공모전을 준비하는데 수월하게 진행이 되지 않았다. 전문대로 간 동창은 이미 취업까지 해서 첫 월급으로 부모님께 비싼 소고기 드리고, 일도 술술 잘 풀린다고 하고, 임용고시 준비하던 친구는 마침내 합격해서 이제야 길이 트이는 것 같다며 행복해했다. 비비와 함께했던 첫 공모전도 수상하지 못했다. 그때는 나랑 비비 둘 다 개의치 하지 않았고, 참가한 것에 의의를 두기로 했었다.

비비가 휴학하고, 나 혼자서 두 번째 공모전을 참가했는데, 마감 날짜를 착각하는 바람에 미완성된 원고를 제출해버렸다. 결과는 물론 당선되지 못했고, 날짜를 헷갈려서 그런 실수를 했다는 게 스스로도 용서가 되지 않았다. 그 후로부터 공모전 마감 날짜를 헷갈리지 않게 습관을 들이기로 했다. 달력에 여러 공모전 마감 날짜들을 수두룩하게 적어두고, 하루가 지나면 달력에 다 X표를 해가며 공모전을 준비했다.

세 번째 공모전은 문창과 회장님이 문창과 단체 카톡방에서 공지해 주면서 참가자 모집을 하길래 냉큼 신청하고 남들보다 일찍 공모전 준비도 했다. 대학교 수업이 끝나면 도서관에 가서 수업 과제를 최대한으로 해두고, 집에 가서 수업 과제를 마무리 짓고 공모전 작품을 퇴고했다. 퇴고하면서 공모전 주제에서 엇나가면 새로 다시 쓰기도 했고, 작품 자체를 통째로 날린 적도 있었다. 작품을 통째로 날렸을 때, 지금껏 밤새오면서 작업한 게 한순간에 물거품이 되어버렸단 게 떠올라서 그날은 밥도 안 먹고 일찍 잠들기도 했다. 저장을 꼬박꼬박 해야 한다는 건 알고 있었는데, 고1 때 맞춘 노트북으로만 작업하다 보니 6년이란 세월이 노트북에는 치명적이었나 보다. 공모전으로 장학금을 탄 적도 없다 보니 노트북을 새로 맞출 여건도 안 돼서 6년 된 노트북을 계속 썼다. 그러다가 결국 2025년 8월 24일, 노트북이 사망했다. 불행 중 다행히도 노트북에 있는 것들을 다 백업해놔서 전부 다 잃지 않았다. 노트북을 고물상에 팔고 5만 원을 받았다. 그 돈으로 치킨 한 마리 시켜 먹고, 남은 돈은 저축했다.

내 통장에 찍힌 숫자는 주변 친구들보다 적었고, 아르바이트하지 않으면 먹고 살기가 버거워지는 지경까지 이르렀다. 그 와중에 졸업을 아직 못해서 학교에 다니는데,

'학교 올 시간에 아르바이트라도 뛰면 얼마라도 모일까….'

비비처럼 휴학해야 하나, 고민하던 찰나에 문창과 회장님이 단체 카톡방으로 새로운 공모전 공지를 올려주셨다.

"이거라도 해보자. 이것마저 안 되면, 난 진짜로…."

정말 마지막 기회라고 생각하고 오빠의 게임 노트북을 빌려서 온종일 글만 썼다. 제발, 이 공모전은 내가 글쓰기에 재능이 없다는 걸 단번에 깨뜨릴 수 있기를. 주변에 잘나가는 친구 사이에 잘 못 나가는 나에게 위로도 해줄 겸, 참가상이라도 부디 주길 바라면서 글을 썼다. 주제를 보고 든 내 생각을 있는 그대로 쭉 적었다가, 퇴고할 때 여러 번 수정했다. 거의 매일 한 번씩은 퇴고했던 것 같다. 그 때문에, 게임 출석 보상을 받아야 하는 우리 오빠는 게임도 못하고 유튜브만 봤다. 공모전에 열정을 품은 나를 본 오빠는 뿌듯해하는 시선으로 날 쳐다보더니 바탕화면에 깔린 단풍잎게임을 아련하게 쳐다봤다.

"은주야. 걍 노트북 새로 사줄까?"

"아니 아니. 내가 돈 모아서 살 거야."

"아니, 내가 그 노트북으로 게임 하고 싶어서."

"앗."

오빠의 4일 치 게임 보상을 버리고 공모전 작품을 완성해냈다. 여러 번 봐도 질리지 않았고 그럭저럭 나름 괜찮게 적었다. 작품을 제출하고, 나는 괜한 기대하지 않도록 평소처럼 학교에 다니고, 평소처럼 밥도 먹고, 평소처럼 도서관에 가서 공부했다. 이번에도 떨어지면 크게 좌절할 거 같으니까,

'사실은 떨어질 거 다 알고 있었어. 나 괜찮아!'

괜찮은 척이라도 하려고 했다. 한참 수업 과제에 몰두하고 있을 때, 휴대폰에 진동이 울렸다.

지이이잉–

순간 내가 구독해둔 유튜버의 영상 업로드 알림이라고 착각한 나는 들떠서 휴대폰을 급히 확인했다가 휴대폰을 떨어뜨렸다.

"…내가?"

"본 공모전에 참가해 주셔서 감사합니다. 박은주 님은 장려상을 수상하셨습니다."

네 번째로 도전한 공모전의 결과를 보기 전, 내 마음은 포기하고 싶은 마음만 가득했다. 어차피 계속 쓰면 또 떨어질 건데, 뭐… 나만 이렇게 열심히 하면 뭐해. 현실적으로 궁핍한 상황에 수상도 못하니까 작가를 포기해야 하나 싶었다.

'백세 인생인데 작가 포기하고 공무원이나 이런 거 좀 알아볼까? 지금 포기해도 안 늦었는데….'

여기서 포기하고 빨리 자격증을 따낸 다음에 공시를 준비하면 공무원으로 성공할 수 있는 게 아닐까란 생각이 계속 들었다. 포기하고 싶을 때마다, 내가 사서를 꿈꾸었을 때 선생님이 해주신 말씀이 떠올라서 마음을 다잡았다.

"가슴이 뛰지 않은데 그게 왜 네 꿈이야?"

To be Continued?

학교 게시판에 공모전 결과 포스터가 한가득
붙어있다.
"와, 다들 열심히 하는구나."
"선배님! 애들 다 기다리고 있어요!"
'여기 정수기는 아직도 이 디자인이네.
누가 여기서 머리 감았다는 소문
이후로 아무도 안 쓰고 있었나보다.'
나는 싱긋 웃으며 아이들이 있는 곳으로
향했다.

교내 공모전을 담당하던 교수님이 내가 교내 공모전에 모두 참가하신 것을 보시곤,

"너처럼 교내 공모전 다 참가한 애는 드물었는데, 다 결과는 좋았나?"

"아니요, 다 입상도 못했어요. 하지만 괜찮았어요. 그래서 덕분에 졸업하기 전에 장려상이라도 탈 수 있었어요."

"그렇구나. 혹시, 대학원 가 볼 생각 없니?"

"예?"

대학원 제안은 처음이라서 당황했는데, 대학원까지는 생각이 없다고 거절했다. 그러자, 교수님은 다음에 자기 수업에 한 번 참여해서 수업 때 발표했던 작품 낭송해 보는 게 어떻냐고 여쭤보셨다. 소설 수업 과제로 제출

했던 작품이 가장 인상에 깊었다며 후배들에게 낭송해 주면서 비평을 어떤 식으로 하는지, 퇴고할 때 어떻게 하면 좋은지 조언을 해달라며 제안하셔서 나는 우선 졸업을 하고 해드리겠다고 했다.

내가 소설 수업 과제로 낸 작품은 진로에 대한 고뇌와 방황을 담은 한 아이의 이야기로, 절망 속에서도 포기하지 않는 굳건한 마음을 나타냈다. 때로는 꿈을 포기하고 현실을 택하기도 하지만 꿈을 되찾으려 하고, 그 과정에서 진실한 내 모습을 찾아간다. 교수님은 작품 내용이 괜찮고 좋으니까 이 작품이 전하고자 하는 바와 맞는 공모전을 찾아서 참가해 보라고 하셨다.

"… 그렇게 이 작품이 만들어졌습니다. 수업 과제로 제출했던 작품이 이렇게 많은 사랑을 받게 될 줄은 몰랐네요. 소설 속 아이는 사실 고등학생의 저를 기반으로 만들어진 캐릭터예요. 아, 그럼 수필 아니냐고요? 수필까지는 아니고, 제 이야기에 새롭게 지어낸 이야기들을 넣어서 그 시절의 내가 바라던 이상적인 나를 담아내고자 했어요. 그 덕분에 제가 여러분들 앞에서 이런 상도 받아보네요."

반짝 빛나는 커다란 상패를 잠시 쳐다본다. 어릴 적에는 상패를 받으면 그 후로부터 내가 재조명받아서 빛나게 될 거라고 생각했는데, 그러기엔 이미 난 상패를 받기도 전에 빛나는 사람이 되어 있었다. 잠 못 이루는 밤을 지나, 고요한 새벽이 살며시 다가온 것처럼 안 힘든 순간은 없었지만, 시간이 지나니 아팠던 기억들은 금세 나아져 있었다. 금방 괴리감이 들기도 하고, 스스로를 탓하기도 했다. 쉽게 포기도 해보고, 많이 슬퍼했다. 이렇게 엉망진창이지만 내 이야기는 끊임없이 계속된다.

"소설가의 삶이 유일하게 제 가슴을 뛰게 합니다. 여러분들도 저마다 가슴을 뛰게 만드는 걸 찾기를 바랍니다. 늦더라도 괜찮을 거예요, 그 시간 속에서 찬란하게 빛나고 있을 거니까요."

후기

자서전을 쓰며 지새운 밤과 조우한 아침이 많았고 그 과정 속에서 김은숙 선생님과 친구들(인경, 가은, 민서, 유미, 기홍, 가영, 운화)과 모여 함께 글을 완성했다. 내 진로의 정체성을 깨우쳐 준 김은숙 선생님 덕분에 내 진실한 소리에 집중할 수 있었고, 함께 작업한 친구들의 비평 덕분에 내 글이 더 빛날 수 있었다. 안 힘들었다고 할 수 없겠지만, 즐거웠다고 말할 수 있다. 자서전 글쓰기를 하고 나는 내 진로인 '소설가'에 한 발자국 더 나아갈 수 있었다.

꿈을 향한 단 하나의 에움길

김민서

동문고등학교를 졸업하고 서울대 국어국문학과에 진학하였고, 대학교와 동시에 3D 학원을 다니며 스토리와 기술력을 모두 갖춘 애니메이터가 되기 위해 노력하였다. 체력이 버티지 못해 응급실에 갈 정도로 노력한 끝에 로커스 사에 입사하였다. 이후 세계적 권위를 갖춘 시상식에 다수 노미네이트되는 등 한국 애니메이션을 알려 국내 애니메이션 산업을 발전시키는 데 큰 도움을 주었다. 조금 더 경험을 쌓고 꿈을 이루기 위해 픽사에 도전하여 수 년간의 노력 끝에 입사했다. 픽사에서 전세계인들에게 감동을 주는 애니메이션을 여러 편 제작한 후 다시 한국에 돌아와 한국 애니메이션 산업의 더욱 큰 확장을 이뤄내는 꿈을 가지고 있다.

목차

To Infinity And Beyond

Every adventure requires a first step

You are more than what you have become

Do what you like, love what you do

You still have enough time to make your dream come true

This is me !

This is the greatest day of my life !

I'm gonna make sure that tomorrow is another great day !

Seize your moment

무한한 공간 저 너머로 가기 전에…

요즘, 사람들은 각자의 삶에 지쳐 서로에게 따뜻한 존재가 되어주기 힘들다. 그런 점에서 나는 애니메이션을 사랑했다. 누구든 차별하지 않고 많은 사람들에게 위로와 공감, 행복을 선사했으니까. 내가 그런 감정을 받아오며 자랐던 만큼, 나 또한 내가 느꼈던 감정을 세상에 되돌려주기 위해 애니메이션을 만드는 사람이 되고 싶었다.

애니메이션 기업 중 가장 좋아하는 곳이 디즈니다. 디즈니는 남녀노소 구분하지 않고 많은 사람들에게 감동을 줬던 만큼 그에 따르는 명대사들도 많다. 그들이 세상에 전하고 싶었던 메시지들을 내 이야기들 속에 담아, 그 벅찬 감정을 독자들에게 나누어주고자 한다.

"To infinity and beyond!" 꿈을 향해 벅차게 날아오르는 '토이스토리'의 주인공 '버즈'가 외친 대사다. 처음 애니메이터가 되기로 했을 때는, 처음 꿈을 꿨으니 이상적인 애니메이션을 만들자는 벅찬 마음을 가지고 있었다. 그때의 내 마음은, 정말 무한한 공간 저 너머로 팔을 내뻗는 웅장한 기분이었다. 처음 그 세계를 꿈꿨을 때의 감정을 독자들이 느꼈으면 한다.

모든 시작에는 그만큼 힘겨움이 뒤따른다. "Every adventure requires a first step"은 그런 의미에서 생긴 부제이다. 내가 그 힘든 애니메이션의 세계로 가서 잘 해낼 수 있을지에 대한 고민이 담겨있다. 처음 그 세계를 그렸을 때는 멋지다는 생각밖에 없었지만, 이어서 든 생각은 그 세계에 대한 두려움이었다. 누구든 시작에서는 설렘과 두려움이 공존한다. 유독 소심했던 터라 두려움이 더 앞섰던 그때를 담았다.

그러던 어느 날 두려움을 이겼다. 정말 원하는 것이라면, 설사 그 과정이 힘들더라도 나아가보자는 생각이 들었다. “You are more than what you have become”, 너는 네가 생각하는 것보다 더 큰 존재라는 뜻이다. 두려웠지만, 해낼 수 있음을 굳게 믿으며 꿈을 향해 나아갔다.

“Do what you like, love what you do”에서는 본격적으로 내 꿈을 실현하기 위해 노력했다. 맞는 학과로 진학하기 위해 노력하고, 대학교에 가서도 많은 것을 배우며 아이디어를 계속 내갔다. 돈이 없기도 했고 낯선 곳에서 생활하는 것이 힘들었지만 내가 좋아하는 것을 하며 살겠다는 생각을 잊지 않으며 묵묵히 준비했다.

하지만 돈이 부족해 광고회사에 일단 취업했다. 하지만 꿈은 언제 꿔도 이뤄낼 수 있다는 메시지를 꼭 전하고 싶었다. 그래서 “You still have enough time to make your dream come true”에서는 번번이 애니메이션 회사 취업에 실패하다가, 관계자로부터 조언을 듣고 관점을 바꿔 스토리를 만들어나가는 과정을 말하고 싶었다.

“This is me!” 드디어 픽사로 첫발을 내딛기 위한 한국 애니메이션 회사 로커스에 취업한다. 이전의 단점들을 받아들이고 보완해 첫발 내딛기에 성공했다. 그래, 이게 바로 나야!

세상 사람들, 저 취업했습니다! “This is the greatest day of my life!” 한국 애니메이션 산업을 발전시키는 데 큰 기여를 한 후, 드디어 픽사로 나아가기 위해 노력한다. 중간에 나태해진 때도 있었지만, 몇 년 후 그 꿈이 현실이 됐다. 내 인생 최고의 날.

그리고 픽사의 역사에 한 획을 긋는 사람이 되었다. 아이디어에 대한 부담감이 너무나도 컸지만 픽사 사람들 특유의 긍정적인 분위기를 통해 나도 긍정적으로 변해가 많은 아이디어를 냈다. 이어 내가 제작에 참여한 애니메이션이 대성공한다. 이젠 얼마나 더 멋진 일들이 일어날까? “I’m gonna make sure that tomorrow is another great day!”

“Seize your moment”는 말하자면 후기다. 두려워도 우리는 해낼 수 있음을 믿고 싶고, 다른 사람에게도 그 이야기를 해주고 싶다. 기회를 잡기 위해선 모험도 뒤따르지만, 그 값진 모험을 통해 우리는 성숙해질 수 있음을 알리고 싶다. 그 메시지를 알리기 위해 꿈을 꼭 이뤄내고자 한다.

시를 좋아하는 사람은 ‘꿈을 향한 단 하나의 에움길’이라는 책의 제목을 보며 이렇게 생각했을 수 있다.

“어, 이건…?”

이 제목은 나희덕 시인의 ‘푸른 밤’에서 조금 변형을 한 시이다. 시에서 화자는 사랑하는 대상이 상관없는 것들으로부터도 계속해서 생각나고, 그 대상으로부터 벗어나려고 노력도 하지만 결국 다시 그 대상에게로 돌아오는 길을 걷고 만다. 그에 의해 기분이 롤러코스터처럼 변하기도 하지만 결국 화자가 겪은 모든 일과 감정들은 다 그를 향한 사랑이었다. ‘네게로 난 단 하나의 에움길’이었던 것이다. 꿈을 사랑하면서도 좌절하고 싶을 때도 있고, 억지로 잊으려고 했던 나의 푸른 밤들과 꼭 맞는 시였다. 그 푸른 밤들의 기억이 너무나도 소중해 나만의 ‘푸른 밤’들을 담고 싶었다.

포기해야 하나 망설여지더라도, 우리 함께 앞으로 나아가자. 세상이 차갑게 느껴질 때도 있었겠지만 우리의 뜨거운 열정 하나하나로 이 사회의 온도를 뜨겁게 이루어나가자. 우리가 어른이 되었을 때는 지금의 우리 같은 모습을 한 아이들이 마음껏 꿈을 꿀 수 있도록. 당신의 방에서 꾼 꿈은 생각보다 큰 힘을 가질 수 있음을 믿으며, 우리 새로움에 도전해 보자. 이때까지 이뤄낸 것들을 발판삼고, 실패한 것들로부터 교훈을 얻으며. 나는 독자들이 성장 시 함께했던 애니메이션을 통해 희망을 전달할 테니, 그대들은 각자의 위치에서 세상에 희망을 전달해 주길 바란다.

To Infinity And Beyond
무한한 공간 저 너머로!
(영화 '토이스토리' 中)

내가 가장 좋아하는 것을 고르라면, 그것은 당연히 애니메이션이다. 누구도 생각하지 못한 이야기들과 귀여운 캐릭터들로 따뜻함과 감동을 얻을 수 있다는 걸 보면, 사랑할 수밖에 없다. 성적을 그렇게 중요하게 생각하는 내가 시험기간에도 개봉한 영화의 굿즈를 사러 갈 정도로, 나는 애니메이션과 함께 컸고, 애니메이션을 정말 사랑한다.

애니메이션 회사 중 가장 유명한 곳으로는 디즈니, 지브리, 드림웍스 등 정말 많은 회사들이 있다. 그중 내가 가장 사랑하는 곳을 고르자면, 바로 디즈니 사이다. 디즈니 자체 애니메이션도, 디즈니에 인수된 픽사의 애니메이션, 심지어는 마블의 영화까지도 내가 모두 사랑하는 것들이다. 사실 내 방은 누가 주인인지 모를 정도로 디즈니 사의 굿즈들로 가득 차 있다.

왜 하필 디즈니를 좋아하냐고? 사실 나도 잘 모르겠다. 어렸을 때부터 엄마께서 애니메이션이 개봉할 때마다 영화관으로 데려가 주셨는데, 그때의 영향이 가장 클 것이다. 말 그대로 '함께' 성장했기에 앞으로의 시간들도 함께 가고 싶다는 생각이 가장 크다. 또한 많은 사람들이 공감할 부분이라고 생각하는데, 디즈니 애니메이션을 보면 왠지 모르게 느껴지는 그 벅찬 감정이 있다. 하다 못해 영화 시작 부분에서 '노이슈반슈타인 성'—

신데렐라에 나오는 성의 모티브가 되기도 함—위로 폭죽이 지나갈 때조차 벅찬 감정이 느껴져, 그 부분을 큰 화면으로 보고자 영화관에 가는 것도 있다. 대화 도중 성이 나오자 하던 얘기를 끊고 그 장면을 집중해서 본 적도 있다.

정말 아끼다 보니, 자연스럽게 여기서 일해 보는 건 어떻겠냐는 고민으로도 이어졌다. 어떻게 애니메이션이 만들어지는지 그 과정을 살펴보다 보니, 나도 저런 일을 할 순 없는지 진지하게 고민하게 되었다. 많은 사람들에게 큰 웃음과 감동을 선사할 수 있는 애니메이션을 만드는 직업이라니, 정말 멋지지 않은가! 한 번 사는 인생, 내가 좋아하는 것을 하며 살아보고 싶다는 결심을 하게 됐다.

애니메이션을 만드는 직업에는 무엇이 있는지 찾아봤다. 사실 셀 수 없을 만큼 많은 사람들이 참여한다. 우리가 잘 아는 캐릭터 디자이너, 애니메이터, 시나리오 작가부터 낯선 직업인 레이아웃 아티스트 등 정말 셀 수도 없이 많은 인원이 제작에 참여한다. 이왕 애니메이션을 만든다면, 캐릭터를 숨쉬게 만드는 사람을 하자는 생각이 들어 무작정 애니메이터를 꿈꿨다. 어떻게 애니메이션을 제작하는 건지 컴퓨터 프로그램도 많이 찾아보고, 학원을 다닐까 고민도 많이 하며 내 꿈을 키웠었다. 한때는 세뱃돈으로 태블릿을 사서 그림을 그려보기도 하면서 의지를 강렬하게 다졌던 기억이 난다. 애니메이션을 사랑했던 만큼 정말 진지하게 하고 싶어 무작정 '무한한 공간 저 너머'로 도전장을 내밀었던, 그때 나는 중학교 3학년이었다.

중3, 디즈니에 팬아트이벤트에 응모해 당첨을 선물해 준 내 그림.
이때부터 본격적으로 디즈니 캐릭터들을 사랑하기 시작했다.

Every adventure requires a first step
모든 모험은 첫걸음이 필요해
(영화 '이상한 나라의 앨리스' 中)

고등학교 입학 전에는 내가 어느 정도 성적이 나올지 잘 몰랐기 때문에 애니메이션 계열 학과를 무작정 찾아보았다. 서울에 가고 싶어 서울 내 대학으로 찾아보니 세종대에 관련 학과가 있었다. 그래서 '아 나는 세종대에 가야지'하는 생각을 가졌다. 여기까지만 보면, 내가 애니메이터만 바라보며 학창 시절을 보냈다고 생각할 수도 있다. 아니, 그렇지 않다.

내가 꿈이 흐려졌던 것은 내가 할 수 있을지에 대한 의문 때문이었다. 따라그리는 것은 잘하지만, 나만의 독창적 작품을 만들어낼 수 있는지에 대한 고민을 많이 했다. 그러다 보니

'아, 역시 난 안 되는가 보다'

하는 생각을 하며 실망했다.

여기에 더해졌던 이유가 바로 성적이다. 솔직히 말하자면, 내 성적이 애니메이션 쪽으로 진학하기에는 많이 아까웠다. 처음에 고등학교에 올라올 때는 애니메이션계로 가서 잘할 수 있을지 모르겠다는 생각 때문에 학과 선택에 어려움이 많았다. 그래서 고민하던 도중 한 선배가 방송부를 홍보하는 것을 보고 방송부에 들어갔다. 콘텐츠 제작에도 관심이 많았을뿐더러, 원래 방송 계열이 창의력이랑도 관련이 많으니 콘텐츠 공부를 하면 애니메이션에도 도움이 될 것이라 생각했다. 이 생각에 따라 대학에 가서

학원을 다니며 애니메이션 제작 프로그램을 배우기로 결심했다. 하지만 성적이 생각보다 엄청나게 잘 나오면서 이제는 맹목적으로 최고의 대학만을 좇는 내가 되었다. 밤을 많이 새웠지만, 그 노력은 모두 꿈이 아닌 대학만을 위한 것이었다. 흘러가는 시간을 아까워하며, 붙잡으려 애쓰며 앞으로 쉼 없이 계속, 계속 달려나갔다.

사실 이렇게 되기 전에, 나 자신이 진짜 뭘 원하는지 생각해본 때가 있었다. 나는 이야기를 짓는 것도 정말 좋아한다. 시를 쓰는 것도 좋아하고. 그래서 '국어국문학과'는 어떨지 생각해 봤다. 엄마에게 말씀드렸더니, 이런 대답이 돌아왔다.

'니 그래 공부 쌔빠지게 해서 거 갈 거가. 엄마는 몬 보낸다.'

(너 그렇게 공부 열심히 해서 거기 갈 거니? 엄마는 못 보낸다)

너무 충격적이었다. 항상 너 하고 싶은 거 하며 살라고 하던 엄마가, 텍스트론 드러나지 못하지만 정말 화를 내셨다. 음, 이렇게 생각해 보니 이것 또한 내가 꿈을 잊었던 이유가 될 수 있을 것 같다. 내 꿈을 이렇게 부정당한 것도, 게다가 엄마가 말씀하신 것도 모두 다 큰 충격이었다. 그렇게 내가 조심스럽게 꾸게 된 꿈을, 나는 잊어버리고 말았다. 여의치 않은 사정이었든, 내가 일부러 잊은 것이든.

You are more than what you have become
너는 네가 생각하는 것보다 더 큰 존재야
(영화 ‘라이언 킹’ 中)

그렇게 대학만 바라보며 살던 나는 언론정보학과를 가려다, 내가 못 가는 입시전형밖에 없어서 인문대학을 가보기로 했다. 인문대학을 살펴보다 보니 눈에 띄는 학과가 있었다.

‘국어국문학과’

엄마가 반대하던 바로 그 과였다. 이 사실을 알면 엄마가 반대할까 봐 많이 걱정했다. 그때까지만 해도 난 다시 애니메이션은 생각하지 못한 채

‘아, 광고로 생기부(생활기록부)를 다 맞추어 놨는데, 대학 갈 수 있는 것 맞아?’

라고 생각했다. 일단 광고에 도움되는 것이 언어적 능력이라서 지원했다고 하면 괜찮다는 선생님들의 말씀을 듣고 집으로 왔다.

정말 완전히 애니메이션을 잊은 때였다. 정말 좋아하는 것이 뭔지 기억도 못한 채, 그냥 무작정 앞으로 달려갔다. 그때 이 책 출판의 기회를 만났다. 선생님은 우리에게 물으셨다. 너흰 무엇이 되고 싶냐고. 나만 진로 때문에 고민한 건 아니었지만, 가장 진로에 심각하게 자신이 없는 사람이 바로 나였다. 정말 많이 울었던 기억이 난다. 소설가를 꿈꾸나 사서를 적겠다는 친구와 자신의 진로에 자신이 없어하는 친구에게 조언해 주시는 선생님을 보며, 광고인이 되고 싶지 않은 건 아니지만 광고인으로 평생 살

고 싶은 것도 아닌데 이것을 정말 책에 실어야 하나 싶었다. 그렇다고 애니메이션을 적으려니 이런 생각이 들었다.

'생기부에 이거 내용도 적혀요?'

정말 다들 나를 '생기부'에 '미친' 사람으로 봤을 것이다. (사실 맞는 것 같기도 하지만) 다른 아이들은 모두 자기 진로를 신나게 생각하며 선생님과 함께 미래를 그려나갈 때, 나 혼자 무엇에 막힌 듯이 망설였다. 정말 무엇인지 모를 그 '무언가' 때문에, 내가 도전할 수 없는 것에 대해 마음대로 생각하고 적는 것이 망상에 빠진 사람 같아 보일까 봐 아이들 앞에서 자유롭게 펼쳐나가지 못했다. 정말 원하는 걸 꿈꾸고 마음대로 미래를 상상하는 것이 숨고 싶을 정도로 창피했고, 도망치고 싶었다. 그러던 와중 선생님이 말씀하셨다.

'생기부에 내용 안 적을 거니까 걱정 말고, 네가 하고 싶은 대로 책에 마음껏 너를 펼쳐.'

사실 생기부보다 더 큰 문제가 있었다. 그건 내가 망상에 빠진 사람처럼 보일까 봐였다. 책을 쓰는 순간이 무서워서 계속해서 미뤘다. 이런 나를 보니 예능 프로그램에서의 모 연예인이 떠올랐다. 성악가를 꿈꿨던 그녀가 성대결절로 성악을 포기한 후 예능 프로그램에서 노래를 다시 도전하는 것이었는데, 노래를 한 소절도 부르지 못할 만큼 다시 마주하는 것을 두려워하고 있었다. 그 프로그램이 방영할 때는 그 사람을 이해하지 못했다. 나는 그 사람만큼 노력한 것도 아니라 이런 말을 하기 창피하지만, 이 순간만큼은 그녀에 절실히 공감했다. 포기했던 것에 다시 도전하는 것이 얼마나 두려운지에 대해 깨닫게 되었다. 그래도 정말 하고 싶은 걸 적어보자라는 생각을 하며 용기를 내 책의 한 글자 한 글자를 써내려가 보았다.

예전에는 애니메이터를 꿈꿨다. 그러나 이제는 진짜 내가 무엇을 원하는지 알겠다. 앞에서 잠시 언급했던, 이야기 쓰는 사람이다. 사실 그간 내가 억지로 외면해서 그렇지, 살아오며 수많은 애니메이션의 소재를 떠올렸고, 이 책을 쓰기 전에도 소재가 하나 떠올랐다. 이만큼 내가 원하는데,

내가 이제 외면할 수 있을까? 내 자신을 억지로 눌러왔던 만큼, 이제는 나를 세상에 드러낼 때가 왔다고 생각한다. 엄마를 설득하는 것도 무서웠지만, 나는 엄마를 실망시키지 않을 것임을 안다. 나는 항상 모든 걸 열심히 해 왔으니까. 인간관계도, 공부도, 내가 하고 싶고 이어나가고 싶은 모든 것들은 항상 진심을 다해 임해왔다. 어릴 때부터 '나는 못해'라는 말을 달고 살아왔던 나였지만, 지금만큼은 나는 할 수 있다는 생각이 샘솟는다. 올해 가장 많이 들었던 말이 '넌 정말 열심히 한다'는 말이었으니까. '너라면 할 수 있을 거야'라는 말이었으니까. 그간 안 된다고 하기 전부터 앞서 말했던 것들을 보면 실패하기도 했지만 많이 성공도 했던 만큼, 실패보단 성공에 주목해 내 미래를 그려나가보고자 한다. 그게 진짜 나이고, 나는 할 수 있으니까. 그리고 이 생각은 결국 엄마를 설득하는 데 성공하는 것으로 이어졌다.

이제부터 펼쳐지는 이야기는 아직 벌어지지 않았지만, 머지않아 벌어질 것이라 확신한다. 그 꿈이 현실이 될 수 있게 여태껏 그랬던 것처럼 정말 열심히, 누구보다 열정적으로 나아갈 것이다.

Do what you like, love what you do
네가 좋아하는 것을 하고 네가 하는 것을 사랑해
(영화 '라푼젤' 中)

다시 애니메이션으로 꿈을 꾼 나는, 우선 내가 생각한 이야기부터 써내려갔다. 고3이 되어 결심한 것이라 리스크도 컸지만, 핸드폰을 하는 시간 대신 이야기를 만들어나가며 나 자신을 되돌아보기도 하고, 꿈을 키웠다.

그리고 국어국문학과 진학을 위해서도 최선을 다했다. 이야기를 써보고 싶다 했던 나였지만, 사실 책읽기를 무척 싫어했다. 영상으로 이야기를 듣고, 공부하는 것을 좋아했다. 그래서 책을 좋아하기 위한 노력을 많이 했다. 초반에는 너무 힘들었고, 이걸 언제 다 읽냐는 생각에 굉장히 막막했지만 이야기를 읽어나가는 과정에서 등장인물의 삶에 공감이 가기도 했고, 마음이 차분해지는 효과도 얻을 수 있었다. 여전히 영상 보는 것도 많이 좋아했지만, 책으로부터도 많은 위안과 재미를 얻을 수 있는 내가 되었다.

그리고 공부도 계속해서 이어나갔다. 등급이 나오는 과목이 4개밖에 없어서 부담이 적었다면 적었고, 많았다면 많았다. 4개밖에 없어서 집중하기 좋았긴 했지만, 나뿐만 아닌 다른 아이들도 모두 집중을 할 수 있어 좋은 등급을 갖기가 어렵게 된 실정이었기 때문이다. 어떻게 됐든 끝까지 잘 해내는 나였기에 열심히 공부한 만큼 1등급을 받아 3학년을 잘 마무리할 수 있었다. 공부하면서 이야기를 만들어나가고 꿈을 유지해나간다는 것이

상당히 힘들었지만, 정말 원했던 것이기에 힘들 때마다 애니메이션을 보며 이겨나갔다.

그리고 국문과에 지원해 정말 바랐던, 합격을 받았다. 사실 수시합격 발표가 나기까지 너무 불안했다. 성격 자체가 긴장을 많이 하는 사람이기 때문에, 남들은 수능을 치고 후련하게 있을 때 혼자 불안에 많이 떨었던 기억이 난다. 불안을 한 번에 떨쳐주는 합격 이후, 나는 내가 원했던 것을 자유롭게 했다. '닌텐도 스위치'를 학교에 들고 가 '동물의 숲'을 하고, 책도 읽고, 작년에 코로나로 집에 있을 때 취미로 시작했다가 학기가 재개되며 멈췄던 핀란드어 공부도 이어서 하고, 글도 많이 썼다. 그 과정에서 창의적인 생각이 많이 나왔다. 무언가를 상상할 시간이 많이 확보된 만큼 예전보다 퀄리티도 정말 많이 높아졌다. 내가 하고 싶은 걸 제약 없이 마음껏 할 수 있다 보니 행복해졌다. 이전과 비교도 할 수 없이 행복해져서 그것 또한 나의 창작에 많은 영향을 주었다. 무엇이든지 잘 될 것만 같은, 그런 기분이었다.

그 마음을 가지고 대학교에 진학했다. 진학을 하니 모든 게 새로워 처음엔 글을 쓸 시간이 없었다. 새로운 인간관계, 새로운 과목…, 그 중에서도 가장 부담이 됐던 것은 새로운 지역에 살게 됐다는 것이다. 또다시 긴장이 발동돼 벌벌 떨며 한 달을 살았다. 혹시나 대구 출신이라 거친 말투가 다른 사람과의 관계에서 오해를 불러일으키진 않을지, 낯선 환경이라 어리숙하게 행동한 것이 바보처럼 보이진 않을지, 많은 걸 신경쓰느라 글을 쓸 시간은 전혀 없었다.

이윽고 조금씩 주변 환경들이 익숙해지기 시작하자, 그때의 경험은 내 글의 소재의 원천이 되었다. 모든 게 새로웠기 때문에 더 주목하기 쉬웠던 것들을 글로 풀어나가기 시작했다. 서울에서 겪었던 일들을 조금 각색해 단편 모음집으로 엮어보기도 하고, 정말 애니메이션스러운 상상을 해 글을 쓰기도 했다. 새로운 환경이라는 것이 이렇게 큰 도움이 될 줄 몰랐던 터라, 새로운 곳에 오기를 자처한 내 자신이 이제는 자랑스럽기도 했다.

애니메이션을 조금 더 공부하기 위해 대학을 다니며 3D 프로그램 학원을 다녔다. 학원비 부담이 많이 됐지만 내가 원하는 캐릭터가 어느 순간 내 손을 통해 생명으로 태어날 수 있다는 것이 그 부담을 떨쳐내게 해주었다. 그때 내 글 속에서만 숨쉬던 아이들이 입체적으로 많이들 태어났다. 움직이는 캐릭터로 아이들을 다시 바라보니 글로는 느낄 수 없는 감정을 많이 받을 수 있었다. 또, 구현해내는 과정에서 눈썹 하나하나에도 신경을 쓰다 보니 그 캐릭터가 느꼈을 법한 감정에 대한 심층적인 이해가 가능했다. 이때 정말 내가 얻은 게 많은 것 같다는 생각이 들었다. 학원 때문에 아르바이트를 했을 때, 일명 '진상'으로 불리는 손님 때문에 너무 힘들었지만, 그럴 때마다 빨리 내 캐릭터를 만들러 가야겠다는 생각을 하며 이겨낼 수 있었다. 말하자면, 내가 머릿속에서 생각했던 캐릭터들이, 이제는 움직일 수 있는 생명으로 태어나 나의 친구가 되어 나와 일상을 함께했던 것이라 할 수 있다.

새로 만나고 알게 된 수많은 것들이 전부 다 아이디어가 됐다. 독특한 걸 쓰고 싶은 마음에 글 공부가 아닌 과학 공부, 생물 공부 같은 것도 정말 많이 했다. 그렇게 경험과 지식이 쌓이며 탄생한 이야기가 많았는데, 그중 하나를 싣고자 한다. 대학 수업 따라가랴, 돈 벌랴, 꿈 준비하랴 바쁠 때 지은 이야기로, 북부짧은꼬리땃쥐라는 동물이 주인공이다.

이 동물은 살기 위해서 3시간 이내 무언가를 반드시 먹어야 하는 동물이다. 말하자면, 무언가를 먹는다 하더라도 그 순간부터 '죽음의 카운트다운, 3시간'이 시작되는 것이다. '배고파 죽겠어'가 가장 잘 어울리는 동물로, 서울에서 악착같이 버티려는 내가 너무나 떠오르는 동물이었다. 그래서 이 아이의 이야기를 써 본 적이 있었다.

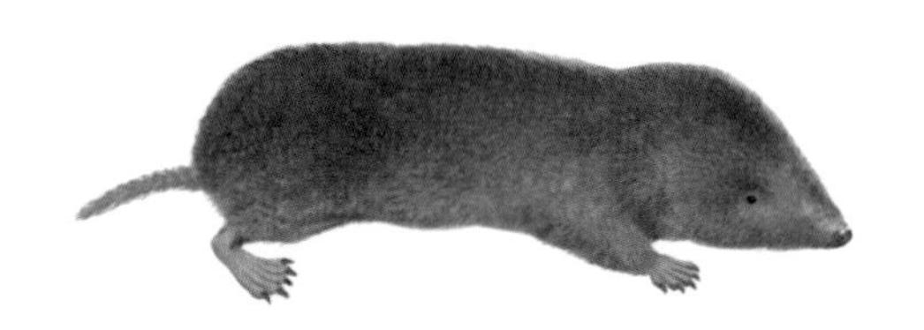

주인공: 미국 조지아 주의 숲에 살던 북부짧은꼬리땃쥐 '렌토'
3시간 안에 밥을 먹지 못하면 죽는 북부짧은꼬리땃쥐 '렌토'. 그에게 있는 가장 큰 약점은, 바로 남들보다 느리다는 것! 밥을 제시간에 먹지 못해 자주 쓰러질 만큼 허약한 몸의 소유자인 그에게는 언제나 속도가 빠른 친구들이 선망의 대상이었다. 어느 날 마을의 달리기 챔피언 '러논'과 음식을 두고 경쟁하다 그의 발에 걸려 넘어져 큰 부상을 입고 마음속 큰 트라우마를 안게 된다. 그러던 중 숲에 놀러온 캠핑카가 달리는 것을 보며 자극을 받고, 차에 몰래 올라타 도시로 향한다. 하지만 당장 먹을 것은 부족했고, 자신처럼 밥을 빨리 먹지 못하면 죽는 신세인 도시 쥐들에게 치이며 시간을 보낸다. 어느 날 아이가 갖고 놀던 장난감차를 보고 숲에서 본 캠핑카를 회상하며, 자신의 꿈을 상기시켜내 꿈에 다시 도전했다. 하지만 그 과정은 험난했고, 우연한 기회로 얻은 자동차는 고장났다. 이 자동차를 고치기 위해 노력하던 그는, 차를 타다 벽에 세게 박아 기절하고 만다. 남은 시간은 3시간, 렌토는 살아남아 꿈을 이룰 수 있을까?

내가 내 꿈을 위해, 원해서 서울이라는 곳에 올라탔지만 그 과정이 너무 힘겨웠다. 렌토도 죽으면 안 된다는 생각에 밤잠을 안 자가며 할 수 있는 일은 다했지만, 원하는 것을 이뤄내기는 매우 힘든 과정이었고, 경쟁자도 너무 많았던 데다가 결과적으로 낯선 곳이라는 점 때문에 힘들어했다. 3시간 안에 먹이를 먹지 못하는 쥐를 보며,

'이 아이가 안 그래도 약한 존재인 데다가 남들보다 더 허약하면 어쩌지? 얘는 그럼 자기 꿈을 이룰 수 있을까?'

하는 생각이 들었다. 응급실에 가기까지 하면서도 할 수 있는 일은 모조리 다하는 내가, 땃쥐처럼 신체도 허약하고 사회적으로도 기반 없는 곳에 와 있지만 언젠가 이뤄내는 그 과정을 꼭 담아내고 싶었다.

주인공 '렌토'는 나처럼 몸도 허약하고, 다른 사람들보다 유리한 위치에

있던 것도 아니었다. 우연히 본 자동차로 꿈을 꾸게 된 렌토는 꼭 우연히 애니메이션을 만들겠다는 내 꿈과도 같았다. 거창한 꿈이 무색하게 힘든 과정도 많았고, 나(렌토)만큼 꿈이 간절했던 다른 사람들(쥐들) 때문에 이리저리 치이기도 했다. 애쓰던 중 생존에 위기를 느끼기도 했지만 쥐구멍에도 볕들 날 있다는 말처럼 기회가 찾아왔고 그 기회에 그간의 내 노력이 쌓여 꿈을 이뤄냈다.

이런 나의 경험들이 애니메이션을 만드는 사람이 되는 내 꿈을 이뤄내는 데 정말 큰 도움들이 됐다. 낯설었기에 볼 수 있는 것들이 있었고, 힘들었기에 느낄 수 있었던 점들이 후일에 나를 훨씬 더 창의적인 사람으로 만들어주었다.

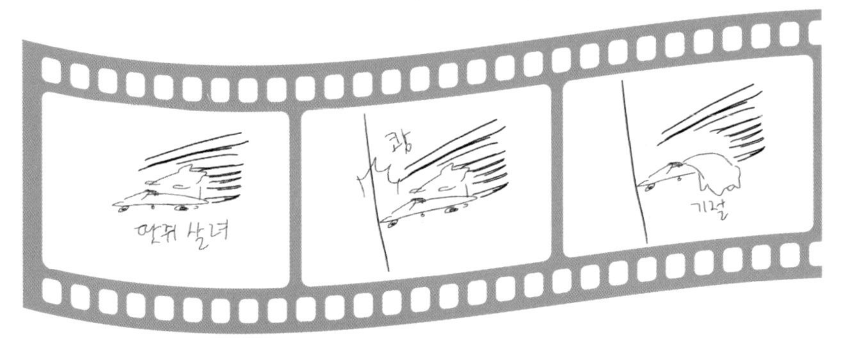

▲땃쥐는 귀엽지 않게 생겼다. 귀엽게 표현하려고 생각한 장면이다.

▲처음 구상한 캐릭터. 날고자 하는 꿈을 갖고 있었다. 이때는 굴(구멍)을 파서 그 안에 산다는 땃쥐의 습성을 이용해 이름이 '홀'이었으나 빠르게 달리고 싶은 꿈을 가진 캐릭터로 바꾸며 스페인어로 느리다는 의미를 가진 '렌토'로 수정되었다.

You still have enough time to make your dream come true

너에게는 아직 꿈을 이루기 위한 충분한 시간이 있어

(영화 '피터팬' 中)

꿈이 밥 먹여주는 것은 아니다. 현실적인 조건도 충족시켜야 꿈을 이뤄낼 수 있다고 생각한다. 그래서 광고회사에 들어갔다. 내가 학창시절에 준비했던 직업이기도 하고, 창의력을 요하는 직업인 만큼 애니메이션으로의 진출에도 도움이 될 수 있을 것 같아 광고회사로 향했다. 광고인으로서도 최선을 다하며 일했다. 내가 생각한 아이디어가 채택되지 않을 때 정말 속상하기도 했지만, 또 어떨 때는 내 것이 채택될 때도 있었으니, 정말 그때만큼은 하늘을 날아갈 것 같았다. 괜히 지인들에게 내가 아이디어 낸 것이라고 홍보도 하고, SNS 프로필로도 설정해놓는 등, 힘들었지만 그만큼 보람찬 생활을 했다.

이런 경험들을 바탕으로 나만의 애니메이션 포트폴리오를 만드는 데 성공했다. 대학교에 오고 나서 내가 고등학교, 대학교 초반 때 만든 소설을 애니메이션으로 만들 만한 스크립트로 바꾸었는데, 아무래도 포트폴리오는 장편을 하기엔 무리가 있어서 전하고 싶은 메시지나 내 창의력을 드러낼 정도로만 축약을 많이 했다. 가장 애정을 가지고 만든 소설을 하나 골라 포트폴리오 제작을 했고, 그 기간이 약 1년 정도 걸렸다. 그것을 아이코닉스, 로커스 같은 한국 애니메이션 기업에 가지고 가 지원했다. 나의 작품을 처음으로 세상에 드러낸 그때는 20대 후반에 막 접어든 때였다.

사실 거의 모든 회사에서 탈락을 했었다. 아무래도 경험이 많지 않기 때문이다. 떨어진 이유가 궁금했다. 그래서 관계자들을 찾아가 물어봤으나 정확한 답을 찾기가 어려웠다. 다들 말하기를,

"음…, 뭐랄까요. 굉장히 노력을 많이 한 것 같긴 한데 특별한 점을 찾기 어려웠어요."

라고 했다. 도대체 무엇이 문제인지 알 길이 없었다, 어떻게 해야 되나 좌절하고 있을 찰나, 한 관계자에게서 연락이 왔다.

"포트폴리오 잘 봤습니다. 아이디어도 독창적이고요. 다만 너무 많아요."

"네? 뭐가요?"

"음, 그러니까 쉽게 말하자면 욕심이 너무 많아요. 드러내고 싶은 메시지를 다 집어넣다 보니 무엇을 말하고 싶은지 모르겠어요. 지원자 분이 처음에 전하고 싶었던 메시지가 뭐였는지 생각해 보세요. 그러다 보면 지워내야 할 캐릭터도, 지원자 분이 만든 이야기의 본질이 무엇인지도 정확하

게 깨달을 수 있을 겁니다. 중요한 것은 구현 기술이 아니에요. 메시지에 주목해 보세요."

그제서야 알았다. 나는 욕심이 많아서 내가 전하고 싶은 걸 다 넣으려고 노력했다. 그래서 불필요한 캐릭터도 괜히 추가하고, 불필요한 씬(scene)도 더 넣었다. 그러다 보니 한마디로 '중구난방'이 된 것이다. 그래서 다시, 힘들지만 다시 이야기를 꾸려보기로 했다. 스스로 소재 자체가 나쁘지 않음은 확신할 수 있었기에, 정말 이 이야기로 내가 전하고 싶었던 게 무엇인지 근본적으로 생각을 해봤다. 그리고 그 생각을 바탕으로 과감하게 지워낼 것은 지워내고, 드러내야 할 것들을 강조하기 시작했다. 비유적이면서도 확실하게. 그것이 나의 그간의 강점이었다. 그 장점을 살려보고 싶어, 전달하고자 하는 메시지를 나만의 방식으로 드러내보았다.

This is me !
이게 나지!
(영화 '레드슈즈' 中)

또 1년이 걸렸다. 저번보다는 훨씬 신중하게 만들었다. 사실 그 전까지만 해도 나는 구현 기술에 집중했다. 조금 더 자연스럽게, 조금 더 옷이 구겨진 방향을 신경쓰며, 쓸데없는 것은 아니었지만 더 신경 써야 할 것을 놓친 채 포트폴리오를 만들었었다. 그래서 나는 스토리라인에 나를 온전히 바치며 신경을 썼고, 그 1년의 고생 끝에 기존의 것이었지만, 완전히 새로워진 포트폴리오를 완성했다.

그리고 그 관계자가 있던 회사에 지원했다. (사실 다른 회사에도 지원하긴 했다. 인생은 불확실하니까.) 그리고 답변이 돌아왔다.

"이제 당신이 세상에 알리고 싶은 메시지가 무엇인지 알겠습니다. 조금 더 손봤다면 좋은 작품을 만들었을 것 같아 조언을 해봤던 건데 역시 제 예상이 맞았네요. 축하합니다. 회사에서 봐요."

그 회사가 바로 'LOCUS'다. 최초의 한국인 디즈니 애니메이터 김상진 씨가 한국에 돌아와 차리신 회사다. 정말 존경하던 분의 회사에 들어갈 수 있다니, 이건 정말 영광이었다. 그래서 정말 뛸 듯이 기뻤고, 내가 잊었던 꿈을 다시 기억해낸 게 너무 뿌듯했다. 이젠 무엇이든지 할 수 있을 것 같은 기분이랄까.

사실 그때 제출한 포트폴리오는 힘들 때의 나를 투영한 '렌토' 이야기였다. 그때 쓸데없이 등장하는 인물이 너무 많았고 그 관계 속에서 벌어지는 다양한 이야기를 담고 싶기도 했는데, 그러다 보니 자신의 불리한 위치에도 불구하고 꿈을 이뤄낸 렌토의 이야기를 제대로 담아낼 수 없었다. 그래서 이런 아이들은 다음 기회에 만나기로 하고 과감하게 그들을 지워냈다. 그렇게 하고 나니 내가 하고 싶었던 렌토라는 인물의 이야기가 더 돋보일 수 있게 되었다. 아마 면접하신 분들도 렌토의 이야기에 적극 공감하셨지 않았을까? 단점을 수정하며 발전 가능성까지 보여주며 성공적으로 입사에 성공했다.

로커스에 입사한 후, 나는 정말 자유롭게 마구 내 아이디어를 쏟아냈다. 힘들지 않았다고 하면 거짓말이다. 대학교 동기들을 보면 전부 나보다 벌이가 좋은데, 나는 꿈으로 밥 벌어먹겠다고 여기 와서 혹시 선택을 잘못한 건 아닐지 심각하게 고민한 적도 있었다. 나는 집안이 그렇게 좋은 편도 아니기 때문에 서울살이가 정말 쉽지 않았기 때문이다. 이런 생각이 들 때마다 동료 애니메이터분들께 정말 죄송했다. 그들의 일을 단지 돈벌이가 안 된다는 이유로 짓밟는 기분이랄까. 그래서 죄송했던 만큼 그 생각을 떨쳐내려 일에 집중했다. 그 과정들을 거쳐 내가 참여한 애니메이션이 세상에 나왔다. 각종 SNS에서 울고 웃었다는 글을 많이 봤는데 내가 생각했던 느낌이 그대로 구현된 것 같아서 너무 뿌듯했고, 사실 내가 생각한 아이디어로 만들어진 장면들을 외국의 유명한 배우가 성우로 표현한다고 했을 때도—로커스 사는 외국에도 수출하기 때문이다—덤덤한 척했지만 속으론 기분이 엄청 좋았다. 그리고 여러 시상식에도 노미네이트되었던 것도 정말 행복했고.

솔직히 광고회사에 다니며 취업을 준비했던 터라 힘들었고, 괜한 시도인지 고민도 했다. 엄마께 당당히 보여주고 싶었는데, 헛된 꿈을 꿨음을 증명하는 꼴이 될까 노심초사였다. 그러나 이제는 부모님께 자랑스러운 딸이 될 수 있었다. 물론 나를 부끄러워하셨던 건 아니지만, 이젠 명절에도 떳떳이 연락드릴 수 있는 첫째가 되었다.

This is the greatest day of my life!

내 생애 최고의 날이야!

(영화 '주토피아' 中)

아쉽게도 내가 만든 애니메이션이 영화제들에서 시상을 받지 못했다. 그래도 난 만족했다.

'노미네이트된 게 어디야!'

세계에 로커스를 제대로 알렸고, 한국에도 이런 엄청난 애니메이션을 만드는 것이 가능함을 보여줄 수 있음을 내 손으로 증명해냈음을 느끼고 행복한 시간들을 보냈다. 사실 로커스의 애니메이션 대신에 상을 가져간 팀이 '픽사'였다. 내가 어렸을 적 꿈꾸던 회사! 그리고 내가 지금도 정말 사랑하고, 향하고 싶은 회사! 언젠가는 픽사로 향하겠다는 생각을 가지고 미국에 일부러 가서 살아본 적도 있었고, 바쁜 직장생활 중에서도 짬을 내어 영어를 공부했다. 그리고 로커스에서 어느 정도의 경험이 생긴 뒤, 이제는 조금 더 큰 곳으로 가볼까 하는 생각이 들게 됐다.

그러다 애니메이션계 종사자 모임에서 픽사 관계자분을 만나게 됐다. 나는 그분께 용기내 다가가 나의 꿈을 말씀드렸고, 그분은 정말 밝은 표정으로 내게 답해 주셨다. 정말 좋은 도전이 될 거라고, 열심히 준비해서 회사에서 만나자고. 그 밝은 표정과 나에 대한 믿음이 나를 이렇게 생각하도록 만들었다.

'나 이제 진짜 여기로 올 때가 됐나 봐. 지금이 아니면 내 꿈에 도전할

수 있을까? 이때까지 잘해왔던 만큼 용기내서 도전해 보자.'

그때가 로커스가 새 작품을 준비하고 있을 때였다. 꿈을 꾸기도 힘든 시간들이었다. 많은 사람들과 미팅도 해야 할뿐더러 내 아이디어를 생각해볼 시간도 확보해야 했다. 당연히 스트레스가 동반됐다. 그래서 픽사에 제출해볼 포트폴리오를 만들 시간도 없었다. 핑계일 수 있지만 잠깐이라도 시간이 났을 때 포트폴리오를 준비했었어야 했는데 너무 힘들었던 나머지 놀고 말았다. 원래 새 애니메이션을 준비하는 데는 엄청난 시간이 걸리는 터라 2년을 그렇게 보냈다. 절대 허송세월을 보낸 건 아니었다. 정말 좋은 작품이 나왔고, 이번엔 아카데미 시상식에서도 노미네이트돼 한국계 애니메이션의 선두를 이끄는 위치에 있었다. 그리고 그때 다시 2년 전에 뵀던 픽사 관계자분을 만났다.

"어, 잘 지내셨어요? 오랜만이에요!"

"네, 오랜만이네요! 전 잘 지냈죠. 제출할 포트폴리오는 준비 잘하고 계세요?"

"아, 그게……. 일이 너무 바빠서 거의 준비를 못했네요."

"아, 바쁘시긴 했을 것 같네요. 근데 이런 말씀 드리면 어떨지 모르겠지만, 사실 전 민서 씨의 열정이 참 좋았거든요. 조금 더 열정적으로 준비했다면 간단한 포트폴리오는 만들 수 있었을 것 같은데……. 너무 힘들었다면 어쩔 수 없지만 다시 열정을 살렸으면 좋겠어요. 그때의 민서 씨라면 충분히 우리와 함께 갈 수 있을 거라고 생각해요. 그리고 지금 이렇게 커리어도 쌓은 만큼 픽사에서도 당신을 충분히 인지하고 있고요, 정말 최선을 다해 보세요. 열정적인 당신이라면 성공할 수 있을 겁니다."

뭐랄까, 머리를 한 대 맞은 기분이었다. 약간의 번아웃이 그간 왔던 것 같기도 하고, 여기서 일하는 게 바쁘다 보니 저 너머를 꿈꿀 여유가 없었던 것 같기도 하다. 아니, 사실은, 핑계다. 다 핑계다. 정말 원하는 것이라면 이러면 안 된다는 생각이 들었다. 그래서 내가 처음 디즈니를 좋아하게 된 순간을 찾아 '주토피아'를 봤다. 왜 주토피아를 봤냐고? 중학교 1학년 때 처음 보고 닉한테 빠져들었다. 그러다가 주디도 참 좋아했고. 그러다 보니 다른 캐릭터들에게도 하나하나 관심이 가 사진을 찾고, 영화를 보고, 굿즈를 사다 보니 어느새 모든 디즈니의 캐릭터들을 사랑하는 내가 됐다. 그 처음의 순간을 떠올리니 이렇게 정체되어 있을 수는 없겠다는 생각이 들었다.

다시 열정을 불태웠다. 우리 회사의 다른 동료들과 새 작품의 성공에 대한 기쁨을 나누면서도, 그 기쁨을 받침대 삼아 새 포트폴리오에 매진했다. 2년이 지날 쯤 여러 개의 단편 애니메이션들을 만들었다. 그리고 내가 그간 로커스에서 해냈던 성과들과 함께 픽사에 나의 포트폴리오를 제출했다. 그리고 픽사에서 답변이 돌아왔다.

'축하합니다. 우리와 함께 당신의 상상력을 펼쳐봅시다.'

이 일이 진짜인지 길 가는 사람 아무라도 붙잡고 물어보고 싶었다. 너무나도 우상적인 존재이자 꿈이여서 이룰 수 없을 것이라 생각하고 한 발 뒤로 뺐던 그간의 내가 굉장히 미웠다. 그간의 열정적인 나라면 해낼 수 있을 거였으면서. 정말 소극적이었던 내 자신을 반성하면서도, 지금 이 평생의 꿈에 한발짝 또 내딛은 내가 너무나도 자랑스러웠다. 가족에게 당장 달려갔다.

"왜? 무슨 일 있어?"

"큰일이야. 진짜 큰일."

"어?? 엄마 너무 떨려. 왜…?"

"나 픽사 가."

"뭐? 정말?"

"응, 진짜 가. 나 진짜 내 꿈 이뤘어……. 진짜 고마워. 전부 나 믿어줘서 이만큼 왔어. 진짜 가서도 잘할게."

"그럼 이제 우리 딸 미국 가는 거야? 같이 못 살아?"

어, 심장이 쿵 내려앉았다. 기뻤지만 마냥 기뻐할 수만은 없었다. 픽사에 간다는 말은 다시 말하면, 이별의 메시지이기도 하기 때문이다. "그러네……. 내가 자주 올게. 여유 있는 대로 꼭 올게. 자주 연락도 하고 그럴 테니까 너무 속상해하지 말고 정말 잘할게. 한국에서도 뿌듯하게 볼 수 있게 내가 좋은 거 많이 만들어볼게. 나중에 생활이 좀 여유로워지면 나중엔 같이 살자. 영어공부 열심히 하고 있어!"

엄마가 많이 우셨지만, 그래도 내 꿈을 이뤄내서 정말 대견하다고 해주셨다. 내 꿈을 위해 가 버리는 내가 죄송스러웠지만, 그만큼 잘해내겠다는 의지를 다지는 계기가 됐다.

그리고 로커스 사에도 퇴사하고 싶다는 의견을 내비쳤다. 사실 회사에서 내 공이 없었던 게 아니기 때문에 회사 입장에서는 굉장히 서운해했다. 또, 공뿐만이 아니라 우리가 함께 지내왔던 시간이 있었기 때문에 동료들과의 이별이 굉장히 슬펐다. 그래서 약속을 하나 했다, 픽사에 가게 되었지만 로커스가 이렇게 날 성장시켜준 공을 잊지 않고 미국에 가서도 로커스를 많이 알릴 수 있도록 노력하겠다고. 동료분들도 내가 만든 애니메이션을 꼭 챙겨보겠다고 약속해 주었다.

6개월 후, 로커스와의 계약이 끝나고 이제 미국으로 갈 때가 됐다. 진짜 내 꿈을 향한 여정은, 이제 시작이다. 새로운 곳이 두렵지만, 설레는 마음을 가지고 미국으로 향했다. 가자! 픽사로!

I'm gonna make sure that tomorrow is another great day !

내일도 행복한 하루가 되게 해줄게!

(영화 '인사이드 아웃' 中)

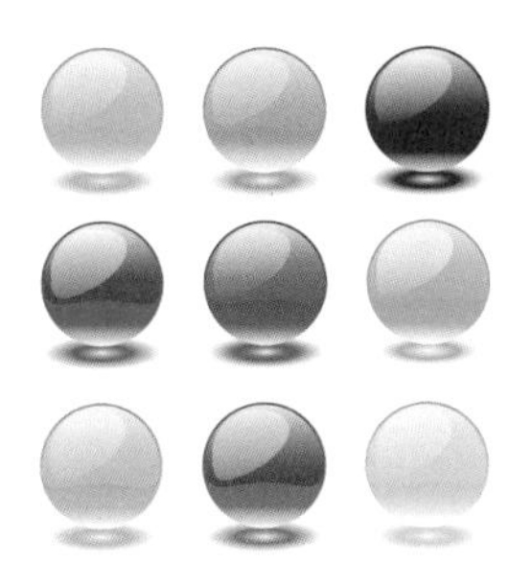

픽사에서의 삶은 굉장히 새로웠다. 우선은 환경부터가 달랐다. 직원들이 창의적인 생각을 마음껏 내놓을 수 있도록 직장 내 공간도 다양하게 구성해놓았다. 한국에서는 겪을 수 없었던 그 자유로움이란! 이곳에서 앉아 있기만 해도 새로운 아이디어가 마구 샘솟을 것만 같았다. 역시 애니메이션의 본고장은 다르구나!

픽사의 건물은 생긴 것부터가 정말 의미가 깊었다. 건물은 로비를 기준으로 양쪽으로 나누어져 있는데, 기술부와 예술부로 이뤄져 있으며 그 둘의 융합을 지향하는 픽사를 상징한다고 한다.

'예술은 기술에 도전하고 기술은 예술에 영감을 불어넣는다.'

사실 픽사 애니메이션을 보면 화려한 기술력에 입을 다물기 힘들지만, 기술은 그들의 창의력에 숨을 불어넣는 도구에 불과하다. 내가 만든 것들이 숨이 불어넣어져 화려하게 되살아날 것을 생각하니 심장이 엄청나게 뛰었다. 픽사에 가장 가고 싶었던 이유는, 그들이 스토리를 생각할 때 그 스토리에 진심이 된다는 것이었다. 나는 나 스스로를 '진심녀'라고 부른다. 타인도 인정할 만큼 정말 모든 것에 진심으로 임하기 때문이다. 이곳에 있으면 정말 그 진심을 쏟아부어 세계를 감동시킬 애니메이션을 만들 수 있을 거란 생각이 들었다.

처음에는 뭔가 대단한 아이디어를 내야 한다는 생각 때문에 미칠 것만 같았다. 그것 때문에 부담감을 갖고 있는 걸 눈치챈 동료 하나가 나에게 조언을 해주었다.

"여기 누구도 엄청난 아이디어로 시작하는 사람 없어요. 부담감은 당신이 내놓을 수 있는 좋은 아이디어를 가리는 수단밖에 안 돼요,"

그래서 마음을 내려놓고 원래 그랬듯이 편하게 내 눈앞에 보이는 것들을 대하기 시작했다. 그러다 보니 아이디어도 여러 개가 떠올랐다. 그리고 그것들을 제안했을 때 동료들의 반응이 아직도 기억난다.

"봐요, 편하게 생각하니까 뭐가 떠오르죠? 이거 감독님께도 말씀드려봅시다. 괜찮은 아이디어 같은데!"

그리고 감독님께서도 내 이야기를 들어보시더니 이렇게 말씀하셨다.

"오, 괜찮은데? 내가 생각했던 이야기 전개를 잘 담을 수 있을 것 같다. 그럼 여기서 이렇게 추가해 보는 건 어떨까?"

이어진 회의에서 감독님이 추가해 주신 아이디어를 들어보니 훨씬 전개가 매끄럽고 픽사답게 바뀌었다. 그 과정에서 정말 많은 걸 배웠다. 내가 저런 생각을 먼저 했었어야 했다는 생각도 조금 했으나, 감독님과 동료들도 전부 말하기를,

"아니야. 네가 말해줘서 떠오른 거지. 그런 식의 아이디어가 하나하나 모여서 사람들의 기억에 남는 애니메이션이 나오는 거야."

훨씬 더 마음이 편해졌다. 그래서 그 후로도 작고 큰 아이디어들을 많이 냈고, 영화에 반영된 것들도 꽤 있었다. 결말 부분에서 주인공이 오해를 풀고 친구를 구하러 가는 장면을 구상했었는데, 그 부분에서는 내가 만들어 놓고도 눈물이 날 만큼 모든 제작자들의 마음에 쏙 드는 부분이었다. 드디어 3년 후, 내가 픽사에서 참여한 첫 영화가 나왔다. 시사회도 전세계 곳곳에서 했었는데, 코코를 이을 최고의 엔딩이라고 하는 사람들도 있었다. 내가 결말에 참여했던 만큼 정말 뿌듯했다. 내가 어렸을 적 보고 감

동받은 영화에 비유하며 칭찬을 받는 일이 생기다니. 정말 살아 있음을 느꼈던 것 같다.

드디어 세계 곳곳에서 영화가 개봉됐다. 그리고 이어지는 많은 찬사들, 나를 정말 행복하게 만들었다. 그리고 내가 로커스에 있을 때 아쉽게 타지 못한 상들을, 픽사에서의 내가 받게 되었다. 너무 기뻐서 온 동네에 다 자랑하고 싶기도 했고, 실제로도 많은 사람들에게 자랑을 했다. 하지만 그 과정에서 그런 생각도 들었다.

'내가 한국에 있었다면 지금처럼 될 수 있었을까?'

한국의 애니메이션 산업이 괜히 떠올라서 마음이 안 좋기도 했다. 한국에서의 동료들에게도 괜히 미안하기도 했고. 그래서 동료들에게 연락을 해보았다.

"잘 지내요? 그간 애니메이션 또 하나 준비 중인 것 같던데!"

"아, 네! 준비하고 있죠. 어후, 힘들어 죽겠네. 아, 맞다. 상 탔던데! 진짜 너무 축하해요! 한 건 할 줄 알았다, 진짜."

"네, 진짜 너무 고마워요. 지금 행복해 죽을 것 같아요. 근데 사실 상 타고 나니까 한국에서 동료들이 너무 생각나는 거예요. 괜히 미안하기도 하고, 보고 싶기도 하고."

"엥? 왜 미안하지? 우리는 잘 지내요. 덕분에 한국 애니메이션 산업도 진짜 많이 컸고, 이제 노미네이트도 꽤 되고 있어서 진짜 잘 되고 있는 거니까, 미안해하지 말고 하고 싶은 것 다 펼쳐봐요."

내가 한국 애니메이션 산업을 키우는 데도 일조했다니, 또 기분이 좋아지는 일이었다. 어릴 때부터 봐 왔던 애니메이션이었고, 그것을 통해 웃음, 감동과 위로를 받던 내가 이제는 그간 받아왔던 것을 나누어주는 사람이 되었다. 지금 나는 픽사에서 나만의 상상의 나래를 엄청나게 펼치고 있다. 두 번째 애니메이션을 준비하는 중인데, 창작의 고통은 꽤나 힘들다. 하지만 내가 받은 감동을 이 세상에 다시 돌려주는 게 한 번뿐인 생을 살아가는 내가 이 세상에 해야만 할 일이라고 생각한다. 그리고 그 일을 해내는 중인 것 같아 기쁘고.

나는 디즈니 최초 한국인 수석 애니메이터이자, 한국의 콘텐츠 회사 로커스의 이사인 김상진 씨를 정말 존경한다. 색맹임에도 꿈을 이뤘을 뿐 아니라, 자신이 픽사에서 할 수 있는 최고의 커리어를 달성하고 나서 한국에 돌아와, 한국의 애니메이션계를 키워나가고 있는 것이 정말 멋진 일이라 생각한다. 나도 그가 그랬던 것처럼 일을 해내고 싶다. 내가 앞으로 잘 해낼지는 모르겠지만, 나중에 경력이 많이 쌓여 나만의 독자적인 영화를 만들어낼 수 있게 될 쯤, 한국으로 돌아와 함께 애니메이션계를 키워나가고 싶다. 수많은 두려움이 있었지만, 결국은 해냈으니 지금의 내 꿈도 언젠간 꼭 이뤄낼 수 있다고 본다. 그러니 여태껏 노력한 만큼 계속해서 나의 열정을 불태울 생각이다.

애니메이션은 나의 성장에 있어 정말 큰 힘이 돼 주었다. 우리가 주목하지 못했던 많은 존재들에게 연민을 갖고, 그들이 꿈을 이뤄나가는 과정을 통해 많은 위로를 얻었다. 그 과정을 거쳐 성장한 나는, 나와 같은 어린 시절을 보내는 아이들, 그리고 그때를 그리워하는 어른들 하나하나에게 관심을 가지며 그들이 드러낼 수 없었던 마음속에 숨겨진 아픔들을 위로하고, 그들의 삶에 따뜻한 영향을 줄 수 있는 애니메이션을 만들고 싶다.

나의 꿈은, 무한한 공간 저 너머로 아직도 향하는 중이다.

To Infinity And Beyond!

Seize your moment
기회를 잡아라
(영화 '코코' 中)

내가 가장 좋아하는 캐릭터로 글을 쓴 소감을 표현하고 싶다. 그 주인공은 내가 가장 좋아하는 영화 '토이스토리' 속에 등장하는 '버즈'다. 유독 나는 '무한한 공간 저 너머로'라는 말을 사랑한다. 버즈는 자신에게 주어진 한계에도 불구하고 날겠다는 꿈을 가지고 있다. 처음에 자신의 한계도 모르고 날겠다고 나설 때는,

'왜 저렇게 나서지? 자기 주제를 모르나?'

라고 생각했다. 하지만 나도 꿈이란 것이 생기고 나를 돌아보니, 지금은 꼭 저 무모한 위치에 있을 수도 있지 않을까 싶어서 버즈라는 캐릭터에 많이 공감한다.

'무한한 공간'은 나에게 두 가지 의미로 다가온다. 저 너머에 무엇이 있을지 몰라 다소 두렵지만, 무한한 만큼 나를 설레게 할 것들이 얼마나 많을지 상상할 수 없을 만큼 다양하다는 것. 꿈을 꾸게 되며 두려움이 가장 컸지만, 이제는 두려움만큼 설렘의 감정도 커져가고 있다.

이 과정에서 나에게 용기를 준 것이 바로 자서전 쓰기였다. 수면 아래로 가라앉힌 꿈을 다시 수면 위로 끌어올리려니 차마 용기가 나지 않아서 많이 울었다. 그러나 나의 꿈을 상상하고, 처음 이야기를 써 보며 왠지 나라면 할 수 있을 것이란 용기를 얻게 됐다.

그런 의미에서 내 책 속에 등장한 렌토에게 고마움을 전하고 싶다. 렌토는 내가 처음으로 결말을 생각해 본 소재인 데다가 내 생일날 탄생한 만큼 더욱 의미가 깊은 존재다.(렌토, 생일 축하해!) 급한 시간에 지은 이야기라 아쉽기도 하지만 그 짧은 시간에도 불구하고 탄생해 주었던 데다가 불리한 위치에 있어도 포기하지 않았던 점이 나를 좌절에서 벗어날 수 있게 해주었다. 이 세상에는 렌토들이 참 많다. 그리고 나도 그중 하나이고. 언젠가 이 이야기를 세상에 공개해 남들보다 조금 느리더라도 이겨낼 수 있다는 메시지를 전해 주고 싶다. 그렇게 하기 위해선 내가 먼저 이겨내야 한다. 그 메시지를 위해 나는 달릴 것이다. 머릿속에서만, 내 글에서만 살아 있던 렌토가 세상에 나와 마음껏 달릴 수 있게 하기 위해서. 그러니 모두가 미래의 나를 꼭 기대해 주었으면 한다.

기회를 잡으려는 자에게는 그만큼의 모험이 뒤따른다. 영화 '코코' 속 '미구엘'에게도 그러했다. 집안에서 반대하는 음악가를 꿈꾸는 미구엘에게는 많은 시련이 뒤따랐다. 나라고 다를 것 없다. 분명히 위기 상황이 찾아오겠지만, 위험을 감수한 만큼 결과가 따라올 것이라 믿으며 좋은 결과를 내보고 싶다.

모두 안녕, 미래에서 만나요. 각자의 위치에서 자신만의 메시지를 세상에 알리고 기쁨과 위안을 줄 수 있는 사람이 꼭 되어 주세요.

직접 책을 써볼 기회를 주셨을뿐더러 저의 진정한 꿈을 되찾게 해주신 김은숙 선생님, 그리고 제 꿈을 응원해 주고 함께 고생한 친구들에게 감사의 말씀을 전하며 글을 마칩니다.

kcsi

: 죽은 자들이 끝내 말하지
못한 이야기를 듣기 위해
삶의 마지막에 등장하는
빛도 없는 카메오

유가은

2021년, 동문고등학교를 졸업한 후 대학원에서 범죄학 석사학위를 취득하였다.

신체적 부족함에 대한 고민으로 경찰이라는 꿈을 포기하려 했지만 과학 수사대라는 돌파구를 찾아 꿈을 이루었다.

2034년에는 30년간 풀리지 않던 미제 사건을 해결하는 데 일조하여 큰 주목을 받았다.

이후에는 '성공한 직업인 토크쇼'라는 TV프로그램에 참가하여 과학 수사대 혹은 경찰을 꿈꾸는 사람들에게 희망을 심어주었다.

또한 퇴직 후에도 시민의 모습으로 경찰의 임무를 하고 있는 것으로 유명하다.

목차

서문

마라톤 경기의 출발 신호가 울리다

뜨거운 햇볕 아래 시원한 바람이 불다

숨이 차올라 시원한 물 한 잔을 마시다

결승선을 통과하다

새로운 출발선에 서다

그동안 달려온 길을 되돌아보다

서문

어린 시절부터 경찰이 되기 위해 노력했던 나는 직접 정보를 탐색하여 공부했고, 그 결과 과학수사대 중 현장 감식 경찰이 되었다. 경찰의 길로 뛰어들어서는 엄청난 노력을 했고 과정이 순탄치만은 않았다. 비포장도로를 달리는 듯이 불안한 길을 걸어오며 인생은 참 알 수 없는 것임을 느꼈다. 기쁜 일이 있을만하면 고난이 찾아오고, 또 안 될 것만 같던 일들이 어쩌다 해결되기도 하며, 생각지도 못한 순간 행복 혹은 불행이 들이닥친다.

나의 이야기에서는 위와 같은 과정들을 펼쳐보려 한다. 과학수사대라는 길을 걸어오며 겪었던 여러 가지 일화들과 그것에서 느낀 감정, 교훈들을 이야기하고 있다. 이를 통해 과학수사대에 대한 기본적인 정보를 전달하여 이 분야로 진로를 희망하는 사람들에게 조금이나마 도움이 되었으면 하는 바람이다.

나의 이야기의 큰 키워드는 '도전'이다. 모두들 어떤 종류라도 한 번쯤은 도전해봐서 알테지만 도전이라는 것을 하는 데에는 꽤 큰 부담감이 든다. 성공할지 아닐지에 대한 막연함, 실패했을 때의 절망감 등 우리가 쉽게 도전을 하기 어렵게 만드는 요소들이다. 하지만 저러한 것들을 이겨내는 요소가 바로 도전이 성공했을 때의 성취감이다. 성취감은 자존감을 키워줄 수 있고 무슨 일이든 해결할 수 있다는 자신감도 키워줄 수 있다. 도전하기 전 두려움이 클수록 성공했을 때의 성취감은 두 배, 세 배가 된다. 나 또한 도전을 두려워했지만 스스로 마인드를 변화시키기 위해 나만의 노하우도 만드는 등 노력을 많이 했고 그에 대한 성과를 얻을 수 있었다.

두 번째 키워드는 '실패를 성공으로'이다. 살면서 누구나 크던 작던 실패를 겪게 된다. '실패'라는 단어는 굉장히 부정적으로 들리지만 그 이면을 살펴본다면 꽤나 도움 되는 인생의 친구라는 것을 알게 될 것이다. 나 또한 살면서 두 가지의 큰 실패를 몸소 겪었고, 그것을 극복하는 과정에서 많은 성장을 하게 되었다. 이렇게 실제 겪었던 나의 이야기를 통해 많은 사람들의 실패에 대한 두려움을 해소시켰으면 한다.

따라서 나의 이야기를 통해 과학수사대 혹은 경찰을 꿈꾸는 많은 친구들이 용기를 얻고, 자신의 꿈에 한 발짝 다가가 모두 원하는 바를 이루길 기원한다.

마라톤 경기의 출발 신호가 울리다

내가 경찰이라는 것을 알게 된 사람들의 얼굴에는 항상 놀란 표정이 가득하다. “니가 경찰이라고?” 라던가 “그렇게 키가 작은데 어떻게 경찰이 됐어?” 등 상처가 되는 말을 막 던지는 사람들이 있다. 이런 사람들의 질문 가운데에는 “왜 경찰이 된 거야?” 하고 묻는 사람들도 있었다. 이 질문에 나는 확실히 답할 수 있다. 나 스스로에게도 수없이 던졌던 질문이었기에.

나는 어릴 적부터 어딜 가던지 항상 1등을 차지했던 것이 있다. 그건 바로 ‘키’이다. 키가 커서? 아니, 키가 작은 걸로 말이다. 학창 시절 자리를 바꿀 때마다 맨 앞자리는 내 차지였던 것은 기본, 고등학생 때는 음식점에서 초등학생 값을 받으려 한 적도 있었다. 이렇게 눈에 띄게 키가 작았던 나는 친구들의 놀림과 함께 자랐고, 그러다 보니 작은 키가 자연스레 콤플렉스가 되어 키와 관련해서는 유독 위축되곤 했다.

게다가 어떤 것을 해도 키와 관련짓게 되었다. 예를 들면 옷을 살 때에도 ‘키가 작아서 별로일 것 같아’라고 생각하거나, 아르바이트에 지원할 때에도 ‘키가 작아서 난 안 될 거야’라며 단정 짓기도 했다. 이런 상황이 생기게 된 것에는 내 성격도 한몫했을 것이다. 나는 평소 걱정이 많은 타입이라 어떤 일이 벌어지기도 전에 실패할 것에 대해 염려한다. 그래서인지 어떤 일을 새롭게 시도하는 것을 두려워했고 잘 도전하지 않게 되었다.

이런 상황은 내 진로에 대해 고민할 때에도 발생했다. 나는 초등학교 6학년 때부터 '경찰'이라는 직업에 강한 끌림을 느꼈고, 그 꿈은 고등학생 때까지도 이어졌다. 처음에는 경찰이 되고 싶다는 의지와 열정이 흘러 넘쳤지만, 시간이 지날수록 '내 왜소한 체구로 과연 경찰이 될 수 있을까?' 하는 의구심이 들었다. 비슷한 시기에 주변 사람들도 "니가 경찰되면 범인을 잡는 게 아니라 범인에게 쫓기는 거 아니야?"라며 웃어댔고, 그럴수록 나는 내 꿈에 대한 자신감을 잃어갔다.

내가 생각해도 만약 잡아야 하는 범인이 남자인데다가 체구가 엄청 거대하고 힘이 세다면, 내가 아무리 힘을 키운다고 해도 현실적으로 힘들 것 같다는 생각이 들었다. 실제로 긴 기간은 아니었지만 주짓수를 배워본 적이 있는데, 체급 차이를 극복하는 것은 쉽지 않았다. 그렇게 부딪혀보지도 않고 꿈을 마음속 한편에 고이 접어둔 채, 내 특성에 적합한 직업들만을 찾고 있었다.

하지만 그 어떤 직업을 봐도 경찰만큼 가슴 뛰지는 않았다. 그렇다고 다시 경찰의 길로 들어서자니 나의 키가 눈에 밟히고, 그렇게 이도 저도 아닌 채 방황만 하고 있었다. 뚜렷한 목표가 없다 보니 학교 성적도 점점 낮아졌고, 나의 정체성도 잃어가는 듯한 기분이 들었다.

어느덧 방황한 지 1년 정도가 지났고, 어느 날, 경찰이라는 꿈을 다시 가져보게 되는 기회가 생겼다. 몇 달 후면 고3이 되는 고등학교 2학년 겨울, 진로 관련으로 책 쓰기 활동을 하게 되었다. 3학년이 되면 대학 입시에 치여 진로에 대해 생각하고 깊이 탐색해 볼 겨를이 없다고 생각했기에, 이번을 마지막으로 내 진로를 어느 정도 뚜렷하게 정리해 보고 싶었다.

주제는 내가 원하고 있었지만 나의 외형적 부족함 때문에 주저하고 있었던 '경찰'로 결정했고, 책 쓰기에 들어갈 내용을 구상하기 시작했다. 책의 전체적인 틀이 나의 진로를 이룬 미래를 그려내는 것이기 때문에 경찰을 꿈꾸고 이루는 과정부터 경찰로서 활동하는 것까지 상상했다. 그러기 위해서는 경찰에 대한 기본적인 지식이 필요했고, 어렸을 때부터 경찰을 꿈꿔왔던 나는 그동안 탐색해온 정보들을 바탕으로 비교적 수월하게 구상할 수 있었다.

그렇게 쓴 계획서를 책 쓰기를 함께하는 친구들, 그리고 선생님과 모여 논의했고 나는 그곳에서 내 꿈에 대한 고민을 이야기했다.

"어렸을 적부터 경찰이 꿈이긴 했었지만 갈수록 키가 작다는 것이 제 발목을 잡았어요. 사실 이 길이 맞는지도 잘 모르겠지만요."

하고 털어놓았더니, 한 친구가

"너는 경찰이 되고 싶은 이유가 뭐야?"

라고 물어봤다. 순간 나는 머리가 새하얘졌다. '키'에 너무 집착한 나머지 내가 왜 경찰을 꿈꾸게 되었는지 조차 잊고 있었던 것이다.

그 질문을 듣고 난 뒤, 내가 처음 경찰이 되고 싶다는 생각을 했던 시절을 곰곰이 떠올려 보았다. 처음 경찰에 관심을 가진 것은 초등학교 6학년 때였다. 처음에는 드라마나 웹툰 속에서 범인을 잡는 경찰이 마냥 멋있게 느껴져 매력을 느꼈었다. 그렇게 그저 멋있는 직업이구나 하고 생각하다가, 경찰이 되고 싶다는 강한 끌림을 느끼게 되는 계기가 생겼다.

초등학생 시절, 우리 가족은 대구에서 열린 국제 마라톤 대회에 참가했었다. 국제 마라톤 대회이다 보니 전국은 물론 다른 나라 사람들까지 한곳에 모였으니 어마어마하게 많은 사람들이 있었다. 가장 소란스러웠던 출발 직전, 분명 옆에 가족들이 있는 것을 확인했었고, 속도에 맞춰 주변을 구경하며 걸어가고 있었다. 그러다 스타트를 알리는 총성이 '탕'하고 울렸고 태어나 처음으로 도로 위를 달려본다는 생각에 들떠 혼자서 무작정 앞으로 달려 나갔다.

그러다 문득 주위를 둘러보니 가족들이 모두 사라지고 나 혼자 인파에 묻혀 걸어가고 있다는 것을 깨달았다. 가족들에게 전화를 걸기 위해 주머니에 손을 넣었더니, 뛰기에 불편할 것 같다며 집에 휴대폰을 놔두고 온 게 그제서야 기억이 났다. 점점 불안해져가며 눈물이 흘러 나왔고 어찌할 바를 몰랐다. 그러던 도중 근처에 있었던 경찰 한 분이 나를 발견하고는 무슨 일이냐며 나를 달래주셨고, 그 이후 경찰관님 덕분에 무사히 가족에게 돌아갈 수 있었다.

이때 나는 TV에서 느꼈던 단순한 멋짐 말고도 위기의 순간 나를 구해주신 경찰에 대한 존경심을 느꼈다. 이때부터 나는 경찰이라는 직업에 대한 관심이 커졌고, 훗날 내가 경찰이 되어 내가 받은 것처럼 도움이 필요한 누군가에게 희망의 빛이 되고 싶었다.

이렇게 내가 꿈을 가지게 된 계기를 떠올려보니 염려하던 키는 아무런 문제가 되지 않는다는 것을 깨달았다. 내가 경찰을 꿈꾸게 된 이유는 바로 시민들을 위해 기꺼이 희생하는 경찰에게 존경심을 느꼈기 때문이다. 이후 경찰에 대해 조사해 보면서 정의로운 사회에 이바지한다는 점, 범죄자가 마땅한 죗값을 치르는데 일조한다는 점 등을 알게 되었고, 더욱더 경찰이 되고 싶어졌다. 하지만 나는 경찰이라 하여 단순히 강력계나 형사만을 떠올렸기 때문에 키가 작다는 것에만 초점을 맞춘 것이었고, 그 결과 도전할 시도조차 하지 않은 채 꿈을 회피해버린 것이었다. 친구들의 조언을 통해 내 꿈에 부딪혀보며 경찰에도 아주 다양한 부서가 있다는 사실을 깨달았다.

이후에 경찰의 여러 부서들에 대해 조사해 보면서 나에게 어떤 부서가 어울릴지 고민해 보았다. 그러던 중 TV프로그램에 법의학자[1]나 법의조사관[2] 등이 나오는 것을 종종 봤고, 그때마다 억울하게 죽은 사람들의 진실을 밝히기 위해 애쓴다는 것이 감명 깊었다. 평소 나는 섬세하고 꼼꼼하다는 말을 자주 들었고, 어쩌면 이런 나의 장점을 비슷한 분야에서 발휘할 수 있을 것 같았다. 그러다가 '과학수사대'라는 직업에 대해 알게 되었고 그 직업에 대해 알아갈수록 매력을 느꼈다. 이러한 것들이 내가 과학수사대라는 꿈을 가진 계기가 되었다.

---

1. 범죄수사에 도움을 주거나 사인과 사망경위를 밝히는 일을 주업무로 하는 학자
2. 법의학 수사시스템 내에서 갑작스럽고 예상치 못한 부자연스러운 사망을 조사하는 직종이다. 구체적으로 사망 현장조사에서 증인으로부터 정보나 증거를 수집하고, 현장과 사망자의 시신 상태를 문서화하고 평가하는 역할을 담당한다.

뜨거운 햇볕 아래 시원한 바람이 불다

'00년 제0차 경찰 채용 시험 최종 합격자

▣ 정책소통 : 4명

순번	응시번호
1	000001
2	000002
3	000003
4	000004

▣ 구조 : 2명

순번	응시번호
1	000005
2	000006

▣ 경비작전 : 2명

순번	응시번호
1	000007
2	000008

▣ 항공사업 : 1명

순번	응시번호
1	000009

▣ 해양기상 : 1명

순번	응시번호
1	000010

'축하드립니다. 순경 경력경쟁채용 시험에 최종 합격하셨습니다'

무더운 날씨 속 땀방울이 맺히는 2028년 8월, 목이 빠지도록 기다리던 경찰 공무원 시험 공고가 경찰청 사이트에 올라왔다. 나는 현장 감식 분야에 지원하려 했기 때문에 응시 요건을 달성해야 했다.

나는 세 가지 중 나는 첫 번째 방법을 선택하였고, 4년제 대학교에서 경찰행정학과를 졸업한 후 대학원에 가 범죄학 석사 학위를 취득하느라 오랜 시간이 흘렀다.

경력경쟁채용 시험 현장 감식 분야 응시 요건	
관련 학과 석사 학위 이상 취득자 관련 학과 학사 학위 이상 취득자 중 관련 자격증 보유자 관련 학과 학사 학위 이상 취득자 중 관련 분야 근무 또는 연구 경력 2년 이상인 자	
관련 학과	관련 자격증
과학 수사학, 법과학, 법의학, 범죄 수사학, 범죄심리학, 범죄학, 형사학 등	「국가기술자격법 시행규칙」의 화학, 전기 · 전자, 안전관리 자격증 中 화학분석기능사(기사), 위험물 기능사(산업기사, 기능장), 생물공학기사, 전기기능사(기사~기능장), 가스 기능사(산업기사~기술사) 등

그렇게 설레는 마음으로 공고를 확인하자마자 원서를 접수했고, 오늘따라 왠지 경쾌하게 들리는 마우스 클릭 소리와 함께 노트북을 덮었다. 참고로 원서 접수 이후에는 각 분야별로 시험 절차와 일정이 다르기 때문에, 혹시 경찰 시험을 응시할 계획이 있는 사람이 이 책을 보고 있다면 본인이 지원할 분야의 시험 절차를 잘 확인하길 바란다.

원서 지원 마감으로부터 약 한 달 후부터 실기시험이 있는데, 크게는 구술 실기와 일반 감식 두가지로 나눠져 있다.

구술 실기는 과학수사에 대한 일반적인 지식이나 직무수행계획서와 관련된 것들을 평가하고, 일반감식은 지문, 족적, 미세증거 등의 현장증거를 통한 현장 재구성 및 현장감식, 현장분석 능력을 평가한다.

현장 감식 분야는 필기시험 대신 실기시험을 치는 것이기 때문에 오로지 실기시험에 집중 할 수 있었다.

그렇게 차근차근 준비하다 보니 생각보다 빨리 한 달이라는 시간이 흘러갔고 공고된 일정에 따라 정해진 시험장으로 향했다. 긴장하지 않으려 노력했지만 첫 시험이었기에 떨리는 것은 어쩔 수 없었다.

사실 아무리 어릴 적부터 꿈꿔왔다 하더라도 현실을 바라볼 줄 알았던 나는 아직 실력이 부족하다는 사실을 알고 있었다. 그래서 이번 시험 지원 전, 떨어질 것 같다는 생각에 지레 겁을 먹고는 시험 치기를 주저하고 있었다. 하지만 경찰을 향한 나의 마음은 꽤나 컸기에 불안한 마음들을 떨쳐내버린 채 마음을 바로잡았다. 그렇게 '일단 한 번 도전해 보자'라는 마음으로 경찰 공무원을 준비하는 많은 사람들의 후기를 보다 보니, 다들 재수는 기본이고 3수, 4수, 혹은 더 많은 시간이 걸리는 것을 보았고, 큰 기대는 하지 않았다. 단지 시험에 대한 감을 익혀보려 했다. 하지만 그렇다고 해서 시험에 소홀히 임한 것은 절대 아니다. 내가 할 수 있는 한에서 최선을 다했다.

시험장에 도착하니 생각보다 더 많은 사람들이 있었고 내 차례를 기다렸다. 시험의 순서는 먼저 구술 실기를 평가한 후 일반 감식 실기를 평가했다. 너무 긴장해서 그런지 대기 시간이 꽤 길었는데도 기다리는 내내 심장이 쿵쾅거렸다.

그렇게 내 차례가 올 때까지 긴장의 끈을 놓지 않았고 어느새 내 차례가 다가왔다. 구술 평가는 대부분 대학교와 대학원에서 공부했던 내용들로 이루어져 있어 특별히 막히는 부분은 없었다. 그러다 실제 사건 현장을 수사하는 것처럼 증거를 채취할 줄 알아야 하는 일반 감식 평가에서 숨겨진 미세증거를 찾지 못할뻔했지만, 침착함을 유지하고 집중하여 마침내 찾을 수 있었다. 시험에 집중하니 걱정했던 것만큼 어렵지는 않았다. 실기시험을 끝내고 나서는 왠지 좋은 느낌이 들어 들뜬 마음을 지닌 채 집으로 돌아갔다.

그 뒤로는 다음 시험인 체력시험을 조금씩 준비했고, 실기시험의 합격자 발표는 시험을 친 날로부터 2주 후에 공지가 되었다. 시험 직후, 잘 친 것 같다고 생각은 했었지만 결과 확인 전까지는 떨리는 것이 당연했다.

두근거리는 심정으로 결과창을 열었고, 정말 내 예상대로 합격하니 너무나도 행복했다. 1차 합격자 통보와 동시에 체력시험 공고가 떴고 내 차례는 약 한 달 정도가 남아 있었다. 나는 1차 합격의 기세를 몰아 체력시험을 더 열심히 준비하리라 다짐했다.

체력시험까지 2주 정도가 남은 시점, 평소와 같이 체력장에서 체력시험을 준비하고 있던 날이었다. 시간이 얼마 남지 않았다는 생각에 욕심내서 원래 하던 운동량보다 무리하게 운동했고, 아무것도 모른 채 더 과격하게 움직이던 순간, 허벅지에 극심한 통증이 몰려왔다. 움직일 수 없을 정도의 고통이 느껴졌고 갑작스러운 상황에 놀라 주저앉아 있었던 나는 함께 운동하던 친구의 도움으로 가까운 병원에 갈 수 있었다.

의사 선생님께서는 갑작스러운 운동량 변화로 근육이 심하게 놀랐다고 말씀하셨고, 당분간은 운동을 쉬면서 계속 치료를 받으러 와야 한다고 하셨다. 게다가 잘못하면 체력시험날까지 전부 낫지 않을 수도 있다고 말씀해 주셨다. 정말 청천벽력 같은 소식이었다. 1차 시험을 합격한 마당에 체력시험을 코앞에 두고 포기해야 할 상황에 처한 것이었다.

처음엔 좌절했고 욕심부려 운동한 나를 원망했다. 하지만 이렇게 낙담하고만 있을 수는 없다는 생각이 들었고, 그날부터 정말 꾸준히 병원을 방문하여 치료를 받으며 집에서도 다리가 개선될 수 있는 가벼운 스트레칭들을 하루도 빠짐없이 하곤 했다. 당연히 시험을 포기한 것은 아니었다. 단 1%라도 희망이 있다면 그 희망에 모든 것을 걸고 최선을 다했다.

내가 간절히 바랐던 덕일까, 시험 5일 전에 통증이 거의 사라졌고 의사 선생님께서도 이제 운동을 다시 시작해도 된다고 말씀해 주셨다. 그때부터 다시 차근차근 준비를 했고 큰일을 겪고 나니 몸에 무리가 가지 않도록 스스로 페이스 조절을 할 수 있게 되었다. 시험을 준비할 시간이 부족하기는 했지만 절대 포기하지 않았고 내가 부족한 부분들을 위주로 연습했다. 그렇게 체력시험날이 찾아왔고 초반에는 점수가 잘 나오지 않았지만, 내 간절함이 통한 건지 갈수록 좋은 점수를 얻을 수 있었다. 이후로도 3차 시험인 응시자격 심사와 4차 시험인 면접시험도 성황리에 끝났다. 특히 마지막 관문인 면접시험이 조금 불안했었지만 소신껏 답변했고, 며칠 후 합격자 명단 속 내 이름을 확인했을 때에는 꿈을 꾸고 있는 것만 같았다.

이런 우여곡절의 과정들을 통해 그토록 바라던 과학수사대가 될 수 있었다. 만약 다리를 다친 것에 대해 낙담하며 '어차피 안 될 거야'라는 식으로 포기했었더라면 나의 인생은 어떻게 달라졌을까? 물론 다음 해에 더 열심히 준비해서 다시 도전했을 것이라 생각했다. 하지만 나중에야 알게 된 사실로는 내가 본 시험 이후 2년간 현장 감식 분야의 채용이 없었다고 한다. 이 사실을 알게 된 날, 나는 순간의 선택으로 인한 나비효과가 얼마나 대단한지 깨달았고, 모든 순간에 최선을 다하는 삶을 살아야 할 것을 다짐하게 된 날이었다.

숨이 차올라 시원한 물 한 잔을 마시다

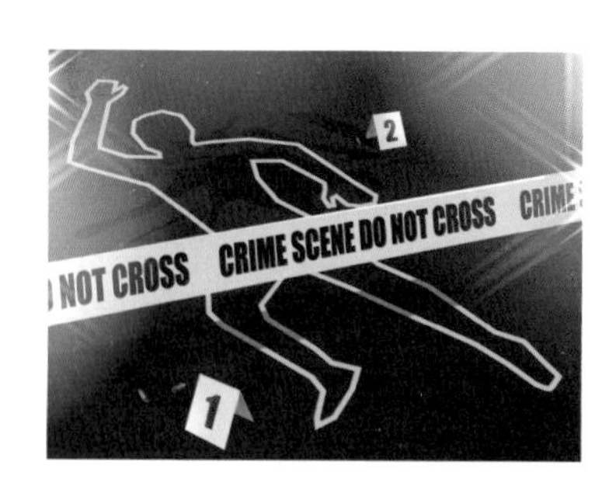

"이번 강력 사건 현장 감식팀 어딨어!"

2033년 본격적인 더위가 몰려오는 7월의 어느 날, 평소와 같이 아침 일찍부터 경찰서로 출근하여 동료들과 시시콜콜한 이야기를 나누며 밀린 업무를 보고 있던 중이었다.

내가 맡았었던 부서는 현장에 직접 가서 증거를 채취하는 '현장 감식반'으로, 평소에도 긴장감을 유지해야 하고 육안으로 보이지 않을 만큼의 작은 단서라도 놓쳐서는 안 된다. 그만큼 치밀함과 섬세함이 요구되는 직업이라는 뜻이다. 나는 나름대로 스스로를 치밀하고 섬세한 편이라고 생각해왔기에 자신감을 갖고 이 부서로 왔다. 하지만 세상에는 나보다 뛰어난 사람들이 많다는 현실에 자존감을 잃어갔고 나와 비슷한 시기에 합격한 동기들이 하나둘씩 진급해가는 모습을 보며 열등감을 느꼈다. 그와 동시에 능률도 점점 떨어져갔다.

그러던 중 나는 일생일대의 실수를 저지르고 말았다. 평화롭게 업무를 보고 있던 와중, 강력반에서 감식 지원 요청이 들어왔고, 우리 현장 감식팀은 작업복을 갖춰 입으며 감식 도구들을 챙겨 사건 현장으로 향했다.

사건의 내용은 차량에서 발생한 살인사건으로 강력범죄에 속하기 때문에 어느 때보다 더 긴장하고 집중했어야 했다. 그리고 살인사건에서는 현장 보존과 증거 확보가 사건 해결에 있어 가장 중요한 부분이기 때문에 모든 과정을 증거 채취 매뉴얼대로 시행해야 했다.

사건 현장을 둘러 보았더니 트렁크 속에 시신이 유기되어 있었고, 차량 조회를 해보니 대포차로 밝혀졌다. 게다가 한적한 산 인근에 위치하여 흔적 찾기가 쉽지 않아 과학수사가 더욱더 중요한 시점이었다. 당시에는 나를 제외한 입사 동기들이 모두 진급을 한 상태였고, 뒤처졌다는 불안감과 열등감이 극에 달했던 시기였다.

나는 진급을 위해서라면 뭐든지 다 하려 했고 앞만 본 채 달려갔다. 그래서였을까, 팀 활동이라는 사실을 잊은 채 내 성과를 쌓기 바빴고, 결국 일이 터지게 되었다. 나는 지문 채취를 담당했는데, 원칙대로는 지문 감식용 라이트를 구석구석 비춰가며 아주 꼼꼼하게 수사를 해야 했다. 하지만 나는 내 일을 빨리 다 끝내고 다른 것도 하기 위해 신중함과 섬세함을 잃은 채 눈에 보이는 큰 지문만 채취하여 정밀 감식팀에 넘겨버렸다.

내가 넘긴 결과를 바탕으로 용의자를 특정하여 용의자 심문을 진행했고, 우리들은 그가 범인일 것이라고 확신하고 있었다. 아무리 용의자가 결백을 주장해도 나는 이미 지문이 나왔으니 더 이상의 다른 의심을 하지 않았다. 하지만 형사가 심문을 진행할수록 용의자는 범인과 거리가 멀어져갔고 이후에는 사건 현장에 없었다는 알리바이가 증명되었다.

사건은 다시 미궁으로 빠져 들어 갔고 이때까지만 해도 나는 내가 실수했다는 사실을 알지 못했었다. 그렇게 우리 감식반은 다시 수사를 하기 위해 사건 현장에 가서 이번에는 다른 사람이 지문 채취를 맡았다. 그러던 중 육안으로는 보이지 않는 구석에서 이전에 내가 발견하지 못한 다른 지문이 나온 것이다. 그 증거를 토대로 다시 형사들이 수사를 해보았더니 또 다른 용의자가 등장하였다. 이번에는 다른 증거들과도 맞물렸고 여러 가지 정황들이 딱 들어맞았다.

이 소식을 들은 나는 망치로 머리를 맞은 듯한 충격에 휩싸였다. 내 실수로 범인을 놓칠 뻔했다는 사실을 믿고 싶지 않음과 동시에 나 자신이 하찮은 존재로 느껴지기 시작했다. 그래서 남은 수사를 할 겨를도 없이 앉아서 책상만 바라보며 넋이 나가 있었다.

그렇게 이번 사건은 종결되었고 얼마 지나지 않아 우리 부서로 누군가 찾아왔다. "이번 강력 사건 현장 감식팀 어딨어!" 경찰서장님이었다. 심장이 미친 듯이 뛰기 시작했다. 내 실수를 경찰서장님도 알고 계신다는 사실이 두렵기도 했고 나 때문에 동료들까지 꾸중을 듣는 게 미안했다. 경찰서장님이 되돌아가신 후 다른 부서의 동료들은 격려해 주었지만 아무것도 귀에 들어오지 않았다.

나의 안일한 태도 때문에 한 사람의 생명을 앗아간 범인을 놓칠 뻔했고 시간이 흐를수록 죄책감은 쌓여만 갔다. 죄책감이 쌓여가면 갈수록 자존감도 떨어지고 과학 수사대로서의 자질이 부족하다고 느껴졌다. 그렇게 며칠을 고심하여 한 달간 일을 쉬기로 결정했다.

집으로 돌아가서도 한동안은 죄책감에 빠져 자기비판만 하고 있었다. 그러면서 점점 나 자신이 싫어졌고 '과학수사대로서의 나'도 가치 없게 느껴졌다. 과연 내가 바람직한 경찰로서 자격이 있는지부터 오만가지 부정적인 생각을 했다.

그러다 보니 시간이 지날수록 자존감은 바닥을 쳤고 내가 얻을 수 있는 것은 자기혐오뿐이었다. 사실 경찰을 그만둘까 하고 진지하게 고민했고, 또 그러고 싶었다. 이만큼 이 시기의 나는 나 자신을 받아들일 수 없었다.

그러다 문득 '내가 왜 경찰이 되었을까?' 하고 의문이 들었고 경찰을 꿈꿨던 지난날을 돌이켜 보았다. 나는 정의로운 사회를 꿈꿨고 그런 사회를 만드는 데 일조하고 싶었기에 경찰을 꿈꿨다. 또한 경찰의 여러 가지 경로 중 과학수사대를 선택한 이유도 죽은 자가 남긴 마지막 진실을 찾아 세상에 완전 범죄란 없다는 것을 알리고 싶었기 때문이다.

한 가지 의문을 통해 이러한 사실을 알 수 있었고 나는 떠오르는 의문들을 마인드맵 형식으로 노트에 적어봤다. 먼저 경찰 활동 초창기와 최근으로 나눠 내가 수사했던 방식을 구체적으로 적었다. 다 적고 보니 확연한 차이가 드러났다. 초창기에는 내 가치관에 따라 정의로운 사회를 만들기 위해 미세한 부분도 놓치지 않으려 했고 열정적으로 구석구석 수사했다. 하지만 시간이 지날수록 꼼꼼함의 정도가 낮아지는 것이 눈에 보였다. 이런 현상이 나타난 이유를 가지를 뻗어가며 적어봤고 그 이유를 알 수 있었다.

나는 하루라도 빨리 진급하고 싶은 마음에 조바심을 느끼며 사건 수사를 했고 누구보다 열심히, 그리고 잘하고 싶어했다. 그렇게 맹목적인 경쟁심에 가치관도 잊어버리고 눈가리개를 한 경주마 마냥 주위를 둘러보지 않은 채 앞으로만 나아가려 했던 것이다.

나의 문제점을 알고 난 후에는 그것을 개선할 수 있는 방법들을 생각나는 대로 모두 적었고, 내가 실천할 수 있는 것들로 간추렸다. 평소에는 좀 더 여유로운 마음가짐을 갖고, 사건을 수사할 때에는 내 가치관에 맞게 수사에 진심을 담는 태도가 필요하다는 것을 알게 되었다. 또한 남들과 자신을 과도하게 비교하는 것을 멈춰야 했다.

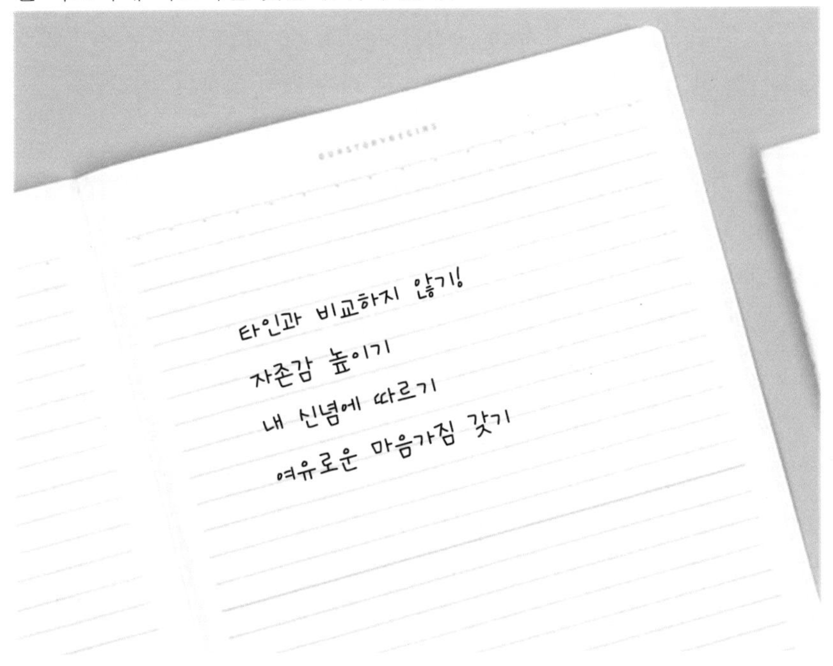

해결방안을 구체화하기 위해 남은 휴가 기간 동안 현장 감식에 대해 더 깊은 연구를 해보았다. 어떻게 하면 더 효과적으로 수사에 접근할 수 있는지, 새로운 시각으로 사건을 볼 수 있는 방법은 무엇인지 등에 대해 집중적으로 연구했다. 그리고 남는 시간에는 자존감을 높일 수 있는 멘탈 관리법을 공부했다.

이 노트를 통해 경찰로서 내가 잊고 있었던 것, 나의 문제점, 해결방안 등을 생각해볼 수 있었다. 단지 떠오르는 의문들을 노트에 적어보고 그것에 답해 보면서 나 자신을 돌아볼 수 있었던 것이다. 이 방법은 요즘도 답답한 일이 생겼을 때 사용하며 주위 사람들에게도 추천해준 좋은 자기성찰 방법이다. 유치하지만 '자기성찰 노트'라고 이름도 붙여줄 만큼 내가 덕을 많이 보고 애용하는 방법이다.

슬럼프라는 깊은 늪에 빠졌던 나는 이 사건을 계기로 더욱더 성장할 수 있었다. 나의 부족했던 점을 깨닫고 한 달이라는 시간이 흐른 뒤 복직하여 다시 일상으로 돌아갔다. 꽤 오랫동안 쉬었음에도 휴가 동안 수사 기법을 연구한 덕분에 감을 잃지 않고 수사를 재개할 수 있었다. 확실히 마인드 컨트롤을 하고 실력을 키워오니 전보다 수사 능력이 향상된 것 같았다.

그 후 한 미제 사건을 담당하게 되었는데, 이것은 30년간 풀리지 않았던 희대의 미제 사건이었다. 처음엔 30년이나 지난 일을 다시 재조명하여 해결해야 한다는 생각에 막막하기도 했다. 하지만 죽은 자가 남긴 마지막 진실을 찾겠다는 나의 다짐을 되뇌며 절대 포기하지 않으려 했다. 답답할 때면 자기성찰 노트를 다시 적어보고 되뇌면서 굳은 의지를 다졌다. 많은 시간과 노력을 들인 끝에 30년간 풀리지 않았던 미제 사건을 해결하는데 일조할 수 있었다. 그 결과로 과학수사 분야에서 범인 검거의 공로를 인정받아 특진했다. 게다가 몇 년 후 경찰의 날에 공로상을 수상하여 이후 방송에 출연하는 계기가 되기도 했다.

나만의 방법으로 실패를 극복한 것은 내면의 성장과 더불어 다른 사람들에게 도움을 줄 수 있었다. 내가 현장 감식팀에 들어오고 몇 년 뒤, 들어온 후배 한 명이 오랜 기간 동안 성과를 내지 못하자 나와 비슷한 슬럼프에 빠졌던 적이 있었다. 그 사실을 알아챈 나는 걱정되는 마음에 후배에게 먼저 손을 내밀었다. 내가 겪은 경험을 바탕으로 위로와 조언을 해주었고 그 후배도 빠른 시일 내에 회복했던 기억이 난다. 여담으로 후배는 아직까지도 당시에 자신에게 정신적 지주가 되어주어서 고맙다고 말한다(웃음).

모든 일에는 원인과 결과가 있기 마련이다. 하지만 결과만 생각했던 나는 좋지 못한 결과에 낙담하기만 했고, 오랫동안 꿈꿔오며 힘들게 이룬 나의 직업을 포기하려 했었다. 하지만 나는 끝까지 포기하지 않고 이겨내려 힘썼다. 나를 되돌아보며 문제점을 파악하고, 해결방안을 떠올려보며 끊임없이 성찰하고 반성할 수 있었다. 그리고 이상적인 경찰에 대해 생각해보기도 하며 그것에 가까워지려 했었고, 실제로 성과를 얻을 수 있었다.

이 사건을 통해 내면적으로 깨달은 것이 하나 있다. 타인을 기준으로 나를 판단하는 것이 아닌, 나 자신만의 성장에 주목한다면 자존감이 높아짐과 동시에 자신감이 생겨 원하는 성과를 내는 데에 도움을 준다는 것이다. 그렇기 때문에 남들보다 조금 뒤처질지라도 내가 틀린 것이 아닌, 다른 것일뿐이기 때문에 언제든지 노력하고 애쓴다면 더욱더 성장할 수 있다는 것을 알려주고 싶었다.

결승선을 통과하다

"어렵게 모신 게스트입니다. 어서 나와주세요!"

바뀐 나이의 앞자리를 보며 신기해하던 2042년의 어느 날이었다. 이날의 경험은 내가 인생을 살아오며 겪은 큰 사건 중 세 손가락 안에 꼽는 일이다. 바로 TV에 출연한 것이다. 그것도 나의 직업인 경찰과 관련해서 말이다.

이 이야기를 하기에 앞서 이전 글에서 소개했다시피 나는 30년 동안 풀리지 않았던 미제 사건을 수사하다 범인을 잡는 데에 일조하여 특진한 적이 있었다. 이와 관련된 내용으로 여러 기사에 나오기도 했었다. 지금도 네이버에 검색해 보면 나오는데 '30년간 베일에 싸여 있던 진실을 밝혀낸 경찰'이라는 제목으로 내 이름과 함께 경찰복을 입고 있는 나의 사진이 나온다. 이전에는 한 번도 매체에 노출된 적이 없었기에 기사에 나왔던 날은 너무 신기해서 스크랩을 해놓고 한동안 뿌듯해하기도 했었다.

이 일이 있고 나서 약 10년이라는 세월이 흘렀고, 그 사이에도 나는 언제나처럼 죽은 이가 남긴 마지막 진실을 파헤치기 위해 사명감을 가지고 진심을 다하여 일하였다. 다행히 내 노력의 성과였는지 내가 맡은 사건들을 대부분 수월하게 해결 할 수 있었다.

그렇게 평범한 나날을 보내던 중 '경찰의 날'이 다가왔다. 위에서 들려오는 이야기로는 내가 근무하고 있는 경찰서의 실적이 매우 우수하여, 우리 경찰서에서 한 명이 대통령이 수여하는 표창을 받을 수도 있다고 했다. 처음에는 이 이야기를 단순한 소문이라 생각하고 대수롭지 않게 여겼는데 알고 보니 사실이었다. 그러고는 나는 당연히 우리 경찰서에서 가장 높은 계급인 김총경님이 수상할 것이라 생각하고 축하드리려는 참에 수상자가 나라는 소식을 들었다. 너무 놀란 나머지 가만히 있다 사레가 들렸고, 순간 내가 잘못 들은 건가 싶었다. 내가 수상자로 선택된 이유는 예전부터 내 실적이 매우 우수했었고, 수사를 위해 힘쓴 정도가 대단했다는 것이었다.

그렇게 나는 정말 뿌듯하고 감사한 마음으로 10월 21일 경찰의 날, 상을 받으러 갔다. 그곳에는 정말 많은 사람들이 있었다. 그중 3분의 1 정도가 카메라를 들고 계신 것을 보아하니 모두 기자님들이셨던 것 같다. 그렇게 떨리는 마음으로 내 차례를 기다리고 있다가 박수갈채와 카메라 플래쉬를 받으며 단상에 올라갔고, 밝은 모습을 유지하며 상을 받은 후 단상에서 내려왔다.

대통령님을 실제로 본 것은 처음이라 신기하고 상을 받은 것에 대해 며칠을 뿌듯해하고 있던 와중, 어느 날 나에게 한 제의가 들어왔다. 바로 방송 출연 제의였다. 프로그램 제목은 '성공한 직업인 토크 쇼'라는 것인데 제목 그대로 어떠한 분야든 상관없이 매주 다른 성공한 직업인들을 초청하여 사람들에게 여러 가지 직업에 대한 정보와 팁들을 알려주는 프로그램이다. 나도 가끔 챙겨보던 방송이라 나에게 이런 기회가 온다는 것이 너무 신기했다. 내가 경찰의 날에 수상을 한 것을 보고 나에게 제의를 한 듯했다. 너무 기뻤지만 내가 말을 조리있게 잘하는 편이 아니기에 나가서 실수를 할 것 같아 조금 망설여졌었다. 하지만 고민 끝에 나의 신념대로 일단 도전해 보기로 했다.

그렇게 방송 의사를 밝히고 며칠이 흘러 방송 날, 예상대로 굉장히 떨렸었다. 청심환 하나를 입에 털어 넣고 왔음에도 심장이 쿵쾅거렸다. 그렇게 많은 카메라가 나를 향하고 있다는 것이 너무나도 어색했고, 시선 처리를 어떻게 해야 할지, 어떤 이야기를 해야 할지 등 어려운 것이 너무 많았다. 하지만 다행히 MC분이 어색하지 않도록 이야기를 잘 이끌어주셨고, 나도 갈수록 긴장이 풀려 여러 가지 이야기들을 할 수 있었다. 그곳에서 주고 받은 이야기를 간략히 정리해 보면 이렇다.

"과학수사란 어떤 것인가요?"

"과학수사는 증거물과 단서를 과학적으로 분석하여 범인을 찾아내는 수사 방법이에요. 그중에서도 제가 맡은 현장 감식에 대해 알아보면 살인사건, 강도, 절도 등의 사건 현장에서 범인이 남긴 흔적을 찾아내 손상 없게 채취하고 조사하는 일을 한답니다. 이외에도 화재감식, 유전자 감식, 범죄 프로파일링, 동영상 분석 등 사건에 따라 과학 수사 방법이 다릅니다."

"과학수사대는 어떤 사람에게 어울릴까요?"

"가장 먼저 '열정적인 사람'이어야 해요. 부패한 시신을 보는 등 처참한 현장에서 수사를 해야 하기 때문에 일에 대한 기본적인 열정 없이는 불가능하다고 생각합니다. 그리고 치밀하고 섬세한 성격을 가진다면 일의 특성과 잘 맞을 것이라 생각합니다. 사건 현장 곳곳에 숨겨진 범인의 흔적을 찾아내는 것이 우리의 일이기 때문이죠. 아, 그리고 충분한 인내심과 끈기도 있다면 훨씬 좋겠죠?"

"과학수사대로 일하면서 느낀 점은 무엇인가요?"

"저는 피해자의 억울함을 풀어드릴 수 있고, 범인에게는 자신이 저지른 죗값을 치르도록 하는 데 일조할 수 있다는 점에서 일에 대한 자부심을 느낄 수 있었습니다."

"마지막으로 하고 싶은 말씀 한 마디 해주세요!"

"먼저 저희 과학수사대가 있는 한 완전 범죄란 없으니 애초에 범죄를 저지르지 마세요. 다 잡힐 겁니다! 그리고 과학수사대를 꿈꾸는 많은 분들은 자신을 믿고 주저하지 마세요! 꿈을 향해 한 걸음씩 천천히 노력하다 보면 언젠가는 이루게 되어 있답니다. 저 또한 그랬으니까요! 저도 앞으로 더 발전하는 과학수사대가 되도록 노력할 테니 모두 파이팅합시다!"

이외에도 과학수사대가 되는 법, 일을 하며 힘들었던 점, 과학수사대가 되면 좋은 점, 유용한 팁 등 과학수사대 관련 이야기를 주로 하면서 내가 살아오면서 배우고 깨달은 점들도 함께 이야기했다.

녹화 방송이지만 앞에 방청객분들이 계셨는데 내 이야기에 집중하여 들어주시고 반응도 잘해 주셔서 전혀 뻘쭘하지 않았다. 그렇게 몇 주 후 내가 출연한 방송분이 방영됐고, 그날 나의 휴대전화는 지인들의 연락으로 쉴 새 없이 울려댔다. 그리고 가끔 친구들을 만나면 꽤 많은 시간이 흘렀는데도 이 이야기를 하곤 한다.

이 사건이 나에게 대단하게 여겨지는 것은 단지 TV에 출연했기 때문이 아니다. 온갖 우여곡절을 견디며 성장했고, 그 결과 그토록 원하던 것의 정상에 올라 누군가의 희망이 될 수 있었기 때문이다. 그때 망설이다가 하지 않았다면 정말 후회했을 것 같다는 생각이 들었다.

누구나 마음 한편에는 새로운 일을 시작했다가 실패할 것 같다는 불안감이 존재한다. 하지만 그것을 이겨내고 어떤 새로운 일에 도전해 보는 그 시도에 의의를 두어야 한다. 그 불안함을 극복하지 못한다면 부족한 자신의 모습에 얽매여 발전하지 못할 것이다. 이러한 생각들이 모여 '도전'이라는 단어가 내 삶을 빛내는 단어가 되었다.

마라톤이 '완주'라는 목표를 향해 달려가는 것처럼, 나는 '경찰'이라는 목표를 향해 힘껏 달려왔다. 물론 그 과정들이 순탄치만은 않았다. 웃음이 날 때도 있었지만 지치기도 했고, 때로는 울기도 했던 그 나날들이 주마등처럼 스쳐 지나갔고 TV에 나오는 '나'를 바라보며 해주고 싶었던 말이 하나 있었다. 그동안 달려오느라 고생했고, 수고했다고.

새로운 출발선에 서다

"퇴직 축하드립니다, 유경감님!"

길거리에 크리스마스 캐럴이 울려 퍼지며 다들 추위에 걸음을 재촉하는 2062년 12월, 끝나지 않을 것만 같았던 33년간의 경찰직을 내려놓던 날이다. '그토록 바라던 경찰이 되어 기쁨의 눈물을 흘린 게 엊그제 같은데….' 라는 뻔한 말이 절로 나왔다. 이 날따라 왠지 알람 없이도 일찍 눈이 떠졌고, 조금 이른 시간부터 출근 준비를 시작했다. 마지막 날인 만큼 평소에 입던 활동복 대신 제복으로 갈아입었다. 오랜만에 입는 제복이라 괜히 설레는 듯한 기분이 들었다. 그렇게 출근 준비를 다 하고 난 뒤 현관문을 나서는데, 마지막 출근이라는 생각에 가슴이 먹먹했지만 조금은 들뜬 기분으로 출근길에 올랐다.

집에서 경찰서까지 차를 타고 가면 그리 멀지 않아서 섭섭한 마음을 추스를 시간도 없이 서에 도착했고, 동료들과 반가운 인사를 주고받았다. 오늘이 나의 마지막 출근임을 동료들도 알고 있기에 얼굴에 아쉬운 기색이 역력했다. 마지막 근무라 외근을 나가지는 않았고 전에 하다 남은 잔업을 마무리했다. 평소에는 시간이 빨리 흘러가길 기도했지만 이날만큼은 좀 천천히 흘러가길 바랐는데…. 야속한 시곗바늘은 어느새 퇴근 시간에 가까워져 갔다. 이별의 시간이 다가올수록 나의 마음은 착잡해져갔지만 애써 웃어보았다.

그렇게 퇴근 시간이 다 되었고, 동료들이 나에게 꽃다발을 선물해줌과 동시에 우리는 아쉬움 가득한 작별 인사를 나눴다. 60년 인생을 살아오며 많은 이별들을 겪어봤지만 언제나 적응되지 않는다. 매번 새로운 슬픔이 느껴진다. 이 당시엔 연말 분위기가 밀려와서 그런지 더 아쉽고 섭섭한 듯했다. 동료들과 인사를 나눈 후에 나는 경찰서장님께 마지막 경례를 올리면서 인생의 반 이상을 함께해온 경찰로서의 인생은 막을 내렸다.

다들 퇴직하면 놀기 바쁠 거라 예상하겠지만, 공식적인 경찰로서는 끝이 났어도, 비공식적인 경찰의 신분으로도 충분히 도움이 필요한 사람들을 도울 수 있다고 생각했다. 다시 시민이 되어, 내가 지켜왔던 시민들의 가장 가까운 자리에서 그들을 지키고, 그들과 함께 살아갈 수 있게 되었다. 그래서 힘이 다할 때까지는 우리 시민들을 위해 살고 싶었다. 그리고 어떻게 보면 일종의 직업병이랄까? 33년을 부지런하게 일하며 살았더니 집에만 있고는 못 배겼다.

나는 전부터 하고 싶었지만 일을 하느라 하지 못했던 봉사활동들을 하기로 했다. 꾸준히 체력관리를 해왔던 터라 남아도는 에너지를 봉사하는데 쓰면 좋을 것 같았기 때문이다. 가장 먼저 우리 동네에는 아직 개발되지 않은 달동네가 하나 있는데 이곳에 계신 어르신분들에게 연탄을 가져다드리는 봉사를 했다. 나이가 들어서 그런지 예전보다는 힘에 부치는 듯한 느낌이 들었지만, 한 걸음씩 연탄을 들고 오를 때마다 커져가는 뿌듯함이 힘든줄도 모르게 만들었다.

최근에는 도움이 필요한 사람을 넘어 도움이 필요한 동물들을 위한 유기견 봉사를 하고 있다. 옛날의 나였다면 '동물을 잘 대할 줄 모르는 내가 과연 할 수 있을까?' 하는 생각을 가장 먼저 했었겠지만 이제는 다르다. 걱정이 앞서는 것이 아니라 일단 시도하고 도전해 보자고 다짐했으니까!

그동안 달려온 길을 되돌아보다

이렇게 길지는 않지만 나의 이야기를 한번 소개해 봤다. 어렸을 때부터 경찰을 꿈꿔 왔지만 자신에게 관대하지 못했던 나는 나에게 부족함을 많이 느꼈다. 또한 원래부터 걱정이 많은 성격이었기에 일어나지도 않은 상황부터 걱정했다. 개별로 생각해 보면 나름의 장단점이 있을 테지만 결과적으로 이 두 가지 요소가 합쳐지면 불만 많은 걱정쟁이가 되어버린다. 어떤 일을 시작하기도 전에 지레 겁을 먹고 무조건 안 될 거라 생각한다는 말이다.

지나친 걱정은 어떻게 보면 자존감이 낮아서 발생하기도 한다. 나도 자존감이 낮은 편에 속했다. 이러한 일이 반복적으로 발생하다 보니 매일 흘러가는 하루하루가 너무 단조롭고 지루한 일상의 연속이었다. 새로운 변화가 찾아오려고 하면 꺼려하며 회피했다. 사람이 발전하기 위해서는 자신의 부족함과 실패를 딛고 극복하여 흠을 닦아 없애야 하는데, 나는 부족함과 실패를 마주하기 싫어 회피한 것이다. 내가 여기서 계속해서 부족한 나 자신을 회피했다면 발전은커녕 부족한 나의 모습의 굴레에서 벗어나지 못해 지금의 경감 유가은은 존재하지 않았을 것이다.

다행히도 내 삶을 빛나게 만들어줄 값진 단어 '도전'을 찾았고 이것을 실천함으로써 나의 삶은 더 이상 단조롭고 지루하지 않게 되었다. 어떤 새로운 일에 직면했을 때 결과를 미리 걱정하지 않고 일단 부딪혀보는 것이다. 이와 더불어 긍정적인 마음가짐도 한몫했다. 비슷한 맥락으로 새로운 도전에 대하여 부정적인 결과를 예상하기보다는 긍정적인 마음을 가지고 '나는 할 수 있다.', '실패하지 않는다.' 하고 생각하는 것이다. 이 두 가지 요소가 만나 발생하는 시너지는 꽤 컸다. 긍정적인 생각을 계속해서 하다 보니 자존감이 조금씩 올라가기 시작했고 그 상태에서 새로운 일에 접하고 좋은 성과를 얻으니 성취감도 대단했다. 또한 삶에서 익숙하지 않은 것에 접해 보면서 삶의 지혜를 기르고 문제가 발생했을 때 해결하는 과정에서 평소에는 배울 수 없었던 것을 배우기도 한다. 여러 가지 배움이 있었지만 그중 하나를 말해 보자면 '좌절은 하되 포기하지는 말자'이다. 사람은 누구나 인생에서 실패를 겪는다. 실패를 겪은 그 당시에는 절망감이 크고 모든 것을 놔버리고 싶지만 실패를 발판삼아 출구로 향하는 길을 찾는다면 훗날 과거를 돌아봤을 때 과거의 내가 꽤 괜찮은 사람이었다고 기억될 것이다. 이처럼 많은 심리적 불안들을 이겨내고 경찰이 된 나의 이야기를 통해 나와 같이 경찰이 되고 싶은 친구들이 많은 도움을 얻고 강인한 경찰이 되길 바란다. 또한 경찰이 꿈이 아니더라도 내 이야기로 많은 사람들이 자신의 꿈을 이루고 극복하길 기원한다.

후기

제 이야기 어떠셨나요? 지금 가장 먼저 드는 생각은 작가가 되었다는 생각에 설레기도, 누군가 이것을 읽는다는 생각에 약간은 쑥스럽기도 하네요. 처음이라 서툴지만, 진로에 대해 방황하는 사람들에게 많은 도움이 되었다면 좋겠습니다.

처음에는 책 쓰기 활동이 있다는 소식에 많은 망설임이 있었지만, 앞서 본 이야기처럼 '작가가 되어볼 수 있는 기회가 과연 또 있을까? 일단 도전해보자'라는 생각으로 이 활동에 참여하게 되었어요. '지금의 나'로서는 그때 '망설였던 나'를 혼내주고 싶을 정도로 이것은 엄청나게 값진 활동이었죠. 진로에 대해 방황했던 저에게 나침반과 같은 존재였다고 할 수 있어요. 이 활동 덕분에 제 진로를 명확히 그려볼 수 있었거든요.

이렇게 후기를 쓰다 보니 약 한 달 동안 꿈을 찾아 동고동락했던 친구들과 선생님이 떠오르네요. 학교 도서관에 모여 앉아 도란도란 이야기 나누며 원고 쓰던 우리, 서로의 것을 내 것처럼 조언해주던 우리, 코로나 여파로 만나지 못해 온라인 화상 회의로 의견 나누던 우리. 정말 즐거웠던 순간들이었어요. 때로는 짧은 기간 동안 꽤 많은 이야기를 쓰느라 힘들어하기도, 미래를 상상하는 것을 어려워하기도 했지만 지나고 보니 모두 좋은 추억들로 남아있네요. 이 모든 추억들로 하여금 이 책이 만들어졌답니다.

길다면 길고 짧다면 짧은 한 달 동안, 한 치 앞도 알 수 없는 불확실한 미래를 확실한 나의 의지 하나만으로 그려보는 시간을 가졌어요. 누군가는 고등학교 3학년을 앞둔 시기에 책 쓸 시간에 공부하라고 말할 수도 있겠지만, 저는 공부보다 가치 있는 활동이었다고 단연코 말할 수 있어요. 이 활동을 통해 공부에서 얻을 수 없는 것들을 배우고 느낄 수 있었기 때문이에요.

마지막으로 이런 기회를 만들어주신 김은숙 선생님께 정말 감사하다는 말씀을 전해드리고 싶어요. 선생님의 진심 어린 충고와 조언 덕분에 추상적이었던 꿈을 구체적으로 그려보며 동기부여 할 수 있었어요. 정말 감사합니다, 선생님!

우리 모두 먼 훗날 어엿한 성인이 되어 이 순간을 회상하며 행복한 미소로 작전 완수할 수 있기를.

최고의 작품은 내 안에 있다

김유미

학창 시절 내내 교사를 꿈꿔오던 아이.

남들보다 조금 느린 탓에, 나름 치열한 청소년기를 보냈다.

그 끝에 국어교육과에 합격하여 국어 교사가 되었다.

부푼 기대와 함께 교사가 되었지만, 그 기대가 너무 컸던 탓일까?

상상과는 너무 다른 학교, 교육 현장의 실태가 눈에 들어오기 시작했다.

마치 운명처럼, 28년간 교단에 서 있는 동안 아무도 모르게 품어왔던 진짜 꿈을 펼칠 수 있는 날이 오게 되었다.

최초의 교사 출신 교육부 장관이 되어 대한민국의 고질적인 문제였던 교육 문제를 개혁하기 시작한다. 전무후무한 교육 개혁을 이뤄내는 데 성공했고, 이 책에 그 과정을 담았다.

목차

들어가는 말

퇴임식을 시작하며

교육이 운명일까?

내게 가장 소중한 배움

교육철학의 부재

학교 밖 사회에 대하여

날개를 펼칠 때

퇴임식을 마치며

0. 들어가는 말

누군가 미켈란젤로에게 묻습니다.

"어떻게 피에타상이나 다비드상 같은 훌륭한 조각상을 만들 수 있었나요?"

그러자 미켈란젤로는 이렇게 답합니다.

"이미 조각상이 대리석 안에 있다고 상상합니다. 그리고 필요 없는 부분은 깎아내어 원래 존재하던 것을 꺼내 주었을 뿐입니다."

최고의 작품은 내 안에 있다. 이 책의 제목이자 미켈란젤로의 답변을 제 나름대로 한마디로 요약해본 것입니다. 우리는 어떤 문제가 닥쳤을 때 해결하기 위해 어떤 방법을 동원하는지 떠올려봅시다. 인터넷에 검색하기도 하고, 주위 사람에게 조언을 구하기도 합니다. 책이나 연구 자료를 읽기도 하고, 전문가를 찾아가 직접 묻기도 합니다. 저는 미켈란젤로의 답변을 통해 이런 방법을 동원하기 전에 꼭 해보아야 할 질문이 있다고 생각했습니다. 바로 '지금 나는 어떻게 하고 싶은가?'입니다.

이 책은 이러한 질문을 건너뛰는 데에 익숙해진 세상의 수많은 사람들이 잠시 멈추어 생각해 보았으면 하는 바람에서 시작된 저의 작은 시도입니다. 제가 교직에 있다고 상상하면서, 직접 경험하게 될 것을 바탕으로 우리 교육의 문제점을 짚어보고자 했습니다. 어느 사회든 간에 교육은 그 사회의 뿌리이자 척추이고, 그 바탕입니다. 현재의 제가 그려본 교단에 오르기까지의 이야기, 교육 현장에서 느낀 점, 그리고 교육부 장관에 도전하기까지의 이야기를 모두 담아보았습니다.

여러분들이 이 책을 통해 '지금의 나에게 집중하는 법'을 알게 되신다면, 그리고 교육과 세상에 대해 관심을 가져주신다면, 그거면 저는 충분할 것 같습니다.

2021년 1월

따뜻한 동문고등학교 도서관의 온돌 위에서 김유미

1. 퇴임식을 시작하며

“지금부터 김유미 교육부 장관님의 퇴임식을 진행하도록 하겠습니다.”

“먼저, 장관님의 퇴임사를 듣겠습니다. 장관님, 앞 연단으로 나와주시기 바랍니다.”

“아아, 잘 나오는군요. 안녕하세요! (웃음) 이렇게 기분 좋게 장관직을 떠날 수 있어 참 다행이에요. 음… 사실 한낱 교사였던 제가, 대한민국 최초 교사출신 교육부 장관이 될 줄은 저도 몰랐습니다. 이 자리에 오기까지 쉽지만은 않았는데요, 여러분께 제 이야기를 좀 들려드리고 싶어요.

유치원 때부터 ‘나의 미래 모습’을 그려보면 저는 칠판 앞에서 글씨를 쓰며 웃고 있는 선생님을 그리곤 했습니다. 고등학교 1학년 때까지 제가 그리던 저의 미래는 달라지지 않았어요. 그리고 쭉 달라지지 않으리라 생각했습니다. 학창 시절 내내 칠판 앞에 서 계신 선생님들을 보며 가슴 뛰었던 저였죠. 늘 그들에게서 배울 점을 찾곤 했습니다. ‘나도 저런 점을 닮아 좋은 선생님이 되어야지’ 하며 말이에요. 특히 수업 시간이 남으면 들려주시던 선생님들의 이야기는 집-학교를 오가던 저에게 세상을 보여주는 창구와도 같았어요. 사실은 수업보다 이 시간을 더 기다렸던 것인지도 모르겠습니다.

완벽하게만 보였던 선생님이 계셨어요. 카리스마도 넘치셨고, 수업도 즐거웠죠. 그런 선생님께서 임용에 합격하기까지 본인의 방황과 좌절에 대해 말씀해 주신 적이 있습니다. "어른이 되어서, 사회에 나가서 너희들이 좌절하기도 하겠지만 그럴 때는 내 이야기를 떠올리면서 이 정도 좌절쯤은 아무것도 아니라고 생각하길 바란다. 물론 좌절이 아무것도 아니진 않지. 좌절은 폭풍이지. 그렇지만 폭풍도 다스릴 수 있어. 너희가 아무렇지 않다고 생각하면, 폭풍도 아무렇지 않게 지나간다."

선생님의 진심 어린 조언에서 느껴지던 그 온기와 사랑, 어쩌면 아직 선생님께는 어리게만 보이셨을 제자들의 미래에 대한 걱정이었을지 모릅니다. 나의 제자들이 사회에 나가 마음을 다치진 않을까, 하는 마음이 그대로 전해져 무엇보다 따뜻하게 느껴진 시간이었어요.

저도 이런 교사가 되고 싶었습니다. 학교와 집이 전부인 아이들에게 세상을 보여주고 싶었고, 따뜻함을 주고 싶었어요. 입시에 찌들어 있을 아이들에게 생기를 주고 싶었죠. 그런 교사가 되어야겠다는 부푼 꿈과 함께, 제 다짐은 굳어져 갔습니다. 하지만 교사가 되는 길이 순탄치는 않았어요. 일 년에 한 명씩만 뽑게 된 임용고시였기에 두 번을 떨어졌습니다. 정말 마지막이라는 생각으로 도전한 세 번째 임용에서 합격했습니다. 지성이면 감천이라는 말은 꼭 지금의 나를 위해 생겨난 말이 아닐까 싶었죠.

그렇게 불어난 내 기대와 함께 시작된 교직 생활이었습니다.

지금부터 제 이야기 한번 들어보실래요?

2. 교육이 운명일까?

날짜 : **열아홉 살(고등학교 삼학년), 2021년 1월 9일**
날씨 : **쨍쨍한 햇볕 속 공기는 차가움**

고등학교 삼학년이 되던 해. 평생 다가오지 않을 것만 같은 순간이 다가왔다. 수능은 내 이야기가 아닌 저 먼 곳 이야기인 줄로만 알았는데. 이제 다음 수능은 내 수능이라니. 눈앞이 캄캄했다.

유치원 때부터 줄곧 선생님이 되고 싶었다. 그때는 어떻게 그랬을까. 지금 생각해 보면 참 신기하다. 교육은 나의 운명인 것만 같다. 부모님의 영향도 아닌데 말이다. 유치원 원장님이 나를 유달리 챙겨주셨던 기억은 아직도 난다. 아마 또래보다 작은 체구여서였을까? 혹은 내가 착각하고 있는 걸지도 모른다. 유치원 선생님과 각별한 사이가 되고 싶다는 생각이 만들어낸 기억의 왜곡일까?

〈실제 7살의 내가 그린 그림〉

그래서 하고 싶었던 말은…, 교육은 내 운명이라는 말이다. 기억의 시작이 어딘지도 모르는 그 어릴 때부터 선생님에 대한 존경을 품어 왔으니 말이다. 커가면서도 초등학교 때는 초등학교 선생님이 되고 싶었다가, 중학교 때는 중학교 선생님이 되고 싶다가… 이런 식이었다. 학창 시절 학원에 다니거나 과외를 한 번도 받아보지 않았던 나에게, 맞벌이하시는 부모님을 둔 나에게 세상은 집과 학교뿐이었으니 말이다.

내 유년 시절은 어릴 때부터 내 미래를 꿈꾸도록 강요받아 오던 시절이었다. 2050년의 학교에서도 그런 일이 벌어지고 있을지는 잘 모르겠지만, 나는 그게 참 싫었다. 항상 내 소개를 할 때면 눈에 보이는 칸만 없었지, 사실은 정해진 양식에 채워 넣는 식이었다.

"안녕하세요. 제 이름은 김유미입니다.
나이는 올해 열한 살이고요,
가족은 엄마, 아빠, 그리고 동생이 세 명입니다.
좋아하는 것은 동생 덧셈 숙제 도와주기, 놀이터에서 놀기, 피아노 치기입니다.
저는 커서 선생님이 되고 싶습니다."

열한 살, 아직 집에서 벗어나 학교라는 세계에 발을 들인 지 4년밖에 되지 않았던 나이다. 이 세상에는 그 어린아이가 아는 직업보다 모르는 직업이 훨씬 많았을 것이다. 그 직업이 어떤 일을 하는지도 잘 모르는데, 그런 단편적인 지식으로 장래 희망을 생각하도록 강요받는다. 나는 선생님이 되고 싶다는 생각이라도 하긴 했지만, 장래 희망이 없는 친구들은 자기소개 시간마다 고통받았다.

그렇게 보이는 대로 교사를 꿈꿔왔다. 어쩌면 내 세상에서 볼 수 있는 가장 멋진 어른이라 그랬던 건지도 모른다. 그렇게 중학교에 왔다. 초등학교와는 또 다른 세계였다. 그래도 머리가 좀 굵어졌는지, 선생님들을 이제는 존경의 대상으로만 보지 않았다. 선생님들을 존경하다 보니 다른 친구들보다 선생님들과 가깝게 지낼 수 있었다. 제법 깊은 이야기도 나누게 되었다. 먼저 찾아가 내 고민을 말하기도 했다. 내 성적이 떨어지거나, 내 친구 관계에 변화가 보이면 선생님께서 먼저 나를 부르시기도 했다.

선생님과의 진솔한 대화를 통해 나에 대해 생각해 보게 되었다. 특히나 중학교 2학년 담임선생님과 함께 보냈던 시간이 지금의 나를 만들었는지도 모른다는 생각을 강하게 갖고 있다. 선생님께서는 대화의 주제에 대해 뭐든 내 의견을 물으셨다. 내가 무슨 이야기를 꺼내든

"그래서 너는 지금 어떻게 하고 싶은데?"

하고 질문하셨다. 초반에는 당황스러웠다. 무슨 일이든 어떻게 헤쳐나가는 게 '가장 현명하고 올바른 방법인지' 고민하고, 그에 대한 '해답'을 찾아야만 한다고 생각했다. 그렇기에 아는 것도 없고 경험도 없는 나의 머리를 믿기보다, 선생님의 지혜를 빌리기로 했던 것이다. 그러나 항상 돌아오는 건 내가 원했던 해답이 아니라, 선생님께서 되물으시는 당혹한 질문이었다.

오십 줄에 들어선 지금의 내가 생각하기에, 선생님이 원하셨던 건 '온전히 현재의 나에게 집중하는 방법'을 알려주시고 싶으셨던 것 같다. 사실 어떤 일이든지 간에, '가장 현명한 방법'이라거나 '가장 올바른 것'은 없다. 현명과 올바름은 모두 주관적이기 때문이다. 이 순간에는 최선이었던 것이 당장 내일에는 그리 좋지 않게 달라질 수도 있다. 내가 올바르다고 생각하는 것도, 남이 보기에는 올바르지 않은 것이라고 생각할 수도 있다.

전적으로 현명한 것, 모두에게 옳은 것은 애초에 모순이었다. 무슨 일이든 정해진 단 하나의 '해답'을 찾는다기보다 결국엔 내가, 내가 이 상황에서 할 수 있는 최선의 선택을 하는 것이 중요했다. 무슨 선택을 하든지 '이게 그때의 유미가 할 수 있는 최선이었어.'하고 생각하는 것이다. 이렇게 생각하면 내 선택에 대해 스스로 책임지게 되고, 후회하며 자책하는 마

음도 갖지 않을 수 있는 것이다. 지나온 현재를 살았던 나를 존중하는 동시에 현재의 나를 바라본다. 그러면서 앞으로 다가올 현재를 살아내는 나를 그려간다.

이때부터 나는 지금의 내 목소리에 귀 기울이면서, 내 진로에 대해 조금 더 깊게 생각하기 시작했다. '나는 선생님이 왜 되고 싶을까?', '진짜 내가 선생님이 된다면 어떨까?', '내가 이렇게 좋은 선생님이 될 수 있을까?' … 이런 조금은 진지한 생각을 하기 시작했다. 막연히 나는 선생님이 되고 싶다고, 그리고 될 수 있을 거라고 생각했다. 그때까지는 어떻게 하면 선생님이 될 수 있고, 어떤 대학에 가야 하고, 그런 것도 잘 몰랐다. 선생님이 되기만 하면 '아이들에게 좋은 영향력을 주는 선생님'이 될 수 있을 것만 것 같았다.

고등학교에 막 올라왔다. 너무나 좋은 선생님들과 함께한 시간이 소중했다. 항상 따스하게 우리에게 응원을 보내주셨던 1학년 담임선생님. 항상 열정적으로 수업을 하셨고, 틈날 때마다 자신의 인생 이야기를 해주셨던 국어 선생님, 세상을 보는 눈을 넓혀 주신 지리 선생님… 어느 한 분 감사하지 않은 분이 없다.

그런데 선생님들과 이야기를 나누어보며 선생님이라는 직업에 대한 내 이상과 너무나 다른 현실을 마주하게 되었다. 내가 본 선생님들의 모습은 진도에 쫓겨 늘 여유가 없으셨다. 또 일 년이라는 짧은 기간이라, 서로 친밀감은커녕 선생님께서 학생들의 얼굴과 이름조차 알지 못한 채 다음 학년으로 올라가게 되는 경우도 더러 있었다.

나는 학생들에게 선한 영향력을 주는 선생님이 되고 싶었다. '그냥 지식만을 전달하는' 선생님이 되고 싶었던 것이 아니란 말이다. 내가 인생의 절반 이상 동안 꿈꿔온 선생님의 역할은 그런 것이 아니었다. 이러한 현실을 마주하면서, 이때부터 내가 가져왔던 꿈에 대한 확신이 서지 않았다. '선생님이 되고 싶지만, 이런 선생님이라면 싫어!' 하는 마음이 계속해서 들었다.

이런 이유로 고등학교 1~2학년 때는 상당히 방황하기도 하며 시간을 낭비했다. 꿈에 대한 확신이 없으니 공부가 무슨 소용인가 싶기도 했다. 나 스스로 미래에 대한 의욕도, 목표도 없으니 성적은 당연히 잘 나오지 않았다.

그렇게 2학년 2학기에 접어들었다. 일주일에 총 네 시간 동안 국어를 배웠다. 그중 한 시간은, 나의 자서전을 쓰는 시간이었다.

처음에는 '살아온 것도 별로 없는데, 벌써 자서전을 어떻게 쓴다는 거야?' 하는 생각이 앞섰다. 생각해 보면 살아오는 동안 큰 이벤트랄 것도 딱히 없었다. 이제까지 살아온 과거의 삶만 쓰는 게 아니라, 앞으로 펼쳐질 미래를 상상하여 적어야 했다. 미래에 대해 구체적으로 생각해본 적이 한 번도 없었는데 말이다.

그렇게 '시켜서 하는' 자서전 쓰기가 시작되었다. 처음에는 막막했다. 어제 일도 잘 기억 안 나는 나인데, 뭘 써야 하는지 몰라 온종일 고민했다. '자서전이라면 훌륭한 사람들이나 쓰는 것 같은데, 겨우 내가 자서전을 써도 될까?' 하는 생각도 했다.

처음엔 자서전에 쓸만한 소재를 고민하느라 많은 시간을 보냈다. '도대체 18년을 살면서 내 삶에 대해 몇 페이지 적어 내려가는 게, 이렇게 힘들 일이야? 그리고 왜 살면서 한 번도 내 미래를 그려보지 않았지?' 그러던 중에 중학교 선생님께서 해주신 말이 생각났다.

"그래서 너는 지금 어떻게 하고 싶은데?"

뭐가 되었든 가장 중요한 건 '지금의 나'다. 과거든 미래든, 그것을 써 내려가는 지금, 그 중심에 있는 것은 결국 지금의 나였다. 내 인생이 비록 화려한 사건으로 가득 차있지는 않을지라도, 지금의 나를 있게 한 많은 소중한 것들이 있다.

먼저 과거를 쓰기 시작했다. 가장 가까이에 있는 가족, 친구, 선생님부터 시작했다. 좋아하는 것, 내 인생에서 의미 있는 것에 대해 써보니까 글이 잘 써 내려져 갔다. 지금의 나에게 집중하여 쓴다고 생각하면서부터는 중심을 '지금의 나에게' 두고 글을 쓸 수 있었다. 단순한 사실의 나열, 인물 소개가 아니라 인물과 나의 관계, 그리고 경험을 통해 내가 달라진 점, 그때 내가 느낀 감정에 온전히 집중하여 글을 쓰게 되었다.

그렇게 과거를 모두 썼다. 그 뿌듯함도 잠시, 넘어보지 못한 아주 큰 산이 나를 기다리고 있었다. 미래를 써야 할 순간이 왔다. 생각이 많아졌다. 이제껏 내가 그렸던 나의 미래는 선생님이었다. 지금도 그 생각엔 변함이 없다. 그러나 내가 원하는 것은 그저 선생님이 되는 것이 아니었다. 앞에서 이야기한 것처럼, 선생님에 대한 나의 이상과 현실 사이의 괴리를 느껴버렸다. 그리고 고민했다. 나는 왜 선생님이 되고 싶었을까? 어렸을 적부터 가졌던 꿈이라고 할지라도, 단지 그 이유만은 아니었을 것이다. 꿈을 지킬 수 있게 해 준 것은 무엇이었을까…

이틀 밤낮을 고심한 끝에 다다른 결론은 바로 '나 자신이었다'는 것이다. 잘 생각해 보니 내 희미한 꿈을 버텨오던 건 나였다. 다른 누구도, 어떤 대단한 가치도, 그 무엇도 아닌 나. 나였다.

이게 무슨 말이냐고? 나도 이런 결론이 나올 줄은 몰랐지만, 내가 아니라면 생각할 수 있는 답은 없다. 내가 바로 산 증인이다. 좋은 선생님의 가르침을 통해 세상을 바로 보게 된 사람. 이런 나 같은 학생이 있는 한, 나에게는 타인을 가르치는 일이 이 세상에서 가장 가치 있는 일일 수 있었다.

생각해 보면 그동안의 나는 부모님과 함께 지내는 시간보다 더 많은 시간을 학교 선생님들과 보냈을지 모른다. 부모님께는 배은망덕한 소리처럼 들릴지 모른다. 우리 부모님은 맞벌이를 하셨고, 나 말고도 신경 써야 할 동생들은 셋이나 더 있었다. 부모님과 온전히 대화하는 시간은 하루에 한 시간도 안 되었을 것이다. 그런데 학교에 가면, 온종일 나와 웃으며 대화하고, 가르침을 주시고, 세상에 대해 이야기해 주시던 선생님이 계셨다.

그리고 엄마 아빠는 두 명이지만, 나에게 가르침을 주신 선생님은 대략 세어보아도 몇십분은 계신다. 엄마 아빠의 세상 이야기와 선생님들의 세상 이야기를 비교하면 그 양으로만 몇 배는 다양한 것이다.

그리고 이제 나는 자서전의 미래를 쓸 수 있게 되었다. 나는 선생님이 되어야겠다고 생각했다. 그러나 이제는 선생님에서 멈추지 않을 것이다. 선생님은 학생을 바꾼다. 학생은 성장하여 사회에 참여한다. 바뀐 학생은 사회에 긍정적인 영향을 준다. 세상을 바꿀 수 있는 것은 결국 교육이고, 그 중심에 있는 사람이 선생님이다.

그리고 교육부 장관이 되어야겠다고 생각했다. 앞서 말했던 것처럼 '그냥 지식만을 전달하는' 선생님이 되고 싶지는 않았다. 지식 전달은 선생님이 맡는 역할의 아주 일부분에 불과하다. 아이의 인격이 형성되는 이 시기는 다시 오지 않는 아주 중요한 시기이다. 학교는 아이들이 초등학교 1학년 때부터 고등학교 3학년 때까지, 적게는 하루에 4시간에서부터 최대 15시간을 보내는 곳이다. '선생님은 제2의 부모'라는 말도 있을 정도이다. 하지만 내가 본 학교의 현실은 선생님들이 이러한 역할을 수행할 수 있도록 갖추어져 있지 않다.

어떻게 하면 교육부 장관이 되는지도 모르는 내가, 터무니없는 소리 같겠지만 그렇게 다짐했다. 교육을 바꿀 수 있는 가장 권력 있는 사람. 우리 사회의 교육을 바꿀 수 있는 사람이 되어야 했기 때문이다.

그리고는 글이 술술 써졌다. 교육부 장관이 되어 내가 느낀 교육의 문제점을 고쳐나가는 상상은 그 자체로 짜릿했다. 그리고 나는 지금 정말로 행복하다고 느꼈다.

아, 교육은 역시 내 운명이었구나.

심장이 뜨겁게 뛰고 있다는 걸 느꼈다. 웹툰 주인공의 대사인 것만 같은 말이 이해되는 순간이었다.

이제는 희미해진 순간. 고등학교 3학년을 마주하고 있는 나는 결의에 차 있었다. 진정한 교육부 장관이 되려면, 교육 현장을 누구보다 잘 아는 사람이 되어야 했다. 그런 사람이 누구일까, 바로 현장에서 매일 근무하는 선생님이다.

이 선택에도 사실은 많은 고민이 담겨 있다. 이제껏 교사 출신 교육부 장관은 단 한 명도 없었기 때문이다. 교육부 장관이라는 꿈을 가졌지만, 결국 교육부 장관이 되는 평범한 길을 선택하지는 않은 것이다. 교육부 장관이 되는 평범한 길은 정치인이 되는 것이다. 그러나 내 가치관에서는 이것이 성립할 수 없었다.

"어째서 정치인이 교육을 책임진단 말인가?"

다소 무모하게 들릴지 모르지만, 내 생각 속에선 그랬다. 교육을 책임지는 사람은 교육을 가장 잘 이해하는 사람이어야 한다.

선생님이 되기 위해서는 상당히 높은 학업 성적이 갖추어져야 했다. 이제 현실의 벽에 마주한 것이다. 불확실한 꿈 앞에 의욕을 잃었던 나였다. 이제는 꿈을 향해 달려 나갈 일만 남았다. 남들보다 늦은 만큼 더 열심히 해야겠다는 생각이 들었다. 고등학교 3학년, 이름만 들어도 무시무시하지만 이제 그게 '현재의 나'다. 지금까지 해온 것처럼만 하면 돼. 앞으로의 내가 기대되는 순간이었다!

3. 내게 가장 소중한 배움

날짜 : **스무 살(대학교 일학년), 2022년 3월 23일**
날씨 : **봄이 온 듯 포근하니 기분 좋은 햇볕과 바람**

행복했다. 벚꽃이 만개하여 활기찬 캠퍼스의 분위기. 첫 교육학개론 수업이 있는 날이었다. 사실 첫 수업은 아니고 두 번째 수업이었다. 첫날은 교수님 소개와 간단한 오리엔테이션으로 끝이 났었다. 드디어 첫 정식 수업이다. 수강 신청을 할 때부터, 아니 처음 교육을 진지하게 꿈꿨을 때부터 이날을 얼마나 기다렸는지 모른다.

남들보다 조금 늦었던 내 도전, 그렇기에 더욱 치열했다. 중독에 가까웠던 너튜브, 넷플엑스, 없이는 죽고 못 살던 내 소중한 친구 인별그램도 끊었다. 바로 이 순간만을 위해서였다. 내가 진심으로 배우고 싶은 것을 배우는 순간! 수학 문제를 풀다가도 괴로울 때면, 이 순간만을 상상하곤 했다.

'교육에 대해 전문적으로 배우게 된다면 얼마나 좋을까!'

교육에 관심을 가진 후로 매번 들던 생각이다. 교육에 대한 열정만 가득했지, 이론에 대해서는 무지한 나였다. 모든 것은 이론이 바탕이 되는 법이라고 생각하는 편인데, 관련 책이나 기사를 찾아보긴 했지만, 여전히 마음 한구석이 허전한 것은 좀처럼 채워지지 않았다.

이런 생각을 하며 강의실로 발걸음을 옮겼다. 입학한 지도 벌써 20일 가까이 되었지만 아직은 넓디넓은 캠퍼스가 익숙해지지 않았다. 걸음이 빠르지 않은 나인데, 정말 들떠 있었나 보다. 수업 시작 시각보다 10분 정도 일찍 도착했다. 문을 열고 들어가 제일 앞자리에 앉았다. 아, 학창 시절에는 그토록 피하고 싶어 하던 제일 앞자리였는데 말이다. 이런 내 모습이 새삼 신기했다. 교수님이 들어오시고, 수업이 시작되었다.

대학은 고등학교보다 강의 시간이 분명히 긴데, 시간이 어떻게 지나갔는지도 모르겠다. 오늘은 첫 정규수업이라 어렵지 않은 내용을 배웠다. 교육학개론 1장에서 교육의 뜻, 유전과 환경, 교육개념의 변천에 대해 배웠다. 선택한 전공이 나와 맞지 않아 대학에 와서 반수를 하는 선배들을 여럿 보았다. 교육만을 꿈꿔왔던 터라 혹시나 맞지 않으면 어떡하나 하는 걱정이 없지는 않았었는데, 다행히도 아주 괜한 걱정이었다. 앞으로는 더 열심히 해야겠다는 생각이 들 뿐이었다.

사실 수험 생활을 하면서도 고민이 많았다.

전국에 딱 한 명, 그 많고 많은 사람 중에 내가 교육부 장관이 된다면? 될 수는 있을까? 아니 그 전에, 나는 그럴만한 자질이 있는 사람인가?

끊임없이 스스로 질문했다. 사실 내가 교육부 장관이 될 수 있을 거라고 나도 확신하지는 못했다. 꿈은 컸지만, 혼란스러움 그 자체였다. 그리고 오늘, 첫 교육학 수업을 듣고는 결심했다. 자리에 걸맞은 사람이 되어야지. 그래야만 해. 전국에 딱 한 명, 나는 교육에 대해 다른 그 누구보다 잘 아는 사람이 될 거야.

지금까지 해왔던 것은 아무것도 아니라는 생각이 이때 들었다. 교육을 전문적으로 배울 기회만 오면, 그리고 배우기만 하면 된다고 생각했던 과거의 내가 한없이 부끄러워졌다. 하지만 앞으로가 중요하다. 지금 이 감정을 되새기면서 앞으로, 앞으로 나아갈 것이다.

4. 교육 철학의 부재

날짜 : **마흔여섯 살(교직 21년 차), 2048년 11월 25일**
날씨 : **찬 바람이 뚫고 간 마음을 단풍이 채워주는 듯 쌀쌀한 바람**

수능 끝난 고삼 담임이 된 지 일주일이 되었다. 수능이 끝나니 교실 분위기가 참 바뀌었다. 우리 반 아이들의 저 티 없는 웃음이 낯설다. 교실에 들어서자 아이들 너머 보이는 창밖 풍경은 알록달록한 단풍이 가득했다. 수능이 끝나면 반 분위기가 엉망이 된다며 다들 걱정하셨지만, 내 눈에는 아이들의 이런 생기 있는 모습이 고맙기만 하다. 이토록 밝게 웃을 줄 아는, 이토록 웃는 모습이 예쁜 아이들인데.

돌이켜보니 그 악명 높다는 '고3 담임'을 맡은 지도 어언 4년째이다. 고3 담임은 힘들다는 사회적 시선이 존재하는데, 어느 정도 인정한다. 초등학교 6년, 중학교 3년, 고등학교 3년. 도합 12년을 어찌 보면 대학 입시를 위해 달려왔을 학생들의 레이스에서 마지막 길잡이를 맡게 되는 셈이다. 대학이 전부인 세상이라 부담스러울 수밖에. 고3 담임이라는 것이 나를 힘들게 하는 이유는 입시 제도의 잦은 변화라고 할 수 있겠다.

학생과의 관계, 부담감 등이 아니라 이러한 이유를 꼽은 이유가 있다. 고등학교의 운영은 입시제도에 의해 결정된다고 해도 과언이 아니다. 학력고사를 치르던 과거에는 수행평가나 자율 활동이 거의 이루어지지 않았다. 대학 입시 제도에서 수시와 정시가 등장하고 수시 비율이 70%에 육박하자, 학교에서는 학생들의 자율 활동 등 소위 '생기부 채우는 활동'을 개설해나갔다. 어떤 입시 제도를 만들어놓고, 그에 맞게 학교, 학생, 교사가 변화하고 적응해가야 한다.

교육부는 거의 매년 대학 입시 제도를 바꾸어왔다. 교육부는 대학 입시 제도를 바꾸면 모든 교육의 문제를 바꿀 수 있다고 생각하기 때문일 것이다. 그러나 대학 서열과 그 체제를 그대로 둔 채로 입시 제도만 바꾸는 것은 교육의 문제를 조금도 개선할 수 없을 것이다. 입시 제도의 잦은 변화는 학생과 학부모, 교사들에게까지 큰 부담과 혼란으로 작용하고 있다.

내가 겪은 고3 담임 4년의 대학 입시는 모두 달랐다. 한 예로 작년에는 생활기록부에 수상기록을 기재할 수 없었는데, 올해에는 수상기록을 기재할 수 있게 되는 식이다. 우리 반 어진이는 작년까지 생활기록부에 수상기록이 기재되지 않는다고 하여 내신 공부에 힘을 쏟기 위해 교내 대회에 참가하지 않았었다. 그런데 올해부터 한 학기 당 하나씩 수상 기록이 들어간다고 하여 깊은 절망에 빠졌다. 1, 2학년 때 남들 하나씩 있는 수상 기록이 없으니, 상위권 대학은 물 건너갔다고 한다.

입시 제도는 왜 해마다 이렇게 바뀌어야 하는 걸까? 이 문제의 원인은 교육 철학의 부재에 있다고 본다. 교육 철학. 이 이야기를 하기에 앞서 독일의 교육 철학을 소개하고 싶다. 1970년대 이루어진 독일 교육 개혁의 제1원칙은 "경쟁 교육은 야만"이라는 것에서 시작한다. 경쟁 교육은 야만이다. 경쟁 교육은 야만이다. 어쩐지 계속해서 되뇌게 되는 말이다.

한국의 고등학교는 경쟁이 기본이다. '상대평가'와 '등급'이라는 성적 산출은 얼마나 잔인한가. 학생 자신이 스스로 얼마나 성장했든, 내가 어떤 환경에서 공부했든 그 과정은 아무도 궁금해하지 않는다. 그저 점수로 줄을 세우면 끝이다. 또 나만 잘한다고 되는 것이 아니다. 내가 99점이라도 100점 받은 친구가 많다면 내 등급은 내려간다. 심지어 인원수가 적은 과목일 경우, 세 명이 백 점이면 1등급은 없다. 모두 2등급이 되는 것이다. 이 방식은 이뿐만 아니라, 친구를 경쟁상대로 바라보게 만든다는 아주 큰 문제가 있다. 그도 그럴 것이, 내가 틀리고 내 친구가 맞추면 등급이 달라진다.

이쯤에서 회의감이 든다. 학교란 어떤 곳인가? 내 친구가 틀리길 바라고, 나만 정답을 맞히길 기도하는 곳인가? 초등학생일 때부터 친구들과 사이좋게 지내고, 함께 잘 되는 것이 좋은 것이라고 가르친다. 나눔의 가치, 협력의 가치, 배려의 가치를 그렇게나 강조하면서 이러한 가치를 실천하면 내 대학 입시에 불리해질 뿐이다. 그 누가 이러한 사실을 알고도 내가 정리한 공책을 친구에게 선뜻 빌려주겠는가.

독일에서는 소고기처럼 학생을 나누는 등급도, 줄 세우기도 없다. 시험 날짜도 알려주지 않는다. 그야말로 시험 기간에 대한 스트레스도 없고, 평소 실력대로 부담 없이 시험을 치르는 것이다. 대학도 졸업 시험만 통과하면 원하는 곳을 갈 수 있다. 그럼 졸업 시험에 통과하기가 어려울까? 졸업 시험 통과 비율은 전체 학생의 95%에 이른다고 한다. 한국의 상식과는 매우 다르다. 기본적으로 한국과 달리 대학의 서열이 존재하지 않아서, 몇몇 대학이나 학과에 인원이 몰리는 현상 자체가 드물다. 인기 있는 학과에서는 불가피하게 성적을 반영하기도 하지만 이마저도 반영 비율은 최대 20%에 불과하고, 성적보다도 대기 기간을 더 중요시한다. 대부분 3년 정도 대기하면 학생 본인이 원하는 학과에 진학할 수 있다.

경쟁 교육은 야만이다. 독일의 교육 원칙 이 한 문장이 제2차 세계대전의 패전국이었던 독일을 유럽 내 GDP 1위 국가로 만든 비결이라고 본다. 교육 선진국 독일을 통해 한국의 교육은 발전 방향을 모색할 수 있다. 입시 제도의 잦은 변화는 한국의 교육에는 뚜렷한 교육 철학이 존재하지 않기 때문이다.

시대의 흐름에 맞춰 교육이 변화해야 하는 것은 사실이다. 그러나 굳건한 교육철학이 존재해야 한다. 교육과정의 척추인 교육철학이 없다면, 교육의 변화는 앞으로 곧게 나아간다기보다 뚜렷한 목적지 없이 이리저리 움직이는 듯 보일 뿐이다. 바로 이 행태가 지금의 한국 교육이다.

표준국어대사전에 의하면 철학이란 자신의 경험에서 얻는 인생관, 세계관, 신조 따위를 이르는 말이다. 사람이라면 누구나 자신만의 철학을 가지고 살아간다. 나는 나만의 철학이 없다고 생각할 수 있지만, 철학은 거창한 것이 아니라 가장 기본이 되는 자기 생각의 바탕이다. 이 바탕 위에서 우리는 생각하고, 질문하고, 행동한다.

교육 철학은 교육에 대한 생각의 바탕을 말한다. 올바른 교육 철학은 좋은 교육을 끌어내지만, 왜곡된 교육 철학은 옳지 못한 교육으로 이어진다. 교육 활동에 대해 질문을 던지고, 그에 대한 답변을 고민해나가야 한다.

이제 다시 생각해 보자. 우리는 어떤 교육을 만들고자 하는가? 우리는 어떤 사회를 만들고자 하는가? 어쩌면 지금까지의 교육은 가상 중요한 것을 빼놓았던 건지 모른다.

두 번째 발령받은 학교의 첫해(2032년), 학교를 밥 먹듯이 빠지던 우리 반 성민이가 떠오른다. 담임인 내 전화도 잘 받지 않았고 툭하면 가출을 해서 내 골머리를 꽤 앓게 하던 아이였다. 가정에서는 어떤지, 어떤 배경에서 자라 온 아이인지 궁금했다. 1학년이라 아이에 관한 이야기를 들을 방법도 없었다. 부모님도 짐짓 체념하신 듯 보였고, 자세한 이야기는 해주시지 않았다. 교복을 입지만 외투와 신발에서 드러나는 성민이의 차림새를 보면 가정형편이 어려운 것도 아니었다.

첫 발령 때의 나였다면 학교를 매일 제시간에 오도록 지도했을 것이다. 그러나 4년도 경험이라고, 이제는 그것이 얼마나 무용한 일인지 안다. '학교가 얼마나 싫을까?' 그런 생각을 하면 이해도 된다. 그런데도 교사인지라, 학교를 오지 않는 학생을 가만히 둘 수는 없는 노릇이었다. 소리치며 성을 내진 않았지만, 학교에 오도록 타일렀다. 그와 함께 왜 학교에 오지 않느냐고 물었다. 돌아온 성민이의 대답은 이랬다.

"학교에 와서 뭐 해요? 공부도 못하는데"

순간 살짝 당황스러웠지만, 대화를 이어갔다.

"그래도 학교는 와야지, 와서 수업도 듣고 친구들이랑 있으면 재밌잖아?"

"학교에 친구가 없는데요, 그리고 수업이 재밌어요?"

되묻는 성민이의 말에 마침내 할 말을 잃었다. 그래. 솔직히 수업이 재밌진 않겠지.

성민이의 첫 번째 질문을 생각해 보자. 공부도 못하는 아이는 학교에 와서 뭘 할까? 모든 것을 성적으로 산출하는 학교 활동에서 성민이는 무엇에 흥미를 느낄 수 있을까? 잘하지 못하니 흥미가 생길 리 없고, 흥미가 없으니 실력 향상도 더디다.

교직에 오른 지도 어언 25년이 지난 지금, 그동안 내가 발견한 한 가지 진리라고 단언할 수 있는 것은 뭐든지 누가 시킨다고 해서 잘하게 되는 일은 없다는 것이다. 공부든 운동이든 그 무엇이든 말이다. 내가 하고자 하는 의욕을 갖고, 재미를 붙여야 잘하게 된다. 성민이 같은 전국의 수많은 아이들에게 학교생활에 대한 의욕이 생기게 하려면 이대로는 불가능하다. 모든 것을 성적으로 변환하여 아이들의 지적 수준을 판단하고자 하는 시스템은 바뀌어야 한다.

"누구에게나 천재성이 있다. 다만 나무 타는 능력으로 물고기를 평가하면 물고기는 평생 자신을 바보라고 믿으며 살아갈 것이다."

아인슈타인의 명언이다. 나는 이 말에 아주 공감한다. 교육은 똑똑한 엘리트를 뽑아내기 위해 존재하는 것이 아니다. 핀란드의 교육 철학은 이와 같은 맥락이다. 학생 개개인의 학업 역량보다는 각자의 개성에 집중하고, 이것을 발휘할 수 있도록 한다. 모두가 행복한 사회가 되기 위해서는 모든 사람이 자신의 쓸모를 발견해야 한다. 심리학에서 말하는 행복이란 심리적 안락, 자기실현, 사회적 공헌이 모두 이루어진 상태이다. 자신의 잠재능력과 가능성을 삶 속에서 충분히 펼치는 자기실현과 이를 통해 나 이외의 다른 것을 위해 기여하고 공헌할 때 행복에 이를 수 있다. 개개인이 가진 쓸모는 모두 다르다. 지능만을 갖춘 소수 엘리트를 양성하는 교육은 결국 [1]'1090 법칙'이 나타나는 사회, 폐쇄적인 사회를 부추기는 꼴이다.

세상은 계속해서 변화하지만, 변하지 않는 가치는 존재한다. 인간의 존엄성, 행복할 권리는 보장되어야 한다. 이 가치들은 결국 교육 철학을 세우고 지켜나감으로써 보장될 수 있다. 경쟁 교육을 배제하고 모두의 개성을 존중하자는 하나의 철학을 굳건히 지켜온 독일과 핀란드를 통해 우리는 알 수 있다. 교육 철학을 세우는 단계는 우리가 어떤 가치를 중요하게 여기는지 고심할 수 있는 기회이다. 이러한 단계 없이 우리 교육이 '뛰어난 인재 양성'에만 집중해 달려온 것은 아닌지 점검해 보아야 한다.

---

1. '전체 결과의 80%가 전체 원인의 20%에서 일어나는 현상'을 의미하는 법칙인 파레토 법칙에서 나타난 용어. '이탈리아 인구의 20%가 이탈리아 전체 부의 80%를 가지고 있다.'고 주장한 이탈리아 경제학자 빌프레도 파레토의 이름에서 따왔다고 한다. 국민의 20%가 전체 부의 80%를 차지하는 경향 등을 예로 들 수 있다. 대한민국 사회에서는 2080을 넘어, 사회양극화가 더 심화된 1090 현상이 나타나고 있음을 이야기하고 있다. (출처: KDI 경제정보센터)

5. 학교 밖 사회에 대하여

날짜 : **서른 살(교직 5년 차), 2032년 8월 4일**
날씨 : **성난 태양이 지구를 마구 쬐는 기분이 느껴짐**

성민이 이야기를 조금 더 해보고자 한다. 학교에 친구도 없고 공부에도 흥미가 없는 우리 반 성민이는 17살이지만 학교보다 학교 밖에서 보내는 시간이 많다. 대부분의 고등학생은 8시부터 4시까지 수업을 듣고, 9시까지 야간 자율 학습을 한다. 성민이는 야간 자율 학습은커녕, 정규 수업도 자주 빠지곤 했다.

오늘은 성민이가 학교에 왔다. 오늘 왔으니 내일은 학교에 오지 않을 거라며 일방적으로 나에게 통보하는 성민이었다. 벌써 한 학기가 지났지만, 아직 성민이 같은 아이들에게 익숙해지지 못했다. 성민이는 왜 그럴까, 그리도 학교가 싫을까? 그런 성민이에게 일기를 써 보라고 했다. 학교에 오는 것은 싫어하지만, 이야기를 나눠보면 반항적이기만 한 아이는 분명 아니었다. 자신만의 생각이 있고, 고민할 때는 진지한 아이였다. 학교에 오지 않으면 무엇을 하는지, 그 때의 기분은 어떤지, 무슨 일을 할 때마다 왜 그런 행동을 하게 되었는지 생각하며 기록해 보라고 했다. 역시 귀찮다며 순순히 쓸 것 같지는 않았다. 그 대신 내일 하루는 성민이에게도, 어머니에게도 전화하지 않겠다고 하자, 한 페이지만 쓰면 되냐고 물어왔다. 다행히 내 협상이 먹힌 것이다. 성민이는 그동안 무엇을 하는지, 어떤 생각으로 하는지 너무 궁금했다. 그리고 이런 것을 알아보는 것도 내가 담임 선생님으로서 마땅히 해야 할 일이라고 생각했다.

날짜 : **2032년 8월 6일**

그리고 약속한 날이 되자, 11시가 다 되어서야 한 손에 일기장을 들고 유유히 등교하는 성민이를 만날 수 있었다. 그리고 펼쳐 든 일기장.

날짜 : 2032년 8월 5일

날씨 : 쪄 죽겠음

오늘은 가출을 했다. 집이 싫어서는 아니다. 정확히 말하면 '교출'일까? 학교에 가기가 싫은데 그렇다고 집에 있으면 엄마가 뭐라고 하니까 가출을 했다. 학교는 가기 싫다. 선생님이 행동의 이유를 생각해 보라고 하셨으니 조금만 생각해봐야겠다. 일단 수업이 재미없고, 친구도 없다. 어차피 수업 시간에 앉아만 있다가 올 건데 왜 가야 하지? 일단 교복을 입고 엄마한테는 학교 가는 척하고 집에서 나왔다.

눈부신 햇살, 상쾌한 공기. 역시 학교와 달리 밖은 답답하지 않다. 좀 걷다 보니 큰 길이 나왔다. 에어컨을 튼 채 문을 열어둔 가게 앞을 지나갈 때면 그 시원한 공기가 감사했다. 안 그래도 더운 날씨에 조금 걸었다고 더워서 못 걷겠더라. 잠시 한 가게 앞에 가만히 멈춰 섰다. 쌩쌩 달리는 자동차들, 어디론가 바삐 걷는 사람들. 나만 빼고 모두 다 바쁜 느낌이었다. 나만 여유로운 것 같아 만족스러웠다.

그러나 조금 뒤, 쓸쓸하고 적막한 기분이 몰려왔다. 막상 갈 곳도, 할 것도, 만날 사람도, 아무것도 없었다. 더 이상 발걸음을 어디로 향해야 할지 모르겠다. 지나가는 사람들은 '교복 입은 학생이, 왜 이 시간에 돌아다니지?' 하는 눈빛으로 쳐다봤다. 그 눈빛에 기분이 이상해졌다. 학교에 가지 않은 게 하루 이틀은 아니지만, 이럴 때마다 화가 난다. 나에게 학교 밖은 없는 것인가? 이럴 때면 잠시 학교에 들른다. 가서 앉아라도 있어 보자 싶어 교실에 가 잠깐 앉았다. 학교를 너무 많이 빠지니 아무도 나에게 관심을 두지 않았다. 10분 정도 가만히 앉아 수업을 들어보았다. 역시 학교는 재미가 없다. 자퇴한 중학교 때 친구의 집에 가기로 했다. 고등학교엔 친구가 없고 친구라 할 만한 친구도 이 친구뿐이다. 고등학교에 입학한 후로 나와 친구는 비슷한 생각을 했다. 학교가 너무 재미없다는 생각. 그리고 자퇴를 하는 게 좋겠다는 생각. 그러나 우리 엄마는 자퇴는 안 된다며 졸업이라도 하라고 했다. 내 친구는 엄마를 설득해서 자퇴를 했다. 내 친구는 영상을 제작하는 사람이 되고 싶었다. 최종 목표는 작가 겸 감독이 되어 자신만의 영화를 만드는 것이라며 중학교 때부터 시나리오를 써서 보여주곤 했다. 그때까지는 학생들을 대상으로 한 짧은 공모전이나 학교에서 수행평가로 영상을 만들면 도맡아 하는 정도였다. 고등학교에 가면 그런 기회가 더 많아질 줄 알았는데 웬걸, 고등학교에서는 그런 기회가 조금도 없다.

그래서 꿈을 찾아 자퇴를 했다. 학교에서 보내는 시간이 너무 아깝다며, 그 시간에 영상 제작도 배우고 글도 쓸 것이라고 했다.

그런데 내 친구는 자퇴한 것을 후회하고 있다. 학교에 다닐 때는 그래도 학생이었는데, 학교에서 나오니 자기가 뭐가 된 건지 모르겠다고 했다. 학교에서는 안 오면 전화도 해주고 잔소리라도 하는 사람이 있었는데, 이제는 관심을 두는 사람조차 없다. 17살인데 학생이 아닌 기분이 싫다고 했다. 나는 자퇴를 해보지 않아서 그게 무슨 기분인지 잘 모르겠지만, 아까 낮에 길에서 느꼈던 기분이라면 나도 싫다.

그리고 꿈을 찾아 학교에서 나왔지만, 막상 내 친구의 꿈에 다가갈 수 있도록 도움을 주는 곳은 거의 없었다. 대부분 영상 제작은 사설 학원에서 배우고 있고, 글쓰기도 도움받을 곳이 없어 혼자 썼다 지우기를 반복하고 있었다. 나는 아직 꿈을 잘 모르겠다. 학교에서도 뭘 해야 할지 모르겠는데, 밖에서는 할 수 있는 게 없다. 학교 밖으로 나온 우리에게 관심을 두는 사람은 없다.

그래서 나는 자퇴를 꾹 참고 있다. 앞으로 얼마나 더 참을 수 있을지는 모르겠지만, 진짜 내 편은 가족밖에 없는 내 처지에, 엄마 말은 들어야 하긴 하겠다. 친구네 집에서 밥도 먹고, 컴퓨터게임도 좀 했다. 이제 힘들어서 자야겠다. 사실은 더워서 잠이 안 온다. 오늘의 일기 끝.

성민이의 일기는 적잖이 충격적이었다. 당시 5년 차였던 나는 학교 밖에서 헤매는 아이들의 기분을 헤아려 보지 않았던 것이다. 나는 아직 한참 부족했다. 이 협상도 아이들을 이해하고자 하는 취지에서가 아니라, 단지 '재들은 왜 저럴까?'하는 답답한 마음으로 시작되었던 것이었기 때문이다.

부끄러웠다. 이런 상태면서 나름 선생님 중에서는 젊은 축이니 아이들을 더 잘 이해할 수 있을 거라고 생각하던 안일한 내가. 학교에 정을 붙이지 못하는 아이들의 진짜 속내를 5년 만에 알게 된 것이다. 그것도 예상치 못한 방식으로 말이다.

학교 부적응 학생을 위한 프로그램은 이미 개발되어 실행되고 있다. 그러나 학교 부적응 개선을 위한 프로그램의 주제나 목적을 살펴보면, 개인에 대한 개선이 환경에 대한 개선보다 9배 정도 많다. 즉, 학생의 학교 부적응 원인을 학생 개인에게서만 찾고 있다는 것이다. 비율로 따지면 9:1의 비율인 셈이다. 학교 부적응 원인이 학생 개인에게만 있는 것은 분명 아닐 것이다. 학교 부적응에 복합적으로 영향을 미치는 학교나 사회 환경의 변화와 개선을 모색해나가야 한다.

또한 현재 마련된 학교 부적응 관련 정책 사업의 내용은 크게 기본적 지원[2]과 계발 교육 지원[3] 이 두 가지로 나눌 수 있다. 그런데 현재 정책 사업의 지원 내용 대부분이 기본적 지원에만 집중되어 있다. 학교 부적응 원인 중 가장 정도가 높은 것이 수업 부적응이라는 사실에 비추어 볼 때, 부적응 문제 해결을 위한 기본적 지원은 어쩌면 형식뿐인 것이다.

성민이와 친구의 경우만 보아도 알 수 있다. 꿈을 찾아 자퇴한 학생에게 필요한 교육은 제대로 제공되지 않고 있다. 기본적 지원이 필요한 학생과 계발 교육 지원이 필요한 학생들을 구분한 뒤, 실속 있고 적극적인 지원이 이루어져야 한다. 계발 교육 등의 진로 지원은 단순 지식 전달 방식이 아니라, 체계적이고 지

---

2. 경제적 혹은 가정환경 등의 이유로 교육을 받을 수 없는 학생들에게 교육이 가능하도록 최소한의 여건을 마련해 주는 것
3. 학생들이 자신의 역량을 발휘하며 주체적이고 자율적인 삶을 사는 데에 필요한 능력을 계발하기 위한 교육적 측면의 지원

속적인 진로 지원이 이루어져야 한다.

사실 가장 중요한 것은 학교 부적응 학생이 되기 이전에 도움을 주는 예방 방안을 모색하는 것이다. 그러나 이 과정은 교육과정과 수업 전반에 있어서 큰 변화가 필요하다. 학교 내에서도 교과 외 교육 활동으로 학생의 흥미와 개인 특성을 계발할 수 있도록 해야 한다. 가장 중요한 것은 일상적인 교과 교육 활동에서도 학생들의 특성을 고려한 수업이 이루어지도록 운영하는 것이다.

6. 날개를 펼칠 때

DAILY NEWS

교육부 장관, 드디어 직선제로 뽑는다

지난 16일 국회가 본회의를 열어 교육부 장관을 국민 직선제로 선출하여 임명하도록 하는 내용이 담긴 이른바 '교육부 장관 직선제법'을 통과시켰다. '교육부 장관 직선제법'은 지난 9월 한 매체가 XXX 교육부 장관이 임기 동안 시행한 정책들이 모두 탁상행정에 불과하다는 영상을 업로드한 것이 큰 화제가 되며 대두되었다. 이에 대한 국민의 공감대가 형성되면서 국회는 신속히 법안의 개정을 진행했다.

날짜 : **쉰두 살(교직 27년 차), 2054년 11월 17일**
날씨 : **구름이 걷히고 점차 맑아지는 가을 하늘**

오늘은 아주 의미 있는 날이다. 학창 시절부터 꿈꿔왔던 교육부 장관이 될 기회가 생긴 것이다. 벌써 교직에 오른 지도 23년 차, 교사가 되고 싶었지만, 이것은 진정한 교육부 장관이 되고자 하는 길이었다.

사실은 교육부 장관이라는 꿈을 은연중에 마음속에 묻어두었던 것 같다. 그동안 교사가 되어서도 교육청에서 정책과 관련하여 교사들이 참여할 때면 가장 먼저 지원하기도 했고, 그런 나를 눈여겨보셨는지 먼저 불러주시기도 했다. 나름대로 교사의 위치에서 정책과 관련한 일에 참여하고자 했지만, 그 현실의 벽은 너무 두꺼웠다. 몇 차례 두드려보았지만, 그럴 때마다 내가 깨부술 수 있을지 모른다는 희망은 작아지는 듯했다.

그러나 이제는 다르다. 교육부 장관은 교직 경력이 15년 이상 사람 중 각 시도 교육청에서 추천한 후보자를 등록하고, 국민이 직접 선출하도록 법이 개정된 것이다. 이 개정은 나에게는 꿈만 같은 기회이다. 내 나이 오십 줄에 들어서면서 많은 생각을 하게 되었다. 교사가 된 것이 후회되는 것은 전혀 아니었는데 뭔가를 놓치고 사는 기분이었다. 마음 한구석이 허전했다.

'나는 지금까지 무엇을 위해 살아왔던가?' 이 근본적인 질문을 나에게 던져보았다. 평생 교육부 장관을 꿈꿔왔지만, 가능성이 희박하니 스스로 꿈을 묻어왔던 것 같다. 이런 황금 같은 기회가 내게 왔는데, 막상 내 앞에 떨어지니 그 꿈을 마주하기 두려웠다. 만에 하나 교육부 장관이 된다면 뉴스에서만 보던 카메라 플래시가 터지는 곳에 내가 서 있게 될 것이다. 전 국민 앞에 선다고 생각하니 눈앞이 아찔했다.

내가 왜 이렇게 변한 걸까, 어릴 적 교육부 장관을 막 꿈꾸던 때의 일기장을 펼쳐 들었다. 이제는 색이 바래 누렇게 된 종이에 꾹꾹 눌러 쓰여 있는 내 귀여운 글씨를 읽어내려간다. 어쩌면 이리 무모했을까? 아무것도 모르던 어린 내가 이렇게 열정이 가득했다.

그래, 이런 기회가 언제 또 오겠어?

되든 안 되든 마음 먹었다. 그동안 교육청에서 각종 정책 관련 활동도 했으니, 나에게도 가능성은 충분히 있다. 교육 철학의 문제, 학교 밖 청소년들의 문제, 이외에도 교육 불평등, 사학비리, 교육과정 등 많은 문제가 있다. 내가 교육 현장에서 느꼈던 문제들을 이제는 해결할 때가 되었다. 겁도 나고 떨리는 결정이지만, 포기하고 돌아선다면 더 큰 후회를 할 것이 분명하다. 이 결심을 내일 가장 먼저 가족들에게 말해 보아야겠다. 언제 나처럼 나를 응원해 주겠지?

7. 마무리

"어떠셨나요?"

"제가 준비한 이야기는 여기까지입니다. 이렇게 많은 분 앞에서 이런 이야기를 하게 될 거라곤 생각도 못했는데 말이에요. 언젠가 꼭 이런 자리가 오면 하고 싶었던 이야기였는데, 막상 하고 나니 너무 부끄러워요. 쥐구멍이라도 없나요? 하하, 그만큼 진솔했다는 이야기입니다. 제 나이도 이제 곧 6학년인데, 나이가 들어도 진솔과 진심은 참 어렵습니다. 여전히 큰 용기가 필요합니다.

여러분이 들으신 이야기는, 저라는 사람 한 사람의 인생입니다. 들으신 것처럼 때로는 좌절도 하고, 남들보다 뒤처지기도 했습니다. 꿈에 대한 확신도 없었죠. 학창 시절은 상당히 방황하며 보냈어요.

그랬던 제가 뭘 믿고 감히 선생님이 되어야겠다고 생각할 수 있었을까요? 저는 저를 믿었습니다. 맞아요, 근거 없는 자신감이었죠. 근데, 그래서 뭐요? 그게 뭐가 어떤데요? 근거 없던 자신감일지라도, 계속 내세워보세요.

"나는 뭐든 할 수 있지, 나는 분명 이뤄낼 거야,"

하며 말이에요. 이렇게 되뇌다보면, 결국 나는 이걸 해내고 있습니다. 자신에게 자꾸 말하는 거예요. 혼자만 알지 말고 주변에도 자꾸 얘기하세요. 당장 옆에 있는 가족에게, 자주 보는 친구에게. 그렇게 얘기하다 보면, 이 근거 없던 자신감에 근거를 만들어주고 싶다는 마음이 듭니다. 사람 마음이라는 게 이래요.

그래서 만들어진 결과를 보세요. 제가 되었습니다. 그럼 이제는 자신 있게 말할 수 있는 거예요. 결국은 이게 저였어요. 저였던 거죠. 여러분도 당당하게 말하세요, 마치 원래 그렇게 되기로 했던 것처럼 말이에요!

그리고 후반에는, 당황하시는 분들도 많으셨을 거예요. 무겁기도 하고 쉽사리 할 수 있는 이야기는 분명 아닙니다. 그렇지만 말해야 했어요. 누구든 말이에요. 문제라는 건 덮어 놓는다고 해서는 절대 해결되지 않습니다. 흔히 말해 뿌리까지 뽑는다고 하잖아요? 그래야만 합니다. 새싹일 때 뽑지 않으면 문제는 점점 자랄 뿐이에요. 누군가 이것을 숨기려 꽁꽁 매듭지어 놓은 것을 풀어 그 속을 직면할 수 있는 용기, 기꺼이 삽을 들어 그것을 파낼 수 있는 용기를 가진 사람이 되어야 합니다. 그런 용기가 없다면, 최소한 우리 눈앞에 어떤 일들이 벌어지고 있는지 알아야 합니다. 문제를 찾아 나서는 자들이 있다는 것, 해결을 위해 삽을 드는 자들이 있다는 것을 아는 것만으로 충분합니다. 저의 길고 긴 이야기를 들어주셔서 감사합니다. 오늘 이 자리에 여러분들이 있었기에, 제 이야기가 의미 있을 수 있었어요. 감사합니다!"

받았던 것들을 나누기 위해

김기홍

2003년 대구에서 태어났다. 학창 시절 많은 방황 끝에 체육 교사를 꿈꾸며 어린 시절을 보냈다. 2030년, 꿈꾸던 교직 생활이 시작되었으며, 학창 시절 경험했던 선생님들의 따뜻한 말과 가르침을 바탕으로 자신이 만나는 학생들에게 긍정적인 영향력을 주겠다는 일념으로 현재까지 교직 생활을 이어나가고 있다. 남들처럼 자랑할 만큼 뛰어난 건 하나 없지만, 아이들과 지내오면서 아이들이 더 나은 사람으로 성장하도록 노력했던 일과 그 과정들을 이 책에 담기 위해 노력했다.

목차

좌충우돌 성장기

NEW DAY

축구의 또 다른 힘

가려졌던 꿈

나의 교사관

1. 좌충우돌 성장기

호기심에 시작한 정구

초등학교 2학년 때, 운동장 옆에 있는 코트에서 형들이 한 선생님과 라켓으로 공을 치며 운동을 하는 것을 보았다. 친구들과 학교를 마치고 운동장에서 놀 때마다 운동하는 형들을 보고 나도 같이 하고 싶다는 생각이 들었다. 이후 사람들을 통해 그 운동이 정구였다는 것을 알게 되었고, 나도 도전해 보아야겠다고 다짐했다.처음 운동을 배우던 날, 친구랑 라켓 잡는 법부터 스윙하는 방법, 공을 맞히히는 감각을 익히며 누가 더 멀리 치나 내기를 하기도 했다. 그렇게 친구와 호기심에 운동을 시작하게 되었다.

2년 가까이 운동을 열심히 하고 4학년이 끝났을 때, 겨울 동안 동계 훈련을 열심히 했다. 소년 체전은 보통 6학년 형들이 다 출전하지만, 선생님들께서 나는 후보 선수로 가능성이 있다고 해주셨고, 내게 기대를 많이 걸어주셨기 때문에 기대에 부응하기 위해 더 열심히 운동했던 것 같다. 그 후 소년 체전 선발전에서 나는 내 파트너와 4위를 했다. 1위에서 3위를 한 6명의 형들은 모두 선발 선수가 되었고, 나는 후보 선수가 되기 위한 조건을 충족해서 선발이 되기를 기다리기만 하면 됐다. 그러나 다른 학교 코치님께서 나는 전국 대회에 나가면 긴장해서 아무것도 못할 거라며 자기 학교 선수를 넣으셨다. 결국 소년 체전 선수 명단을 호명할 때 내 이름은 불리지 않았다. 우리 코치님은 다른 코치님들의 제자였기 때문에 아무것도 할 수 없었다. 나는 그런 결과를 어쩔 수 없이 받아들였지만, 6학년 때는 3등 안에 들어서 꼭 대구 대표가 될 거라고 다짐했다.

하지만 막상 선발전에서 떨어지고 나니까 운동에 싫증이 났다. 특히 체력운동을 할 때가 너무 힘들었는데, 도망가고 싶다는 생각을 진짜 많이 했다. 처음에는 그냥 받아들였지만, 생각해 보니 어차피 열심히 운동 해도 어른들이 멋대로 정할 건데 굳이 왜 해야 하는지 몰랐다. 이런 회의감과 반항심을 갖고 나는 핑계를 대며 친구들이랑 pc방에 갔다. 코치님은 내가 스스로 정신 차릴 때까지 몇 번 모른 체해 주셨지만, 나는 여전히 정신을 차리지 못했다. 하루하루 나태해질 뿐이었다. 이런 나를 바로잡기 위해 pc방에 직접 나를 찾으러 오시기도 하셨고, 정말 많이 맞기도 했다. 코치 선생님께서는 그런 결과가 있었다고 해서 방황하고 운동 포기하면 억울해서 어떡할 거냐고, 1년 뒤에 제대로 연습해서 당당하게 뽑혀야 하지 않겠냐고 나를 타일러 주셨다. 코치님 덕분에 나는 다시 운동에 집중할 수 있게 되었다.

다시 운동을 시작할 때, 내 파트너였던 친구가 운동을 그만두게 되어서 나는 파트너를 구해야 했다. 공교롭게도 다른 초등학교에 있던 친구도 나와 같은 처지였다. 나와는 다른 학교였지만 같은 조로 대회에 출전할 수 있었기 때문에 같이 소년체전 준비를 시작하게 되었다. 친구도 정구를 정말 잘했기 때문에 둘이서 준비하면 더 가능성이 높았다. 5학년 겨울방학 내내 그 친구와 만나서 대구의 팀이든 다른 지역의 팀이든 많은 경기를 하며 호흡을 맞췄고, 함께 연습을 하지 않는 날이면 코치님과 둘이서 훈련을 하며 경기 감각을 익혔다. 그렇게 열심히 겨울방학동안 소년체전을 꿈꾸면서 보냈고, 나는 6학년이 되었다.

하지만 소년체전 선발전 몇 달 전에, 청천벽력 같은 소식이 들려왔다. 다른 학교 선수들끼리 대회에 출전하는 것이 금지되었다는 소식이었다. 전례 없던 일이었기에 나와 선생님들은 모두 당황했다. 나는 또 소년체전에 나가지 못할까 봐 불안해했다. 어쩔 수 없이 나는 학교에 막 정구를 시작한 후배와 소년체전 선발전에 나가게 되었다. 그런 만큼 더욱 더 열심히 연습했다. 그러나 결과는 탈락이었다. 대구 대표로 소년 체전에 나갈 수 없다는 것이 자존심 상했고 부끄러웠다. 엄청난 허무함이 밀려왔다. 그런 결정을 한 어른들이 밉기까지 했다.

그 후 코치님을 도와 후배들을 가르치기 시작했다. 코치께서는 스윙부터 공을 치는 것까지 여러 동작 안에 들어 있는 섬세한 것도 열정적으로 알려주셨다. 나는 열심히 훈련한 내용을 후배들에게 가르쳐주었다. 이때 나를 잘 따르던 여동생과 함께 공을 치며 연습을 했던 것이 기억에 남는다. 내가 가르친 동작들을 조금 뒤에는 완벽에 가깝게 해내곤 했다. 어느새 나만큼 실력이 느는 모습을 보니 정말 신기하고, 뿌듯했다. 선생님들께서 우스갯소리로 내가 다 키웠다고 칭찬해 주셨는데, '가르치는 보람이 이런 거구나'를 처음으로 느꼈다.

남은 시간 동안 코치님과 아주 가깝게 지내면서 코치님과 이런저런 속 이야기도 나누었다. 힘들 때면 친구들과 만나 놀기도 하면서 소년 체전에 출전하지 못했던 복잡한 마음을 잘 극복해냈다. 그렇게 시간을 보내던 중, 중학교 원서를 쓸 시간이 다가왔다. 그러던 어느 날, 동촌중학교 코치님께서 나를 스카우트하기 위해 학교를 찾아오셨다. 그 당시 나는 지역 대회에서만 좋은 성적을 냈지, 전국 대회에서는 성적은커녕 예선에서 탈락했다. 이런 기억에 사로잡히기 시작하자, 나는 스스로 정구에 자신감이 많이 떨어져 있었다. 부모님도 적극적으로 진학을 반대하셨고, 나와 사이가 각별했던 교장 선생님까지 직접 나서서 반대하셨다. 그만두는 것이 맞겠다고 생각했고, 결국 운동을 접게 되었다. 나는 꿈과 목표가 없었다. 그렇기 때문에 어른들의 말씀 한 마디에 쉽게 흔들렸다. 그렇게 꿈 없는 내 초등학교 생활은 마무리됐다.

우연히 들어가게 된 관악부

그렇게 나는 중학생이 되었다. 입학하기 전 겨우내 문뜩 상실감에 힘들 때도 있었지만, 결국 시간이 해결해 줬고, 친구들과 함께 시간을 보내며 힘든 시간을 이겨냈다. 그렇게 새로 사귄 친구들과도 잘 지내며 점점 중학교 생활에 적응해나가고 있었다. 그러던 중 우연히 내가 체육교사가 아닌 음악교사가 될 수도 있었던 기회가 찾아왔다.

음악 시간이었다. 그날은 리코더 수행평가가 있던 날이다. 무사히 연주를 끝내고 자리로 돌아가 앉으려는 찰나에, 선생님께서 나를 부르셨다. 할 이야기가 있으니 수업 끝나고 잠시 남으라고 하셨다.

다른 친구들의 수행평가가 진행되는 동안, 나는 선생님께서 남으라고 하신 이유를 생각하며 불안에 떨어야 했다. 그런데 갑자기 선생님께서 내 입술 모양도 그렇고, 리코더 부는 것도 그렇고 관악부에 들어오면 딱 좋을 거 같다고 악기를 해보지 않겠냐고 하셨다. 나는 악기에 대해 아무것도 몰랐지만 호기심에 선생님께 하겠다고 말씀드렸다. 그렇게 리코더 덕에 우연히 악기와의 인연이 시작됐다.

그렇게 나는 튜바라는 악기를 불게 되었다. 튜바는 오케스트라에서 가장 저음 악기이고, 마우스피스를 사용한다. 관악부 활동이 처음에는 익숙지 않았지만, 어느새 악기의 매력에 빠져 활동을 즐기게 되었다. 모든 관악부원들의 노력 끝에 우리 학교는 2년 연속 전국에서 최우수상을 수상하며 전국에서 가장 유명한 학교 중 하나가 되었다.

그렇게 1, 2학년을 보내고 3학년이 되었다. 지금껏 잘 해온 것들을 망치고 싶지 않았기에 더 연습에 몰두했다. 대회 한 달 전 방학에는 매일 오전에 학교에 와서 대회 곡을 준비했다. 일주일은 다 같이 다른 지역에서 합숙하며 대회 연습을 했다. 마지막 해이기도 했고, 3학년 때는 이전과는 다르게 2개의 대회에 출전하였기 때문에 더욱 열심히 연습했다. 합숙 기간 동안 몸이 정말 피곤했지만 즐거웠다. 모든 관악부원들이 일주일 간 함께 동고동락하며 대회 출전 곡들을 완성해 갔다. 우리는 자연스럽게 서로를 의지했다. 피곤해하는 모습을 보이면 실없는 농담으로 웃겨주기도 했다. 선생님께서도 우리를 위해 떡볶이를 만들어 주시기도 했다. 숙소 바로 앞에는 산이 있었는데, 숙소 앞에서 친구들, 선생님들과 함께 걸으며 시원한 공기를 마실 수 있었다. 또 쉬는 시간에 숙소에서 친구들과 쉬고 있으면 선생님께서 오셔서 이런저런 재미있는 이야기도 많이 해주셨다. 점점 선생님과의 좋은 기억들이 많아지기 시작했다.

그렇게 대회날이 다가왔다. 무대에서 내려오며 우리는 후회없는 무대를 했다고 생각했다. 출전했던 두 대회에서 모두 최우수상을 수상했다.

그 해 11월에 콘서트 하우스에서 열리는 월드 오케스트라 시리즈에서 연주할 수 있는 좋은 기회를 얻게 되었다. 연주회 날, 공연 중에 선생님께서 관객들에게 우리 관악부에 대한 진솔한 이야기를 해주셨다. 선생님께서 우리를 어떻게 생각하시는지 직접적으로 들을 수 있었다. 그리고 그때 지금껏 몰랐었던 선생님의 관악부에 대한 진심 어린 애정을 알 수 있었고, 큰 감동을 받았다. 나에게 이 연주회는 가장 의미 있었던 연주회였기도 하지만, 음악 교사라는 꿈을 키우게 된 가장 결정적인 계기가 되었다.

그렇게 나는 '음악 선생님'이라는 꿈을 키우기 시작했다. 음악이라는 매개체로 학생들에게 돈으로 살 수 없는 경험을 만들어 줄 수 있다는 것이 얼마나 좋아 보였는지 모른다. 엄마와 선생님께 내 꿈에 대해 이야기했고, 전문적으로 악기를 배우기 시작했다. 교사라는 꿈을 가졌기 때문에 공부를 포기하지 않으려 학원과 연습실을 모두 다녔다. 그러다보니 점점 선생님과 틀어지기 시작했다. 학원 때문에 점점 레슨 선생님과 마찰이 생기기 시작했고, 점점 몸도 마음도 지쳐갔다. 주말이면 아침부터 밤까지 연습실에서 연습을 해야 했다. 왕복 1시간이 넘는 거리를 다니다보니 피로는 극에 달했다. 이런 결정을 한 내 실수였다. 공부와 악기 두 마리 토끼를 모두 잡는 것은 사실상 불가능했다. 튜바를 너무 우습게 봤던 것이다. 하지만 그만두기엔 너무 늦은 것 같았다. 악기 외에도 여러 곳에 사용한 돈이 천만 원 가까이 되어 부모님께 너무 죄송했기 때문이다. 그래서 나는 몇 달 동안 엄마에게 이런 이야기도 하지 못하고 속앓이만 했다. 요즘 힘든 거 없냐는 엄마의 질문에 나는 그동안 힘들었던 걸 모두 털어놨다. 엄마도 몇 달간 나를 지켜보시면서 힘들 거 같았다는 말씀을 하셨다. 오히려 내게 미안해하셔서 나는 도리어 더 죄송했다.

그렇게 음악과 공부 둘 중 하나를 선택해야 하는 시간이 왔고, 나는 오랜 고민 끝에 악기를 포기하게 됐다. 이것은 의지박약한 내 문제였다. 아무리 힘들었어도 내가 악기에 진심이었다면 끝까지 했을 것이다. 줏대 없는 내 자신이 미웠고, 부모님께 뭐라 드릴 말씀이 없었다. 그런 내 마음을 알아차리신 엄마는 좋은 경험 한 거라며 절대 신경 쓰지 않아도 된다고 해주셨다. 초등학교 땐 꿈이 없었고, 중학교 땐 꿈을 가졌지만 의지가 부족했다. 죄책감에 소중한 중학교 3학년 겨울을 허송세월로 보냈고, 나는 그렇게 고등학생이 되었다.

2. NEW DAY

안절부절했던 첫 시작

고등학교에 올라가고, 학기 초에 담당선생님과 상담을 했다. 장래희망에 대해 물으시는 선생님의 질문에, 나는 끝내 대답하지 못했다. 집에 와서 곰곰이 생각해 봤지만, 가슴이 답답했다. 결국 악기는 그만 뒀다. 이제 공부를 해야 하는데 나는 지난겨울에 공부도 안 했고, 목표도 없었다. 1학기가 끝나고 나올 내 성적이 두려웠고, 한참을 고민하던 찰나에, 초등학교 때 운동을 했던 경험이 떠올랐다. 아직 체육에 대한 미련도 있었고, 음악 교사는 아니지만 교사라는 생각에 체육 교사를 생각해 보았다. 마음을 다잡고 공부를 하려 영어학원도 등록했다. 지금 생각해 보면 뭐라도 하려는 모습을 계속 보여주려 애쓰는 모습이 참 웃기다.

그리고 안절부절하며 고등학교 생활을 시작한 나에게 좋은 친구가 생겼다. 우리 반에는 공부를 정말 열심히 하는 한 친구가 있었다. 그 친구가 공부하는 것을 보고 나도 동기 부여를 받아 열심히 하기 시작했고, 그 친구에게 모르는 부분도 정말 많이 배웠다. 수학 성적이 오르지 않자 친구가 다니는 수학 학원에 따라 등록해서 열심히 공부하기도 했고, 학교에서 하는 활동도 같이 참여했다. 서울에 커리어 로드맵을 다녀오기도 했고, 비록 벙어리처럼 거의 아무 말도 하지 못했지만 모의 유엔에도 참가했다.

그 후 2학기 배드민턴 수행평가 시간이 다가왔다. 지금까지 그 친구에게 받기만 했던 내가 친구를 도울 수 있는 시간이 찾아왔다. 배드민턴의 '배' 자도 모르는 친구에게 라켓 잡는 방법부터 스윙하는 방법까지, 정구를 가르쳐주었던 경험을 바탕으로 자세하게 다 알려주었다. 그 친구에게 고마웠던 것들이 너무 많았기에 정말 잘 가르쳐주고 싶었고 최선을 다해 가르쳐주었다. 노력이 무색하게도 친구는 10개 중에 2개를 성공해 좋은 점수를 받지 못했다. 비록 드라마틱한 변화는 없었을지라도, 하나도 하지 못했던 것에 비하면 나름 큰 성과였다.

체육교교사라는 목표를 세운 것이 1년 동안 고등학교 생활을 하며 뚜렷해졌다. 점점 체육교사에 대한 꿈이 커졌고, 진정한 목표가 생겼다. 처음에는 부모님께 '꿈 없는 자식'이라는 실망감을 주기 싫어서 도망치듯 목표를 세웠지만, 1년 동안 '가르치는 과정'을 통해 사람이 얼마나 긍정적으로 변할 수 있는지 깨달았다. (이 과정 속에는 초등학교 중학교를 다니며 겪어온 경험과, 고등학교 1학년 담임 선생님과 체육 선생님, 한국사 선생님 등 많은 선생님들의 노고가 포함되어 있었다.) 그리고 꿈을 이루기 위해 진심으로 노력하기 시작했다. 그렇게 다시는 오지 못할 1학년 생활을 행복하게 마무리했다.

힘들었던 2학년

코로나19로 인해 힘들었던 2학년 1학기에는 초심을 잃지 않고 열심히 공부했다. 전교에서 손가락 안에 드는 좋은 성적은 아니었지만 나름대로 나쁘지 않은 등급을 얻었다. 하지만 가을이 될 때부터 공부가 도저히 손에 잡히지 않았고, 결국 2학기 성적은 폭락했다. 내 정신은 걷잡을 수 없이 해이해졌다. 현저히 떨어진 중간고사 성적은 나를 더 무기력하게 만들었다. 시험지를 매기는 것조차 두려웠다.

동기부여 덩어리, 자서전

힘든 와중에 생기부에 조금이라도 도움이 되지 않을까 했던 자서전 책 쓰기 프로젝트가 또 나를 변화시켰다. 사실 대충 하고 치우려 했다. 하지만 선생님과 아이들의 마음을 알아보고 이야기를 나누는 과정에서 진솔한 내 속마음을 털어놨다.

“기홍아, 넌 일단 자신감부터 가져야 한다. 항상 할 수 있다고 생각해. 안 되면 방에다 ‘난 할 수 있다’ 써서 붙여.”

내게 해주셨던 이런 모든 말씀들이 한 학기 동안 상처받고 힘들었던 내가 다시 일어설 수 있도록 도와주었다. 이때부터 ‘아, 이 활동 대충해서 될 게 아니구나’ 생각했다. 하지만 책과는 거리가 멀었던 나는 출판 계획서를 작성하는 것부터 허덕였고, 자서전을 작성하는 내내 시간과의 사투를 벌였다. 그래도 억지로 꾸역꾸역 친구들 뒤를 보며 따라갔고, 마침내 자서전을 완성해냈다. 가장 완성도가 낮고 허점도 많은 내 글이었지만, 이 프로젝트 덕분에 나는 내 목표에 대한 확신을 가질 수 있었다. 초등학교 중학교 시절 경험했던 좋은 선생님들의 따뜻한 말과 가르침이 내가 원하는 교사의 모습을 찾는 데 많은 도움이 되었다. 또 자서전을 통해 교사로서의 사명감과 책임감을 깊이 있게 이해할 수 있었다. 많은 것들을 얻고 난 뒤, 난 비로소 2학기 동안 겪었던 어려움을 극복하고 학업에 정진할 수 있었다. 겨울 방학 동안 체대 입시학원에서 열심히 운동해서 몸을 끌어올렸고, 인터넷 강의로 열심히 공부해서 3학년 준비를 탄탄하게 마쳤다. 3학년에 올라가서도 힘들 때가 있으면 자서전을 쓰며 내가 변화했던 걸 생각하며 버텼고, 그렇게 나는 좋은 성적을 받을 수 있었다. 1학기가 끝나고, 본격적으

함께

선생님 되길 잘 했어

교직 2년차에 있었던 일이다. 임용고시를 통과했을 때 세웠던 목표를 이뤘던 날이라 더더욱 기억에 남는다. 내가 세웠던 교사로서의 목표는 아이들과 동네 형처럼 친근한 선생님으로서 재밌게 수업하는 것과, 체육을 싫어하는 아이들이 나와의 수업을 통해 체육수업에 대한 인식을 바꿀 수 있는 계기를 마련해주는 것이었다.

나의 목표를 이룬 이야기를 해보자면, 우선 나는 운동 중에 특히 축구를 좋아해서, 학창시절 때부터 꾸준히 축구를 즐겨왔다. 교사가 되어서도 학교 축구부 아이들과 일주일에 두 세 번씩 축구를 하곤 하는데, 그 날이 축구를 하는 날이었다. 처음 축구를 같이 할 때는 아이들과의 관계가 많이 어색해서 아이들이 내게 몸싸움도 자주 걸지 못했고, 소극적으로 경기해 팀워크도 잘 맞지 않았다. 하지만 일주일에 두 세 번씩 같이 운동하고, 내가 먼저 다가가니까 아이들도 점점 나와 가까워지는 것 같은 느낌이 들었고, 점점 나에게 몸싸움도 들어왔고, 전보다 더 적극적으로 경기를 하게 되었다. 경기력도 전보다 더 좋아진 것 같다는 생각이 분명하게 들었다. 운동을 모두 마친 뒤에는 아이들이 내게 장난도 많이 치고, 집에 곧바로 가지 않고 나와 학교에서 더 놀고 싶어 했던 기억이 어렴풋이 난다.

로 수시를 준비하기 시작했다. 체대입시학원에서 죽을 만큼 열심히 운동했고, 결국 난 원하던 체육교육과에 합격했다.

익숙하지만 새로운 누군가를 만나는 일
(폴킴 'New Day' 중)

대학교 캠퍼스에 처음 발을 내딛던 날, 현장체험학습으로 대학교 캠퍼스를 밟던 기분과는 전혀 달랐다. 어색했고, 신기했다. 남들이 하는 것처럼 친구들과 PC방에서 강의를 신청하기 위해 기다리기도 했고, 아르바이트를 열심히 해 노트북도 사며 다가올 대학 생활을 준비하기도 했다. 비록 내가 원한 시간표는 아니었지만, 그래도 뭐 어때! 대학 생활을 하며 나름대로 학점도 열심히 땄고, 조별과제에서도 가끔씩 큰 활약을 해 뿌듯했다. 동아리 시간에 축구도 열심히 해서 실력을 많이 늘렸고, 친구들과 맛집도 자주 먹으러 다녔다. 그러면서 다른 과 친구들과도 많이 친해졌고, 점점 발을 넓혀갔다.

그리고 학교 활동에도 많이 참여했는데, 특히 기억에 남는 활동은 멘토멘티 활동이었다. 나는 체육교육과 진학을 꿈꾸는 고등학생의 멘토가 되어줄 수 있는 프로그램에 참가했다. 내가 고등학교 2학년이었을 때, 체육교육과에 재학 중인 형에게 3개월간 멘토를 받으며 자기 주도 학습에 많은 도움을 받았다. 실제로 만나 운동을 배우기도 했다. 이제 내가 그런 멘토가 된다고 생각하니 웃음이 절로 났고, 신기하기도 했다. 내 능력이 되는 한 입시에 관련된 부분에서 최선을 다해서 도움을 줬고, 그 아이가 점점 성장하는 모습을 보며 나도 행복했다. 운동도 자주 알려줬고, 그러면서 자연스럽게 체육 수업 연습도 됐다. 이런 행복한 대학 생활 속에서 새로운 사람들도 많이 사귀게 되었다. 매일매일이 설레고 좋았다.

이뤄질 거라 믿으면 언젠간 꼭 오겠지

(폴킴 'New Day' 중)

학업과 운동을 병행하며 점점 교사라는 목표에 가까워지고 있었다. 하지만 주변 반응은 냉정했다.

"교사 뽑기는 뽑나? 올해도 출산율 역대 최저라던데…."

"임용 치는 사람이 그렇게 많은데 되겠나? 지금이라도 체육교사 포기하고 다른 길로 가는 게 낫지 않겠나?"

"배울 때랑 가르칠 때랑 다른 거 알제?"

나도 알고 있었다. 미웠다. 열심히 하려는 의지가 팍팍 꺾였다. 그렇게 시간이 지나면서 점점 현실적인 벽에 부딪혔다. 하지만 그때는 아직 임용에 도전해 보지도 않은 상태였다. 의지박약했던 지난날들이 떠올랐고, 도전해 보지도 않고 이대로 또 포기하는 내 모습을 생각해 보니 한심했다.

어쨌든 도전은 해봐야 하지 않겠는가. 그래서 난 마음을 단단히 먹었다. 상처 주는 말들은 결국 나를 더 단단하게 만들어 줄 거라고 생각했다. 더 힘을 내려고 노력했고, 임용고시 준비를 시작했다. 꼭 붙어서 내가 할 수 있다는 걸 증명하고 싶었다.

임용고시를 친 뒤, 결과가 나오는 날 친구와 함께 결과를 확인했다. 1차는 잘 했지만 2차 수업 실연에서 몇 번 절어서 너무 불안했다. 하지만 대박이다. 둘 다 붙었다. 드디어 내가 해냈다. 서로 부둥켜안고 기뻐했다. 서로 재수하지 말고 합격하자고, 재수 없는 놈들이 되자고 했는데 성공했다. 바로 부모님께 전화드렸다.

"잘했다, 울 아들 수고했어."

항상 무덤덤한 척하면서 속으로는 정말 기뻐하는 엄마는 평소와 비슷한 말투로 축하해 주셨다.

"아들 정말 고생 많았다. 홍아 아빤 니가 너무 자랑스럽다. 김기홍이^^"

좋은 소식을 들려드리면 기쁨을 주체하지 못하는 아빠는 이번에도 너무 좋아하셨고, 나도 행복했다.

그리고 내게 체육 교사 포기하라고, 되기 힘들 거라고 했던 사람들에게 당당하게 합격 소식을 알렸다. 그리고 친구들과 신나게 축하 파티를 했다. 어릴 때부터 친했던 친구들이 진심으로 나를 축하해줬고, 덕분에 교사가 될 수 있었다고 말했다. 친구들이 내게 학생들에게는 이상한 애드립 좀 그만 하라고 했다. 난 재밌는데…

합격한 날 밤 집에 돌아와 누워서 지금까지 학교 생활하며 지냈던 모든 사람들에게 받았던 좋은 경험들과 기억들을 떠올려봤다. 내가 앞으로 만나게 될 아이들에게 그것보다 백 배 천 배는 좋은 기억 남겨줄 거라고 다짐하며 잠을 설쳤다.

3. 축구의 또 다른 힘

그렇게 시간이 훌쩍 지났고, 어느덧 교직에 몸담은 지 5년이라는 시간이 흘렀다. 교사로써 보낸 5년이라는 현실과는 동떨어진 업무와 빠듯한 일정 때문에 수업 준비에 차질이 생기기도 했지만, 아이들의 얼굴을 생각하며 하루하루 최선을 다했다. 5년 중 가장 기억에 남는 한 가지 일화를 소개하려 한다.

당시 나는 중학교 1학년 담임을 맡고 있었다. 뭘 하든 항상 소외되는 남학생이 한 명 있어서 반 아이들과 잘 어울리게 도와주고자 이런저런 고민이 많았다. 조바심에 상담도 몇 번 해봤는데, 소심한 성격 때문에 어디에도 잘 끼지 못하고 항상 소외되는 것 같았다. 이 아이를 반 친구들과 잘 어울리게 도우려면 어떻게 해야 할지 고민하던 중에 4달 후에 있을 반 대항전 결승이 떠올랐다. 반 대항전의 종목은 축구였다. 우리 반에는 축구부가 몇 명 있었지만, 우승하기엔 전력이 부족해 보였다. 여기서 이 아이가 반 친구들과 같이 경기해서 우승하는 데 도움을 준다면 분명 다른 친구들과 가까워질 것이고, 자신감을 회복하는 데에도 많은 도움이 될 거라는 생각이 들었다. 그래서 방과후에 그 아이를 불러 운동에 관한 몇 가지 질문을 했다.

"혹시, 운동 좋아하나?"

"아니요."
"그럼 주말에 쌤이랑 같이 연습할래?"
"……."

소심하고 소극적인 모습을 보여왔던 아이라 운동에 크게 관심이 없는 듯했고, 운동장에 나가기를 거부했다. 하지만 나는 같이 운동하면서 아이의 성격을 바꿔주고, 친구들이랑 같이 어울릴 수 있도록 도와주고 싶었다.

부모님께 연락을 드려 상황을 설명드렸고, 아이와 이야기해서 매주 토요일 아침에 학교 운동장에서 만나기로 약속했다. 매 주 아이에게 공 차기 숙제를 내주었고, 그렇게 말하니까 더 열심히 하려고 하는 게 보였다. 더 친해지고 싶어서 가끔 장난도 걸었는데, 생각보다 은근 장난도 잘 쳐서 긍정적인 변화가 있을 것 같다는 예감이 들었다. 처음 한 달은 기본기 훈련을 했다. 리프팅만 계속 연습시켰다. 아이의 얼굴에는 '아 왜 한다고 했지' 라는 표정이 나타났고, 실제로도 엄청 지겨워했지만, 나는 기본기가 가장 중요하다고 생각했기 때문에 어쩔 수 없이 기본기 연습을 정말 많이 시켰다. 나도 엄청 미안했다.

"겁나 재미없제…. 나도 재밌는 거 같이 연습하고 싶은데 이거만 잘해놓으면 드리블이랑 슈팅은 누워서도 할 수 있을걸. 그럼 반 대항전 할 때 니는 이제 손흥민 되는 거야. 재미없어도 좀만 참고 해보자!!"
하며 아이에게 동기를 계속해서 부여해줬다. 밥도 많이 사주며 친해진 후에는 개인적인 내 이야기도 많이 해줬다. 이 아이도 내가 원하는 그런 기억을 가졌으면 좋겠다는 바람이 있었다.

시간이 지날수록 엄청나게 빠르게는 성장하지 못했지만, 기본기는 거의 마스터했고, 그 다음 단계에서는 내가 말한 대로 누워서도 할 수 있었다. 그렇게 점점 드리블, 패스, 슈팅까지 나와 함께 많은 부분을 연습했다. 아이가 열심히 하는 모습에 나도 힘입어 '어떻게 쉽고 재밌게 잘 가르쳐 줄 수 있을까?' 하며 축구 공부도 많이 했고, 나도 교사로서 많이 성장할 수 있었다. 주말에 자기 할 일도 있을 텐데 내 부탁을 한 번도 빠짐없이 들어줘서 너무 고마웠다.

두 달쯤 지날 무렵, 점점 말문이 트이더니 어느샌가 그 아이는 반 분위기 메이커가 되었다. 점점 더 밝아진 모습으로 연습을 주도하는 모습을 보니 매주 훈련을 시킨 보람이 있었다.

마침내 반 대항전이 다가왔고, 그전에 나는 약속대로 축구화를 선물했다. 그리고 이렇게 말했다.

"쌤이 처음에 무리한 부탁했는데 잘 따라 와줘서 고맙고, 쌤도 너한테 많이 배웠다. 오늘 하는 거 잘 볼 거다. 배운 거 제대로 못 써먹으면 축구화 반납. 내가 신는다~"

아이는 웃으며 알겠다고 답했다. 예전 같았으면 내가 던지는 농담에 진지한 표정으로 놀라며 당황했는데 이렇게 웃는 모습만 봐도 변화된 게 보여서 너무 뿌듯했다. 경기는 식은 죽 먹기였다. 공 차기조차 거부하던 그 아이는 2골 1어시스트를 했고, 3 대 0으로 완승했다. 아이들의 칭찬이 쏟아졌고 뿌듯해하는 게 보였다. 이 모든 과정들을 지켜본 나는 너무 감동적이었고, 잘난 것 없는 내가 한 학생을 변화시켰다는 사실이 믿기지 않았다.

4. 가려졌던 꿈

세 번째 학교에서의 일이었다. 나는 중학교에서 고등학교로 오게 되었고 학생부를 맡게 되었다. 학생부 선생님은 사소한 실수도 용납하지 않고 벌점을 주거나 지적하면서 넘어가야 하는데 나는 아이들과 사소한 그런 것 따위로 딱딱한 분위기를 잡아야 하는 게 싫어서 어지간하면 교칙을 약간 어겨도 몰래 봐주고 그랬다.

그런데 한 학생이 있었다. 그 아이는 항상 사복에 오토바이를 타고 다녔고, 지나갈 때마다 담배 냄새가 독하게 났다. 교실에서는 항상 자거나, 깨어 있어도 수업에 전혀 참여하지 않았고, 선생님께 대든 적도 많았다. 그래서 대부분의 선생님들은 그 아이를 포기했고, 교실에서는 그 아이에게 모두가 어떠한 관심도 주지 않았다.

나는 교사의 내버려 두는 행동이 그 학생이 변화할 기회를 없애는 것이라고 생각했다. 이미 지금까지 해왔던 행동이 있고, 주변 사람들의 인식이 있기 때문에 분명 변하기에 어려움이 있을 것이다. 나는 그 상황 속에서 변화를 도울 수 있는 사람이 교사라고 생각하기 때문에 교사가 학생을 방치하는 것은 학생이 변화할 기회를 없애는 것이라고 생각했다. 다른 선생님들께서 그 기회를 없애고 있었기 때문에 내가 돕고 싶다는 생각을 했다. 나는 다행히도 그 반에 진로 수업을 맡고 있었고, 그 아이와 이야기를 나누고자 했다. 하지만 그전에 먼저 친해지기로 했다. 일부러 수업 시간에 재미있는 입담으로 분위기를 엄청 띄우기도 했고, 은근히 그 아이에게 말을 많이 걸기도 했다. 그러면서 대충 아이의 성격을 파악했고, 그러다 우연히 이야기할 기회가 생겨서 몇 번 이야기를 하게 되었다. 이야기를 나눌수록 본래 나쁜 아이가 아니라는 것을 깨닫게 되었다. 원래 경찰을 꿈꿨지만, 중학교 때 만난 친구 때문에 공부와는 멀어졌고, 지금까지 이렇게 잘못된 길로 빠졌다고 했다. 변하려는 노력도 몇 번 해봤지만, 선생님과 친구들에게 한 번 잘못 보인 이후로 양아치로 낙인찍혀 자신도 모르게 나는 그 아이를 변화 시켜주기로 다짐했다.

"쌤이 도와줄테니까 공부 해볼래?"

"쌤이 도와줄 수 있어요?"

"당연하지!"

"해볼게요."

"끝까지 잘 따라와 줘야 해 그럼."

"네."

그렇게 이야기를 마치고 난 후 아이와 수업하는 모든 교과목 선생님께 상황을 말씀드렸고, 아이가 다시 시작할 수 있게 적극적으로 도와달라고 부탁드렸다. 그리고 난 그 아이를 어떻게 도울지 고민했다. 고등학교 1학년 때 담임선생님께서 항상 대입에 대해 무지했던 우리 반 아이들에게 대입에 관한 이야기를 해주시고, 동기부여를 끝까지 열심히 해주셨던 기억이 난다. 그게 내게 정말 도움이 됐었는데, 마침 이 아이도 대입에 대해 무지했고, 공부를 이제 막 시작했기 때문에 그 선생님께서 사용하신 방법을 따라서 사용했다. 그리고 경찰 공무원을 준비하기 위해서는 체력이 필수라는 것을 알았기 때문에 지금부터 미리 체력 운동도 하고, 그 아이와 친해질 겸 주말 아침마다 운동을 함께 하자고 불렀다.

"니 도둑 잡으려면 겁나 빨리 뛰어야 되잖아. 쌤이랑 토요일 아침마다 강둑 뛰러 안 갈래?"

“갑자기요?”

“어. 뛰러 가자. 체력 늘려야지.”

반강제로 약속을 잡았다. 매주 일요일 아침마다 만나서 운동하기로 했고, 약속대로 잘 나와 줬다. 그런 모습이 대견하고 고마워서 항상 운동하고 나서는 고기를 먹으러 갔다. 점점 더 가까워졌을 때,

“쌤은 왜 갑자기 저한테 잘해 주세요?”라고 물었다.

“뭐가?”

“보통 선생님들은 이 정도까지 하지는 않잖아요”

“그런 쌤들도 있긴 한데, 내가 학교 다닐 땐 나를 진심으로 대해 주시고 신경 써주신 쌤들이 진짜 많았거든. 나도 그런 역할 하고 싶더라.”

무슨 영화에 나오는 대사처럼 말했다. 말하고 나서 엄청 부끄럽긴 했지만 내 진심이었기 때문에 그 아이랑 더 가까워졌다고 생각했다. 또 이 말을 했기 때문에 책임지고 끝까지 좋은 경험을 남겨줘야겠다고 다짐했다. 운동 외에도 공부하는 데 도움을 많이 주었다. 멘토 선생님을 구해 주기도 했고, 선생님들이 사용하시고 남은 문제집들을 챙겨주기도 했다. 다행히도 나를 믿고 열심히 따라와 줬고, 경찰행정학과에 합격해서 당당하게 밥 사달라고 찾아왔다. 그리고 몇 년 후에는 경찰이 되어서 찾아왔다.

“가끔 쌤 같은 사람 없었다면… 이렇게 혼자 생각해 보거든요? 그럴 때마다 와 진짜… 너무 감사합니다 선생님.”

내 목표를 이뤘다. 나도 내가 받은 소중한 것들을 나눴다. 더 이상 바랄 게 없었고, 이런 게 교사이구나 싶었다. 같이 성장했던 예전 기억들이 떠

올랐고, 가슴이 벅차오르며 울컥하기도 하고, 아빠 미소가 지어지기도 했다. 참 고마웠다. 내 노력이 무색하지 않게 해줬으니. 점점 늙어가며 예전 같지 않은 몸과 체력에 수업하는 데 지장이 많이 생겼던 때에 만났던 그 아이는 내게 에너자이저 역할을 했고, 교직을 은퇴하는 그날까지 초심을 잃지 말자는 다짐을 다시 한번 하게 해줬다.

5. 나의 교사관

나는 학생들에게 '기억에 남는 교사'가 되고 싶었다. 기억에 남는 교사라니. 아이들에게 맛있는 것을 많이 사주는 교사도 기억에 남고, 아이들을 많이 때리는 교사도 기억에 남는다. 심지어 아이들에게 심한 상처를 줘도 그 교사는 아이의 기억 속에 남는다. 당연히 그런 교사의 모습을 말하는 것이 아니다. 체육을 통해서, 아니 꼭 체육이 아니더라도 아이들의 앞으로 다가올 인생에 내가 긍정적인 영향을 끼칠 수 있는 교사가 되고 싶었다. 나를 통해 성장할 기회를 얻을 수 있고, 후에 자신이 원하는 삶을 꾸려나갈 때 도움이 되어 주며, 나중에 자신의 삶을 되돌아봤을 때 '아 그때 그 쌤이 내 인생에 진짜 많은 도움이 됐었지' 하며 내 모습이 떠오를 수 있는 그런 교사 말이다.

임용고시 면접 때

"왜 굳이 체육 교사가 되고 싶어요?"

라는 질문이 있었다.

나는 앉아서 공부하며 배울 수 있는 수많은 지식과 정보도 정말 중요하지만, 직접 몸으로 부딪히면서 배울 수 있는 부분도 정말 중요하다고 생각하고, 내가 그런 중요한 부분을 책임감과 사명감을 가지고 가르치고 싶다고 했다. 또 그러한 과정을 통해 학생들이 건강한 신체를 가질 수 있도록 돕는 것뿐만 아니라 모든 방면에서 학생들에게 긍정적인 영향력을 주는 사람이 되고 싶은 게 체육교사가 되고 싶었던 이유라고 말했다. 나는 면접 때 했던 이 말을 모토로 삼았고, 이 말을 지키기 위해 교직 생활 내내 최선을 다했다.

'어떻게 하면 모든 학생들이 체육시간에 의욕을 가지고 수업에 임하도록 도울 수 있을까?'

'체육이라는 매개체를 통해 어떻게 아이들을 긍정적으로 성장시킬 수 있을까?'

'이 활동을 통해 내가 아이들에게 알려주고 싶은 메시지를 어떻게 전달할까?'

'입시 경쟁에 지쳐있는 아이들에게 경쟁 영역을 가르치면 역효과가 나지 않을까?'

항상 신중하게 고민하고 또 고민했다. 그렇게 고민하면서 성장할 아이들의 모습을 보며 행복해했다. 하지만 그만큼 고됐다. 수업 때 아이들에게 해줄 한 마디 한 마디를 섬세하게 고민하다가 밤을 새운 적도 있고, 다음 학기에 수업하게 될 운동을 방학 내내 열심히 연습하다 부상을 당해 시범을 제대로 보여주지 못한 때도 있었다. 또 내가 원하는 대로 수업이 되지 않아 답답했던 적도 있다. 1주일에 할당된 수업 시간이 적어서 내가 알려주고 싶었던 것들을 다 알려주지 못했을 때나, 아무리 수업 준비를 철저히 해도 아이들이 수업에 열의를 가지지 못했을 때, 여태껏 준비한 게 물거품이 된 것 같다는 생각에 다 포기하고 수업 시간마다 공만 던져주고 알아서 놀게 내버려 두고 싶다는 생각이 든 때도 있었다. 그럴 때마다 변했다는 생각에 반성했고, 처음에 세웠던 모토를 떠올렸다. 상황에 맞는 수업 방식을 다시 고려했고, 항상 나의 최선을 다했다. 그런 노력들을 통해 지난 교직 생활 동안 나는 학생들에게 긍정적인 영향력을 많이 끼칠 수 있었고, 그 아이들이 사회에 나가서도 나와 만든 좋은 경험들을 통해 바람직한 사회인으로 성장하도록 도울 수 있었다. 졸업한 몇 명의 아이들의 주례

요청과 사회의 냉정한 현실에 허덕이며 힘들어할 때마다 내게 연락해 조언을 구하는 아이들을 생각해 보면 내 수업이 그렇게 나쁜 수업은 아니었다고 생각한다. 끝까지 나와 함께 성장하며 좋은 결과를 얻은 학생들이 너무 기특하고 고맙다.

교직 생활도 어느덧 10년이 채 남지 않은 지금, 지금껏 교사 생활을 하며 교육 정책에 관한 부분이나 입시 제도로 인해 힘들었던 체육 수업들에 대한 정보를 수집해 놨다. 예를 들면 업무량이다. 다른 교과 선생님들도 공감할 것이다. 수업하기도 바쁜데 밀린 업무까지 있으면 몸도 마음도 너무 지친다. 이런 것들을 최초의 교사 출신 교육부 장관인 내 친구 유미에게 전달할 계획이다. 보잘 것 없는 한 낱 대한민국의 체육교사의 의견이 잘 전달될지는 모르겠지만 좋게 검토해 줬으면 좋겠다. 이를 통해 미래에는 나보다 더 훌륭한 교사들이 더 좋은 교육 환경에서 더 훌륭한 인재들을 많이 배출했으면 좋겠다. 입시제도 속에 가려진 체육 교육의 숨겨진 잠재력과 가능성들을 모두 되찾아줄 미래의 멋진 체육 교사들의 출현을 바라며 나의 자서전은 여기서 마무리짓겠다.

후기

책과는 전혀 친하지 않던 나에게 이 활동은 절대 쉽지 않았다. 처음 출판 계획서를 작성할 때나, 친구들의 글을 서로 읽어보며 피드백을 해줄 때 자신감이 뚝뚝 떨어졌다. 다른 친구들은 흠잡을 부분 없이 잘 써왔지만 나는 항상 거의 새로 써야 할 정도로 피드백을 많이 받았기 때문이다. 과연 내가 끝까지 따라갈 수 있을지에 대한 의문이 계속해서 들었다. 그렇지만 친구들과 김은숙 선생님의 도움으로 포기하지 않고 따라갈 수 있었다. 자기의 글에 집중하는 데도 시간이 분명 부족할 텐데 친구들은 나의 글을 꼼꼼하게 읽어줬고, 수정해야 하는 부분을 자세하게 지적해줬다. 김은숙 선생님께서는 처음 시작할 때 자신감을 가지라며 용기를 북돋워주셨고, 학교에 책 쓰러 갈 때마다

"오~ 기홍이 포기할 줄 알았는데 아니네? 좋았어~"

하며 장난으로 말씀해주셨는데, 그 말씀에 끝까지 하는 모습을 보여드리겠다는 오기가 약간 생긴 것 같다. 책을 쓰며 밤을 새기도 했고, 아침 일찍부터 학교에 나와서 오후 늦게 하교할 때까지 친구들과 똘똘 뭉쳐서 책을 완성해 나갔다. 비록 가장 완성도가 낮고 여전히 부족한 부분이 많은 내 글이지만 마침내 책을 낼 수 있어서 너무 뜻깊다. 고등학교 3학년이 되는 나에게 있어 이 책은 큰 힘이 되어줄 것 같다. 먼 훗날 내가 바라던 나

의 모습을 떠올려보며 여러 감정들을 느껴본 나는 학업에 더 정진할 수 있을 것만 같다. 3학년 생활뿐만 아니라 사회에 나가서도 이 책은 내게 분명 큰 동기를 부여해줄 것이다. 포기했으면 큰일 날 뻔했다. 친구들, 선생님 모두 정말 감사합니다!

그렇게 그들은 별이 되었다

: 별을 노래하는 마음으로

모든 죽어가는 것을 사랑해야지

송인경

학창 시절, 한 한국사 선생님에게 빠져 '역사 교사'라는 꿈을 꾸게 되었고, 그렇게 역사 교사가 되었다.

사람을 만나 이야기하는 것을 좋아한다. 역사를 통해, 그리고 수업을 통해 역사 속 인물들의 생애를 기억하고 이를 통해 학생들이 삶의 방향을 찾을 수 있도록 도움을 주는 삶을 살아가고 있다.

사람과 사람 사이, 그리고 과거와 현재 사이에서 그 둘을 이어주는 역할을 하며 누군가의 이야기를 전해주고 있다.

따뜻하고 다정한 마음들을 좋아한다. 이름 모를 누군가의 선의, 배려, 감사, 존중과 같은 따뜻한 마음들 덕분에 하루하루를 행복하게 살아가고 있다.

누군가에게 희망을 안겨주고, 누군가의 희망이 되기 위해 오늘도 노력한다.

목차

작가의 말

한 학생의 질문으로부터

한 번의 젊음, 어떻게 살 것인가

그럼에도 불구하고

최고의 배움은 가르침이다!

그리고 우리들의 이야기는

작가의 말

죽는 날까지 하늘을 우러러
한 점 부끄럼이 없기를,
잎새에 이는 바람에도
나는 괴로워했다.
별을 노래하는 마음으로
모든 죽어가는 것을 사랑해야지.
그리고 나한테 주어진 길을
걸어가야겠다.
오늘 밤에도 별이 바람에 스치운다.

다들 이 시를 알고 계시나요? 워낙 유명한 시라 다들 알고 계실 텐데요. 바로 윤동주 시인의 〈서시〉입니다.

저는 이 시처럼 밤하늘의 별이 되신 모든 분들의 마음으로 죽어가는 이 세상을 사랑하려 합니다. 누군가는 자신의 가족을 지키기 위해, 누군가는 자신의 신념을 지키기 위해, 그리고 누군가는 미래의 후손들을 위하여 목숨을 바쳐 이 나라를 지켜 냈습니다. 그리고 그들은 반짝이는 별이 되었답니다.

하지만 시간이 지날수록 그 별들은 점점 희미해져만 가고 있습니다. 어느 누구도 먼저 별들을 기억하려고도, 지키려 하지도 않기 때문이죠. 저는 그 점이 참 마음 아팠습니다. 그리고 이내 결심하게 되었습니다.

"별들의 이야기를 많은 사람들에게 전해 주어야지. 그리고 그 별들을 기억할 수 있게 도와주어야지."

그렇게 저는 별들의 이야기를 전해 주는 역사 교사가 되었습니다. 한 사람이라도 더 그들을 기억할 수 있게, 그리고 그들을 잊지 않고 기억하며 살아갈 수 있기를 하루하루 바랄 뿐입니다.

저는 사람을 만나 이야기하는 것을 정말 좋아하는데요. 사람을 만남으로써 그 사람의 생각과 가치관, 그리고 그들의 지난 삶에 대해 알아가는 것을 좋아하기 때문입니다. 결국 역사도 여러 사람들의 이야기입니다. 그래서 저는 그들의 생각과 가치관을 현대에 전해 주어 더 나은 미래를 꿈꿀 수 있도록 도와주는 역사 교사가 되었습니다.

제게 역사라는 깨달음을 알려주시고 역사 교사의 꿈을 가질 수 있도록 도와주신 윤혜영 선생님, 자서전 쓰기라는 좋은 기회를 주신 김은숙 선생님, 이 책을 내는 과정에서 많은 조언을 해준 자서전 쓰기 친구들과 상훈이와 도은이, 그리고 제가 지금 이 곳에 있을 수 있도록 해주신 역사 속 모든 분들께 감사의 인사를 전하며, 지금부터 제 이야기를 시작해 보겠습니다.

2021년 1월, 겨울 안에서

한 학생의 질문으로부터

"선생님! 선생님은 왜 역사 교사가 되셨어요?"

교직 생활 23년 차, 같이 수업을 하는 한 학생의 질문으로부터 이 이야기는 시작된다. 어느 순간부터 '역사 교사'라는 것을 맹목적으로 쫓기 바빠 스스로에게 '왜?'라는 질문은 던지지 않았단 것을 새삼스레 깨닫게 되었다.

"그러게(웃음), 선생님은 왜 역사 교사가 되고 싶어했을까? 그건 숙제다 해오면 다음 시간에 말해줄게~ 듣고 싶은 사람은 숙제 꼭 해오기다? 다음 시간에 보자!"

그렇게 나는 그 질문에 아무런 대답도 하지 못한 채, 도망치듯 교실을 빠져 나왔다. 왜 그동안 잊고 살았을까? 눈 앞의 현실을 무작정 쫓다 보니 가장 본질적인 것에 대해 생각할 겨를이 없었던 것일까, 괜스레 콧등이 시큰거렸다.

그리고 그 날, 퇴근 후 정말 오랜만에 고등학교 친구들을 만났다. 중학교 시절부터 쭉 붙어 다니던 친구들인데 어느덧 네사람 모두 어엿한 사회인이 되어 있었다. 이런저런 이야기를 나누던 중, 평소와 달리 축 처져 있던 나를 보더니 우리 중에서 가장 먼저 취직한 수빈이가 말을 꺼냈다.

"송인경, 니 무슨 고민 있나. 수업은 할 만하고? 말 안 듣는 애들 있으면 불러라. 내가 혼내줄게."

20년이 넘는 시간이 지났음에도 여전히 보이는 학창시절의 모습에 피식-하고 웃음이 새어 나왔다.

그러자 소정이가 맞장구를 치며

"야, 그래. 말 안 듣는 애들 있으면 우리가 혼내주께! 누가 우리 인경이 건드리노!"

아, 정말이지. 다들 학창 시절의 모습이 그대로 남아 있었다. 이 친구들만 만나면 가장 행복했던 시절로 돌아간 것 같아 괜히 마음이 편안해진다.

"사실은…."

오늘 학교에서 있었던 일을 조심스레 친구들에게 털어놓았다. 수업 중 한 학생에게 왜 역사 교사가 되었냐는 질문을 받았을 때 아무런 대답을 할 수 없었다고, 사실 아직까지도 잘 모르겠다고, 시간이 너무 오래 지난 탓인지 내가 왜 역사 교사가 되었는지를 모르겠다고.

내 이야기를 유심히 듣던 도은이는 말을 꺼냈다.

"니 맨 처음에 한국사 쌤 좋아해서 역사 좋아하게 된거 아니었나? 나도 정확히는 기억 안 나는데 뭐 어찌저찌 하다가 니가 역사에 엄청 빠졌었던 거 말고는 잘 모르겠다. 니 그때 맨날 한국사랑 세계사만 공부했잖아. 옆에서 볼 때마다 신기했다. 그냥 역사가 좋으니까 교사가 된거 아니겠나. 뭘 그렇게 복잡하게 생각하노…. 니는 그게 문제다. 뭐든 단순하게 생각하면 되는데 굳이 복잡하게 생각한다. 지금 좋으면 됐지. 야, 너무 고민하지 마라, 그러다 머리 빠진디."

아, 드디어 생각났다. 내가 역사 교사가 된 이유. 처음 역사에 관심을 갖게 된 계기는 그저 한국사 선생님이셨던 윤혜영쌤이 좋아서였던 것 같다. 역사에 별생각 없었던 내가 갑자기 역사에 대해 관심을 갖게 된 가장 큰 이유는 고등학교 1학년, 그 한국사 선생님과 친해지기 위해서였다. 자신의 수업에 애정을 가지고 수업하시는 선생님이 너무 멋있어 보여서 나도 그 선생님 같은 사람이 되고 싶다는 생각을 했었던 것 같다. 선생님의 눈에 띄기 위해 한국사 공부를 시작했고 누구보다 수업을 열심히 들었다. 그리고 그렇게 역사의 매력에 빠져들게 되었고, 동시에 사람들에게 진정한 역사를 알려주는 역사 교사의 꿈을 마음 한구석에 품게 되었다.

사실 어릴 적부터 제과제빵사, 사진가, 패션 디자이너 등 다양한 직업들에 관심을 가지긴 했었지만, 그중 교사와 비슷한 종류의 꿈은 단 한 가지도 찾아볼 수 없었다. 그랬던 내가 갑자기 교사라니…, 솔직히 나는 현실적으로 불가능할 것이라고 생각했다. 공부를 싫어하진 않았지만 사범대에 갈 성적이 되는 것도 아니었고, 그만큼 역사를 좋아하는지도 확실하지 않았기 때문에 역사 교사라는 꿈에 확신을 갖지 못하고 있었다,

그러던 중, 같은 반 친구들이 한국사를 공부하는데 이해가 잘 안 간다며 내게 설명을 부탁했다. 평소 한국사에 자신 있었던 나는 친구들에게 그림, 몸짓 등 다양한 방법을 사용하며 쉽지만 정확하게 설명해 주었고, 친구들을 이해시키는 데에 성공했다. 내 설명을 들은 친구들은 이해가 너무 잘 된다고 신기하다며 마구 칭찬해 주었다. 친구들의 진심 어린 칭찬을 들으니 괜히 심장이 떨리면서도 왠지 모를 뿌듯함이 들었다.

살면서 처음 느껴보는 감정이었다. 누군가에게 내가 도움이 될 수 있다는 것, 그리고 내가 전달한 지식을 통해 누군가가 성장하는 모습을 볼 수 있다는 것은 꽤 기뻤다. 그렇게 나는 친구들에게 한국사를 가르쳐 주는 것에 흥미를 가지게 되었고, 그때부터 역사 교사는 나의 꿈으로 완전히 자리 잡게 되었다. 그 후 나는 친구들 사이에서 일명 '송 선생'이라 불리며 꾸준히 한국사를 가르쳐 주었고, 많은 친구들이 나의 꿈을 응원해 주었다.

한국사를 가르치며 알게 된 사실 중 하나는 주변 친구들은 모두 역사를 너무 어렵게 생각하고 있다는 것이었다. 다들 시작하기 전 지레 겁을 먹고 물러나거나 불안해하기 일쑤였다. 그러나 불안도 잠시, 차근차근 쉽게 설명을 해주면 이해도 잘하고 나름 재미있어 했다.

그런 모습들을 지켜보며 나는 역사를 어렵게 느끼는 사람들의 생각을

변화시키기로 다짐했다. 역사를 어렵게 여기는 이유는 단순하다. 역사를 그저 '암기 과목'으로 여기기 때문이다. 애당초 역사는 무작정 암기한다고 다 되는 것이 아니다. 역사는 '이해'하는 것이다. 방대한 양의 역사를 그저 외우려고만 하니 어려운 것이 당연하다. 그와 반대로 역사의 흐름과 인물의 삶을 이해한다면 달달 외우려 하지 않아도 자연스레 그 기억의 감정과 상황이 마음속에 자리 잡을 것이다. 나는 그렇게 역사를 이해할 수 있게 도와주는 역사 교사가 되고 싶었다.

하지만 학창 시절부터 쭉 이어져 온 입시와 졸업, 두 차례의 임용 시험, 그리고 학교에서의 적응은 나를 지치게 만들었고, 삶 속의 이상을 사라지게 하기에 충분했다. 그렇게 나는 눈앞의 현실을 쫓아 역사 교사가 되는 것에만 집중하였고, 자연스레 왜 역사 교사가 되고 싶었는지에 대한 생각을 잃어가게 된 것이다.

아, 드디어 생각났다. 그래, 맞아. 나는 사람들이 역사를 어려워하지 않고 관심을 가질 수 있도록 도와주고 싶어 역사 교사가 되고 싶어 했었지. 그땐 내가 사람들의 역사 인식을 바꿀 수 있을 거라 굳게 믿고 도전했었었지…. 왜 그동안 이걸 잊고 살았을까. 시간이 지날수록 현실에 순응한다는 것이 어떤 의미인지 이제는 알 것 같다.

역사에 만약이란 없듯이 인생도 그와 마찬가지다. 현실 속에 '만약'이라는 단어는 존재하지 않는다. 그리고 우리는 빠르게 흘러가는 시간 속에서 바쁘게 하루하루를 살아간다. 너무 바빠 이상을 가질 시간조차 우리에게 주어지지 않는다. 참 마음 아픈 사회다. 꿈을 꿀 기회는 학생들에게만 주어지다니. 그리고 학생들은 어린 나이에 꿈꾸기를 강요받다니.

학창 시절에 평생을 함께 할 직업을 결정하라는 것은 너무나도 터무니없는 말이다. 아무것도 경험해 보지 않은 아이들이 무엇을 보고 진로를 결정할 수 있겠는가? 그리고 실제로 학생들은 진로를 찾는 것보단 입시를 위해 공부하는 시간이 더욱 많다. 현실이 이런데 어떻게 사회가 나아갈 수 있겠는가. 이럴 줄 알았다면 학창 시절 더 많은 경험과 꿈을 가져볼걸, 아쉬운 마음이 여전히 마음 한 구석에 남아 있었다.

그렇게 시간은 흘러 나에게 질문을 던진 학생의 반에 수업을 들어가는 날이 되었다. 최대한 멋지게 대답하기 위해 대본 아닌 대본도 작성해 보고 연습도 해봤건만, 오, 이런. 대본이 기억나질 않는다. 멋진 대답을 기대하고 있는 아이들의 반짝이는 눈들이 오늘따라 부담스럽게 느껴진다.

'후우…….' 숨을 크게 들이쉰 뒤, 어떻게든 되겠지라는 심정으로 말을 꺼냈다.

처음 역사에 관심을 갖게 된 이야기, 혜영쌤과의 이야기, 그리고 친구들을 가르치던 학창 시절의 내 모습을 말하며, 미사여구를 덧붙이거나 과장하지 않은, 정말 사실 그대로의 이유를 천천히 아이들에게 이야기해 주었다. 지루해서 책상에 엎드린 채 잘 것이라 예상한 것과는 달리, 의외로 아이들의 반응은 좋았다. 다들 내 이야기에 경청해 주며 중간중간 리액션을 해주는 몇몇 아이들도 있었다. 역시…, 수업이 아니면 반응이 좋다. 하긴 그게 당연한 일일지도 모르겠다.

특히 내게 질문을 던졌던 그 아이는 반 아이들 중 가장 반짝거리는 눈빛으로 날 바라보며 나보다 더 몰입한 것처럼 보였다. 나중에 알게 된 사실이지만 그 아이도 역사를 좋아해 당시 역사 교사에 대해 고민하는 중이었다고 한다. 이야기에서 조금 벗어나 보자면 이 아이를 볼 때마다 나의 학창 시절 모습과 자꾸 겹쳐 보인다. 항상 수업에 열심히 참여하고 꾸준히 복습도 해오는, 그렇지만 늘 최선을 다하는 모습이 참 인상 깊던 학생이었다. 혜영쌤도 나를 이렇게 생각하고 계셨을까. 하긴 생각해 보면 나도 고등학교 시절, 역사 교사에 대해 고민이 있을 때면 혜영쌤을 찾아가 질문을 했던 것 같다. 그중엔 내가 받은 질문과 같은 질문도 있었을 것이다.

'혜영쌤은 뭐라고 대답하셨더라? 오랜만에 안부 연락이나 드려야겠다.'

이제 나는 과거의 혜영쌤이 되었고 이 아이는 과거의 내가 되었다. 와– 직업병인 것 같지만 역사는 이렇게 또 되풀이되고 있었다. 그 아이는 자라서 내가 되고 아이의 제자는 과거의 네가 되겠지, 다가올 미래를 상상하며 기분 좋게 잠이 든 밤이었다.

"눈 덮인 길을 걸을 때도 바르게 걸어라. 뒷 사람이 그 길을 따라간다."
– 백범 김구(서산대사가 한 말씀으로 백범 김구가 사용하여 유명해짐)

한 번의 젊음, 어떻게 살 것인가

17살까지 나는 꿈에 대해 아무런 생각을 갖고 있지 않았다. 초등학생 때까지는 막연한 상상이라도 할 수 있었지, 시간이 지나면 지날수록 차츰 현실을 알아갔고, 그렇게 나는 아무런 꿈도 꾸지 못한 채 그저 살아가기만 했다. 그러던 중, 윤혜영 선생님을 만나게 된 것이다. 선생님이 좋아서 자연스레 좋아진 역사는 내 삶의 원동력이 되었고, 그렇게 역사 교사라는 꿈을 마음 한구석에 가지게 되었다.

처음에는 막연하게 혜영쌤같은 멋진 역사 교사가 되고 싶었다. 누군가의 동경의 대상이 될 수 있는, 또는 누군가가 역사 교사를 꿈꿀 수 있도록 만들어 주는 그런 역사 교사 말이다. 하지만 시간이 지나면 지날수록 현실에 부딪혀 희망을 잃어갔다. '과연 내가 역사 교사가 될 수 있을까?' 미래에 대한 불확실성과 두려움은 삶 속의 희망을 잃게 만드는 데 충분했고, 자연스레 삶의 방향 또한 흐려지게 되었다.

그리고 그제서야 알게 되었다. '희망'이 인생에 있어 얼마나 중요한지를. 그리고 누군가의 말 한마디로 희망이 생길 수도 있다는 것을. 그렇게 나는 작은 희망을 가지고, 누군가에게 또 다른 '희망'을 안겨주는 역사 교사가 되기로 마음먹었다.

우리는 살아가며 삶의 방향을 찾기 위해 방황한다. 과연 한 번뿐인 인생을 어떻게 살아가는 것이 옳은 것일까? 나는 그 질문에 대한 답을 역사 속에서 찾을 수 있었다. 내가 어떻게 살아야 할지 고민하고 있었을 때, 한 다큐멘터리 속에서 이런 말을 보게 되었다.

> 서른 살 청년 이회영이 물었다.
> "한 번의 젊은 나이를 어찌할 것인가."
> 눈을 감는 순간 예순여섯 노인 이회영이
> 예순여섯의 '일생'으로 답하였다.
> 〈역사채널e, 어떤 젊음 中〉

그렇다면 나는 단 한 번뿐인 젊은 나이를 어떻게 보낼 것인가? 그리고 어떤 삶을 살아갈 것인가?

과거 우리나라에는 일제강점기라는 큰 시련이 닥쳤었다. 1910년 경술국치로 인해 나라의 주권을 잃게 되었을 때 압록강을 넘은 가족이 있었다. 그들은 조선에서 둘째가라면 서러운 명문가였던 우당 이회영 일가였다.

'이회영'은 오성과 한음으로 유명한 이항복의 직계 후손으로, 대대적으로 나라의 녹을 먹으며 정말 부유하게 잘 살았던 삼한갑족(대대로 문벌이 높은 집안)이었다. 그런데 1910년 경술국치, 즉 나라의 명이 다하는 시점이 되니 이 이 씨 6형제들은 다 함께 모여 "이제까지는 우리가 국가의 녹을 먹으며 살아왔으니 명이 다한 우리의 나라를 위해서 무언갈 해야 한다."며 독립운동에 힘 쓰기로 결정을 내리게 된다.

그렇게 이 이 씨 6형제는 자신들이 갖고 있던 재산을 모두 팔게 되는데, 최대한 빨리 팔기 위해 헐값에 처분해서 모은 돈이 현재 시가로 약 600억 정도가 된다고 한다. 그렇게 많았던 자신들의 재산을 모두 팔아 만주 서간도에 땅을 샀고, 그곳에 학교와 집을 짓고 인재를 양성하는 동시에 독립투사들을 지원했다. 이를 건설하고 유지하는 데에 얼마나 많은 돈이 들었겠는가. 3년 만에 그 많던 돈이 바닥 나버렸다. 물론 허투루 쓴 돈은 없이 오롯이 독립운동을 위해 쓰였다.

그들은 언젠간 나라가 독립할 수 있을 것이라는 희망을 품고 아무도 가보지 않은 길을 앞으로, 또 앞으로 나아갔다. 1932년, 결국 이회영은 예순여섯의 나이로 상하이에서 붙잡혔고, 일흔이 다 된 적지 않은 나이에 모진 고문을 받다가 숨을 거두었다. 그는 마지막 순간까지 쉬지 않고 전 생애를 바쳐 조국의 독립을 염원하였다.

이 이야기를 듣고 난 뒤, 참 많은 생각이 들었다. 그냥 서울에 있으면서 일본에 조금씩만 협력했더라면 충분히 떵떵거리며 살 수 있지 않았을까? 그냥 그러면 되지 않는가. '이 시대는 다 그랬다. 이 시대는 다 힘들었다. 나라도 살려면 어쩔 수 없지.'라고 해서 그냥 조용히 살았다면 누구보다 잘 먹고 잘 살았을 텐데, 왜 이 사람들은 사서 고생하며 이렇게 힘든 여정을 시작했을까?

그것은 바로 '한 번의 젊음, 어떻게 살 것인가?'에 대한, 그 무거운 질문에 대한 답을 하기 위해 이들은 이런 행동을 했던 것이다. 이 글을 읽고 있는 당신도 한 번 스스로에게 물어보았으면 좋겠다. 그냥 피상적으로 '한 번의 젊음, 어떻게 살 것인가?'라는 그 질문을 쭉 나열해 놓는 것이 아닌, 본인 스스로에게 한 번 물어보았으면 좋겠다.

간략히 나는 삶의 방향을 찾으려 할 때마다 이회영 선생이 우리에게 남겨주신 '한 번의 인생 어떻게 살 것인가'라는 질문을 스스로에게 던졌다. 그리고 나는 대답했다.

"희망"

나는 사람들에게 다가올 날들에 대한 '희망'을 품을 수 있도록 도와주는, 그리고 역사 속 누군가의 희망을 전해 주는 역사 교사가 되기로 결심했다. 갑신정변, 동학농민운동 등 두려움 속에서도 먼 미래를 보며 나아갔던 사람들이 있었기에 지금의 우리가 있는 것이므로, 우리는 그것을 기억해야 할 의무가 있다. 나는 그들의 희망을 현대에 전하며, 누군가에게 새로운 희망을 심어주는 그런 역사 교사가 될 것이다.

그들의 희생과 희망이 끝까지 기억 될 수 있기를. 그리고 우리 모두의 희망이 후세대까지 전해질 수 있기를. 그렇게 일생동안 많은 희망들을 전하고 만들어내다, 죽기 직전 '한 번의 인생 어떻게 살 것인가'라는 질문에 '일생'이라 답할 수 있기를.

"목적을 달성하지 못하였다 하더라도 목적의 달성을 위하여 노력하다가 그 자리에서 죽는다면 이 또한 행복인 것이다."

– 이회영

위 왼쪽부터 이건영, 이석영, 이철영, 이회영, 이시영, 이호영 독립운동가

그럼에도 불구하고

정식으로 역사 교사가 된 지 3년째, 나는 열정과 패기로 가득 찬 교사였다. 그렇게 바라고 바랐던 역사 교사가 되어 열정적으로 학생들을 가르치는 중이지만 역시, 상상과 현실은 너무나도 달랐다. 이렇게나 학생들이 수업을 듣지 않았었나? 정말이지, 역사에 대해 눈곱만큼도 알고 싶어하지 않는 무관심한 눈빛으로 나를 멍하니 쳐다보고만 있다. 3년이라는 시간동안 학생들의 무관심한 반응에 어느 정도 익숙해졌다고 생각했지만, 여전히 그 무심한 눈빛들은 나를 아프게 한다. 수업을 아무리 열심히 준비해가면 뭐할까? 아무도 듣질 않는데.

처음엔 무작정 재미있게만 하면 학생들이 수업에 참여할 것이라 생각했다. 그러나 재미만으로 수업을 한다는 것은 그저 학생을 깨어 있게 하기 위한 수단일 뿐, 그것이 수업의 목적이 되어서는 안 된다는 생각이 들었다. '어떻게 하면 학생들이 수업에 좀 더 열심히 참여하고 역사에 관심을 가지게 만들 수 있을까?' 그 시절 내가 가장 많이 했던 고민인 것 같다. 조별 발표, 역사 신문 만들기, 영상 제작 등등 여러 가지 활동을 계획하고 시행해 보았지만 모두 큰 효과는 없었다. 다들 '역사는 암기 과목이다'라는 편견을 짙게 가지고 있었기 때문일까? 누구도 역사에 대해 제대로 생각해본 적이 없는 것처럼 느껴졌다. 학생들이 자신과는 전혀 상관없는 사람들의 이야기를 배운다고 인식하니 당연히 학교에서 제대로 된 역사 교육이 이루어질리가 없다.

수업 방식에 대해 고민하던 중, 나는 한 가지 좋은 방법을 찾아냈다. 혹시 '추체험[1]'이라고 들어 보았는가? 추체험은 다른 사람의 체험을 자신의 체험처럼 느끼는 것을 말한다. 가장 많은 사람들이 역사에 대해 오해하고 있는 것 중 하나는 역사는 '암기 과목'이라는 생각이다. 사실 역사는 무작정 암기한다고 해결되는 과목이 아니다. 사건이 일어나게 된 배경, 사건의 전개 과정, 그리고 사건의 결과 등 다양한 측면에서 해석될 수 있기 때문에 외우는 것보단 역사의 흐름을 이해할 줄 아는 것이 가장 중요하다. 특히 인물 같은 경우에는 '그 인물이 왜 이러한 선택을 했는가'에 대해 생각해 보고 그가 역사에 미친 영향은 어떤지에 대하여 생각해 보아야 역사를 제대로 이해하기 쉬워진다.

그런 의미에서 추체험의 수업 방식은 학생 스스로가 그 인물이 된 것처럼 생각해 보고, 만약 자신이 그 인물이었다면 어떤 선택을 했을 것 같은지에 대해 이야기 해본다는 측면에서 역사를 이해하는데 가장 효과적인 방법이라고 생각했다. 아니나 다를까, 추체험의 방식으로 수업을 하게 되니 평소보다 많은 아이들이 졸지 않고 깨어 있었다. 특히 근대사 부분에서 '독립운동가와 친일파의 삶'을 주제로 수업을 진행할 때, 많은 아이들이 감격하고 분노하기 시작했다! 드디어 그들의 삶을 이해하고 공감하기 시작한 것이다. 많은 아이들은 자신이 실제 독립운동가가 된 것처럼 느끼고 그들이 얼마나 큰 선택을 한 것인지, 그리고 친일파는 역사에서 얼마나 나쁜 선택을 한 것인지에 대해 알아가고 배웠다.

그리고 나는 아이들에게 말했다. 지금 이 수업을 할 때 느낀 감정을 잘 기억해 놓으라고. 앞으로 어른이 되어 사회에서 선택을 해야 하는 상황이

---

1. 콜링우드의 『The Idea of History』에서 나온 말로서 역사가가 과거 사실을 올바르게 인식하기 위해서는 '역사를 추체험' 해야 한다는 것이다. 이것을 체계적인 연구를 통해 역사학습의 한 방법으로 제시한 것으로 이명희와 김한종의 연구가 있다. [출처]연극 활용 역사수업 - 추체험 이론과 연극|작성자유토피아

오게 된다면 그 감정을 다시 떠올리며 옳은 선택을 하라고. 그리고 그것이 역사가 중요한 이유라고. 모든 역사는 되풀이되기 마련이기에 우리는 역사를 통해 미래를 알 수 있다고 이야기했다. 수업이 끝난 뒤, 많은 아이들은 여운이 남았는지 나를 찾아와 궁금한 것들을 마구 물어봤다. 참 기특한 아이들이다. 진작 역사를 암기하려 하지 말고 이해하려 했으면 훨씬 좋았을 텐데…. 아쉬운 마음이 컸지만 기특한 마음이 더 컸다.

한 번은 아이들과 이런 갈등도 있었다. 나는 내 나름대로 아이들을 능동적으로 수업에 참여시킬 수 있는 수업 방식을 선택했다고 생각했지만, 그것이 몇몇 학생들과는 맞지 않았었나보다. 하루는 쉬는 시간, 교무실로 두 학생이 불만에 가득 찬 표정으로 나를 찾아와서는 이렇게 말했다.

"선생님. 뒷반 선생님은 수업도 시험에 나온다는 내용만 짚어 주시고 친구들한테 핵심만 정리한 프린트도 나눠 주시던데 왜 저희는 그런거 없어요? 솔직히 시험 범위가 너무 많기도 하고 선생님은 수업 시간에 시험이랑 관련된 얘기를 하나도 안 해주셔서 시험공부하기가 어려워요."

그 말을 듣자마자 뒤통수를 한 대 맞은 듯 정신이 멍해졌다. 아, 내가 너무 이상에 젖어 현실을 잠시 망각하고 있었구나. 지금 학교를 다니고 있는 학생들에게는 무엇보다도 시험이 가장 중요할 시기인데, 의미 있는 수업에만 열중한 나머지 시험을 치는 학생들의 입장을 전혀 고려하지 않았던 것이다. 학생보다 자신의 수업이 우선인 교사라니. 그 순간 교사로서의 내 자신이 너무 한심하게 느껴졌다.

"역사는 중요한 부분만 외워도 시험 점수는 잘 나오잖아요. 솔직히 저희가 직접 활동하고 참여하는 수업보단 강의식 수업이 더 도움 많이 된다고 생각해요."

아이들은 이 말을 꺼내기까지 얼마나 고민하고 생각했을까. 그렇다. 나는 나밖에 모르는 이기적인 교사였던 것이다.

고등학교 시절, 지나친 입시 위주 수업에 싫증이 나버린 나머지, 나는 절대 그런 수업을 하지 않겠다고 다짐했지만, 단지 그것은 내 이상에 불과했을 뿐이었다. 전체적인 대한민국의 교육 정책이 변하지 않는 이상, 이는 내 선에서 해결할 수 없는 문제다. '입시'라는 현실은 내가 어찌한다고 해서 고칠 수 있는 것이 아니었다. 나는 수업을 듣는 아이들의 입장을 전혀 고려하지 않은 채, 나만이 만족하는 수업을 진행해왔던 것이다. 이렇게 이기적인 내가 교사라는 직업을 가지고 있어도 되는 걸까? 교사라는 사람이 학생이 아닌 자신만을 위해 수업 한다니. 이것은 절대 있을 수 없고, 있어서는 안 되는 일이다. 그런 생각이 듦과 동시에 자괴감이 물 밀려오듯 몰려 왔다.

그동안 해왔던 수업이 모두 잘못된 것이었다는 생각이 들자 이제 수업을 어떻게 진행해야 할지 감이 오지 않았고, 그저 막막하기만 했다. '이제는 어떤 방식으로 수업을 해야 하는 거지?', '과연 내가 계속 이런 식으로 수업하는 게 옳은 일일까?' 내 머릿속은 온갖 부정적인 생각들과 복잡한 생각들로 뒤덮이기 시작했고, 그렇게 나는 서서히 슬럼프의 길로 빠져들게 되었다.

"인경쌤. 무슨 일 있어요? 오늘따라 왜 이렇게 기운이 없으실까. 좀 쉬면서 해요."

옆에서 근무하고 계시던 동료 역사 교사 김선우 선생님이 내게 걱정스러운 표정으로 말을 건넸다.

"아, 어제 잠을 잘 못 잤더니 피곤해서 그런가 봐요. 걱정해 주셔서 감사합니다."

아무 일 없던 척 하며 괜스레 미소를 지어 보였다.

'학생들 입장을 생각 안 하고 마음대로 수업하다 학생들이 찾아왔었다는 걸 어떻게 말해…. 절대 아무한테 티 내지도, 말하지도 말아야지. 분명 혼자서 해결할 수 있는 문제일 거야.'

그때 당시까지만 해도, 내 나름대로 어른이 되었다고 생각했기에 혼자서도 일을 충분히 해결할 수 있을 것이라 굳게 믿고 있었다. 그리고 그 잘

못된 믿음 때문에 친구는 물론, 가족에게도 아무런 말을 하지 않았고 그렇게 혼자 몇 날 며칠 동안 끙끙 앓기 시작했다. 아이들에 대한 미안함과 죄책감, 그리고 스스로에 대한 자괴감과 같은 부정적인 감정들은 나를 괴롭히고 또 괴롭혔다.

그러던 중 사건은 터지게 되었다. 갑작스레 밀려온 스트레스 때문일까, 몸 상태는 점점 악화되어 갔고 결국 심한 몸살에 걸리게 되었다. 어릴 적부터 워낙 몸이 약하다 보니 작은 몸살에도 몸을 움직이기 힘들었고, 그렇게 3일 정도 학교를 쉬게 되었다.

그러다 김 선생님께 몸은 좀 괜찮아지셨냐는 내용의 안부 연락이 왔다. 평소 젠틀하신 데다가 수업까지 잘하셔서 아이들이 가장 좋아하는 선생님이셨다. 몸이 아프니 마음도 풀어진 걸까, 충동적으로 김 선생님께 전화를 걸었다. 그동안 누군가에게 고민을 털어놓고 위로를 듣고 싶었나 보다. 평소 연락도 안 하고 지내던 직장 동료가 새벽에 갑자기 전화가 오니 얼마나 당황하셨을까. 나중에 들은 말이지만, 내게 무슨 일이 생긴 줄 알고 놀라 바로 전화를 받으셨다고 한다.

그렇게 김 선생님과 통화를 하며 고민을 하나씩 털어 놓았다.

"김쌤… 저는 정말 역사가 좋아서 아이들한테 의미 있는 수업을 해주고 싶었는데 현실에선 그러기가 힘드네요. 아이들에게 정말로 도움이 되는 건 암기가 아니라 이핸데 시험에는 암기만을 요구하니…. 이럴 땐 정말 어떻게 해야 할지 모르겠어요. 저도 김쌤처럼 수업할 수 있었으면 얼마나 좋았을까요. 아휴…."

"송쌤은 지금도 충분히 잘하고 계셔요. 사실 요즘 저도 수업 방식 때문에 고민이 많았거든요. 저는요, 현실에 너무 순응하게 되면서 주입식 교육 말고는 다른 수업을 할 줄 모르게 됐는걸요. 사실 지나가면서 선생님이 수업하시는 거 볼 때마다 저게 진짜 역사 교사구나, 하고 생각했어요. 정말 즐겁게 수업하시면서 진심으로 아이들을 대하는 게 느껴졌거든요. 저는 선생님이 잘못된 거라고 생각 안 해요. 정말 잘못된 건 시험만 보는 입시 제도인걸요. 저는 며칠 전에 아이들이 제 수업이 너무 딱딱하다며 재미 없다고 얘기하는 걸 들었어요. 자기들도 송 선생님 수업 듣고 싶다고 그러더라고요. 하긴 제가 학생이었어도 제 수업보단 송쌤 수업을 듣고 싶어 했을 거예요. 하하, 이렇게 보니 우리 서로의 수업 방식을 닮고 싶어 했네요."

김 선생님의 마지막 말을 듣는 순간, 머릿속으로 좋은 생각이 떠올랐다.

"김쌤! 방금 든 생각인데 저희가 지금 서로의 수업 방식을 닮고 싶어 하잖아요. 그럼 저희 수업 방식을 조금씩 합쳐 보는 건 어떨까요? 저는 지금보다 좀 더 입시에 맞춘, 그리고 김쌤은 지금보다 좀 더 이해에 초점을 둔 수업을 하는 거죠. 어때요?"

"헐 그거 완전 좋은 생각인데요? 역시 송쌤이야. 그럼 서로 수업 방식 공유하는 건 어때요? 제가 수업할 때 쓰려고 찾은 자료 파일 메일로 보내드릴게요!"

일이 점점 풀려가는 것 같아 마음이 조금은 안정되었다.

그렇게 김 선생님과 나는 아이들을 위한 최선의 수업 방식을 찾기 위해 서로 협력하고 노력했다. 나는 기존의 수업 방식에 김 선생님의 수업 방식을 섞어 좀 더 강의식 수업에 맞게끔, 그리고 김 선생님은 내 수업 방식을 조금 섞어 이전보단 이해에 초점을 맞춘 수업을 진행하였다. 그러다 보니 자연스레 우리의 수업 방식은 적절하게 변화했고 아이들도 수업 방식에 대해 만족하게 되었다.

그리고 우리는 수업 방식뿐만 아니라 성적을 매기는 기준에도 변화를 주었다. 아, 물론 시험 점수가 아닌 수행평가 점수를 매기는 방식에 있어 변화를 준 것이다. 시험 방식을 마음대로 바꿀 수 없기도 하고 우리나라의 교육 체계에서 표준화된 시험 형식을 바꿀 수는 없는 노릇이니… 수행평가는 암기가 아닌, 논술과 같은 형식으로 역사에 대해 얼마나 이해하고 있는가를 기준으로 채점했다. 그렇다 보니 이해 위주의 수업은 수행평가에서 유리했고, 주입식 수업은 시험에서 유리했다. 그렇게 이 사건은 무사히 마무리되었다.

우리는 분명 방황했다. 자신의 수업 방식에 대해, 그리고 아이들과의 관계에 대해. 하지만 그럼에도 불구하고 우리는 결국 이겨냈다. 그리고 그 방황을 통해 우리는 한층 더 성장하고 성숙해질 수 있게 되었다.

그래서 나는 '그럼에도 불구하고'라는 이 단어를 참 좋아한다. 발생한 모든 일 중에는 분명 힘든 일도 많을 것이다. 하지만 그럼에도 불구하고 그러한 이유가 있을 것이라고 생각한다. 세상의 모든 일이 좋지만은 않겠지만 이 단어를 마음속에 품고 살아간다면 우리는 반드시 이겨낼 수 있을 것이다. 그리고 분명 이 글을 읽고 있는 당신도 이겨낼 것이다. 그럼에도 불구하고 다 잘 될 것이다!

"과거를 잊어 버리는 자는 그것을 또 다시 반복하게 되는 것이다." – 조지 산타야나

최고의 배움은 가르침이다!

나는 역사 교사가 되어 아이들에게 역사를 통해 희망을 주고 싶었다, 정확히는 아이들이 '꿈'을 찾을 수 있게 도와주는 역사 교사이고 싶었다. 내가 역사를 통해 얻은 깨달음을 아이들에게 전달하며 그들의 삶을 조금이나마 바꿀 수 있기를 바랐다. 그렇게 시간이 흘러 어느덧 20년 차 역사 교사가 되었다.

"선생님! 잘 지내셨어요? 와 진짜 오랜만에 뵙네요. 저 올해 대학교 입학했어요! 시간 진짜 빠르다, 그쵸."

교직 생활 20년차가 되던 해, 스승의 날에 예전에 가르쳤던 제자가 몇 년 만에 나를 찾아왔다. 당시 많이 부족했던 교사였지만 아이들은 나를 믿고 잘 따라와 주었고 나에게 많은 깨달음도 주었다. 나 또한 아이들과 함께 성장했다고 봐도 무방하겠다. 몇 년 만에 예전에 가르쳤던 제자들을 만나니 반가웠고, 바르게 잘 큰 모습을 보니 뿌듯한 마음이 더욱 컸다.

교사 생활을 하다 보면 힘든 일도 많지만 분명 뿌듯하고 보람찬 일들이 더 많다. 누가 뭐래도 학교에서 아이들을 가르칠 때 가장 뿌듯한 순간은 "선생님 덕분에 삶이 달라졌어요!"라는 말을 들었을 때이다. 물론 "선생님 덕분에 성적이 올랐어요."라는 말도 듣기 좋지만, 내 덕분에 삶의 목표를 찾을 수 있었다는 말은 교사들에게 있어 가장 큰 보람이 아닐까 싶다.

수년간 아이들을 가르치며 매번 드는 생각은 내가 그들에게 가르치는 것보다 배워가는 것이 더 많다는 생각이다. 그래서 나는 최고의 배움은 가르침이라고 생각한다. 누군가에게 배우는 것보다 누군가를 가르치는 과정에서 더 많은 것을 얻고 배울 수 있다고 생각하기에, 교사는 가장 많은 것을 배울 수 있는 직업이 아닐까 생각한다. 물론 다른 좋은 점도 많지만 그런 점이 가장 마음에 드는 직업이다.

23년간의 교직 생활 중 가장 기억에 남는 학생 중 한 명은 '해원'이라는 아이다. 해원이는 내가 교사가 된 지 11년째 되던 해, 고등학교 1학년 담임을 맡았을 때 처음 만난 여자아이로 평소 조용하고 말수가 적은 편이지만 누구보다 남을 배려하고 도울 줄 아는 따뜻한 아이었다.

1학기 중간고사가 끝난 뒤, 방과후 시간에 반 아이들과 돌아가며 교무실에서 진로 상담을 하던 날이었다. 번호 순서대로 차례차례 상담을 하다 보니 어느덧 해원이의 차례가 왔다. 워낙 말수가 적다 보니 평소 어떤 생각을 하고 있는지도 궁금했고, 어떤 진로를 희망하는지도 궁금했던 터라 내심 상담의 마지막 순서인 해원이의 차례를 기다리고 있었다.

그런데 앞 번호 아이들이 모두 집으로 돌아간 뒤에도 해원이는 교무실로 오지 않았다. '화장실에 간건가? 조금만 더 기다려 보자' 하지만 시간이 지나도 해원이는 오지 않았다. 애한테 무슨 일이 생긴 건가, 걱정하며 교실로 들어갔는데 텅 빈 교실에서 해원이가 혼자 울고 있었다. 기다리던 아이가 교실에서 혼자 울고 있으니 얼마나 당황했겠는가. 너무 놀라 해원이를 달래주며 무슨 일이 있었는지 물어 보았다.

"선생님, 저는요…."

해원이는 자신의 속마음을 조심스레 털어놓았다.

해원이는 공부도 꽤나 잘하는 편이었고 재능도 많은 아이지만, 정작 자신은 정말로 이루고 싶은 꿈이 없다고 말했다. 교사부터 시작하여 간호사, 작가, 경찰 등 매우 다양한 직업을 꿈꿨었지만 모두 자신의 적성과는 맞지 않았고, 집안 사정도 사정인지라 진로를 정하기가 너무 힘들다고 말했다.

들어보니 해원이는 4남매 중 첫째로, 동생들의 나이가 모두 초등학생 이하인데다가 부모님께서 맞벌이를 하셔서 학교가 끝난 뒤 집에 가면 자신이 어린 동생들을 돌본다고 했다. 동생들의 밥을 챙겨 주고, 밀린 빨래와 설거지를 하고, 청소기를 돌리다 보면 어느덧 늦은 저녁이 되고, 남는 시간 틈틈이 공부를 하며 살아왔다고 한다. 바쁜 일상 속에서 자신에 대해 돌아볼 시간은 부족했고, 무작정 진로를 결정하려 하니 아무것도 생각나지 않아 꽤나 골머리를 앓았을 것이다. 그런 상황 속에서도 공부를 포기하지 않고 열심히 했다는 점도 기특했지만, 무엇보다도 꿈을 꾸는 것을 포기하지 않았다는 점이 가장 기특했다.

진로에 대해 아무것도 정하지 못한 상황에서 선생님과의 상담에 들어가게 되면 자신을 한심하게 여길까 봐 두려워 상담을 하러 오지 못한 것이라고 했다. '예전에 무슨 일이 있었던 걸까' 어딘가 위축되어 보이는 해원이의 모습에 걱정이 되었다.

아무래도 익숙했던 곳인 중학교를 졸업하고 낯선 고등학교를 들어오니 지레 겁을 먹을 수밖에 없긴 하다. 하긴 낯선 환경 속에서 낯선 친구들과 낯선 선생님들 사이에서 적응하기도 힘들었겠지. 해원이가 어떤 심정이었는지 충분히 이해했고, 나 역시 공감했다.

나는 그런 해원이에게 자신의 진로가 불분명한 것을 부끄러워하지 말라고 말해 주었다. 어른이 되어서도 자신의 꿈을 찾지 못하는 사람이 수두룩하니 너무 걱정하지 말라고. 아직 고등학교 1학년밖에 안 된 어린 나이에다가 시간도 아직 충분하니 진로를 찾으려 너무 조급해하지 말고 무엇이든지 도전해 보라고 말해 주었다. 공부도 좋지만 자신이 무엇을 할 때 가장 행복한지, 그리고 어떤 것을 가장 좋아하는 지에 대해 한 번 고민해 보는 것도 진로를 찾는 데에 도움이 많이 된다고 조언해 주었다.

그렇게 시간은 흘러 2학기 기말고사가 끝났다. 중간고사와 마찬가지로 이번에도 시험이 끝난 후 진로 상담을 한 번 더 하기로 했었다. 오늘도 다른 아이들의 상담이 끝난 뒤, 해원이를 기다렸다. 다행히 오늘은 제시간에 해원이가 들어왔다. 해원이가 자리에 앉은 뒤, 가벼운 대화를 주고받다가 그동안 원하는 진로는 찾았는지, 좋아하는 것은 찾아보았는지에 대해 물어보았다.

해원이는 예전보다 꽤나 밝아진 표정으로 내게 말을 꺼냈다.

"선생님. 저 드디어 하고 싶은 게 생긴 거 같아요! 저번에 상담해 주신 이후로 계속 고민해 보고 생각해 봤는데 아무래도 저는 힘든 사람들을 돕는 게 제일 좋은 거 같더라고요. 그래서 이제부터 제 꿈은 사회복지사에요! 저는 앞으로 저보다 더 힘든 사람들을 위한 삶을 살고 싶어요. 사회복지사에 대해 찾아 보니까 직업 전망도 좋은 편이더라고요. 선생님 덕분에 꿈을 찾을 수 있었던 것 같아요. 너무 감사해요."

힘든 상황 속에서도 꿋꿋하게 자신의 꿈을 찾아 나가는 해원이가 정말 기특했다. 누군가가 해준 말을 경청하고 수용하며 해결하기 위해 노력했다는 점이. 그리고 포기하지 않았다는 점이. 내가 만약 해원이었다면 내 말을 그저 나이 든 어른의 잔소리로 여겼을지도 모른다. 현실이 그렇게 퍽퍽한데 무슨 꿈을 찾겠는가.

그러나 해원이는 달랐다. 힘든 와중에도 자신의 꿈을 찾기 위해 노력했고 결국 자신이 하고 싶은 일을 찾게 되었다. 사실 내가 크게 해준 건 없었지만, 어린 나이임에도 불구하고 꿈을 찾고자 하던 의지와 노력은 어른들도 분명 본받을 만한 것이었다.

그렇게 자신의 꿈을 찾게 된 뒤, 해원이는 진로와 관련된 책을 읽고 활동을 하는 등 꿈을 향해 한 발짝씩 나아가고 있다. 열악한 가정 환경 속에서도 포기하지 않으려는 의지와 열정은 내 마음속 깊은 곳에 남아 여전히 다른 제자들에게 전해 주고 있다.

또 가장 기억에 남는 학생은 '재하'라는 고등학교 2학년 남자아이다. 재하는 음, 솔직히 말하자면 소위 사람들이 말하는 '엄친아'였다. 공부를 굉장히 잘하는 학생으로 교대가 목표였고 얼굴도 훈훈하게 생긴 편이라 여학생들에게 인기가 많은 아이였다. 그러나 정작 주변에 동성 친구들은 몇 없었다. 워낙 소심하고 내성적인 성격 탓에 주변에 있던 친구들은 점차 지쳐가며 사라지게 되었고, 그렇게 재하는 시간이 지날수록 혼자가 되어갔다.

처음 재하가 속한 반의 담임을 맡게 되었다는 소식을 들었을 때, 작년 1학년 학생들 중에서 전교 1등을 했던 아이가 우리 반이 되었다길래 어떤 아이일까 내심 기대했었지만, 내 생각과는 조금 다른 아이였다. 그야말로 정말 '공부'만 잘했고 사람을 대하는 태도나 친구를 사귀는 방법은 또래 아이들에 비해 조금은 떨어지는 편이었다.

학기 초반, 아이들은 잘생기고 공부 잘하는 재하와 친해지기 위해 노력을 했지만 정작 재하는 그런 아이들의 관심이 부담스러웠는지 아무런 대꾸도 해주지 않았고 그렇게 모든 친구들반과 거리를 두기 시작했다.

그래서일까 재하는 다른 아이들에 비해 반에 적응을 잘 못하는 것처럼 보였다. 이대로 가다간 재하는 사람들과 관계를 맺는 과정 자체를 두려워하게 될지도 모른다는 생각이 불현듯 들었다. 좋은 교사가 되기 위해서는 학생들과의 소통도 중요한 법, 무작정 공부만 잘한다고 해서 좋은 교사가 될 수는 없으니 슬슬 걱정이 되던 찰나였다.

그러다 1학기가 끝날 때쯤, 재하는 개인적으로 나를 찾아 왔다. 재하는 평소 역사에 관심이 많아 수업도 열심히 참여하고 질문도 많이 하는 그런 아이였다. 역사라는 공통된 관심사 덕분일까, 나는 낯가림이 심한 재하와 금세 친해질 수 있었다. 시간이 지날수록 혼자 있는 모습이 신경 쓰여 고민이 있으면 언제든지 찾아 오라 했었는데 어느새 신뢰가 쌓였나 보다. 이제는 물어보지 않아도 먼저 자신의 고민을 털어놓는다.

"나 이 정도면 꽤 발전한 거 아닐까? 재하가 먼저 다가온건 처음인 거 같은데."라며 내심 뿌듯해했고, 재하는 머뭇거리다 마지못해 입을 열었다.

"선생님, 사실은 제가…."

재하는 나에게 자신이 왜 그렇게 친구들과 쉽게 어울리지 못했는지, 그리고 왜 친구들이 다가오면 밀어내는지에 대해 차분하고 담담한 목소리로 자신의 이야기를 들려주었다.

재하는 중학교 2학년 시절, 반에서 왕따를 당했다고 한다. 당시 친하게 지내던 친구들과 다투었는데 그 친구들이 이상한 소문을 퍼뜨려 재하에 대한 헛소문이 전교로 퍼져 나갔다고 한다. 다행히 몇 주 뒤, 소문은 사그라 들었고 다시는 그런 일도 일어나지 않았지만, 그 시간들은 15살밖에 되지 않은 한 아이의 마음을 닫기에는 충분한 시간이었다. 그 일 이후로 재하는 사람들을 더 이상 믿지 못하게 되었고 또 다시 그런 일이 반복 될까 두려워 더이상 친구를 만들지 않은 것이라고 했다.

재하의 이야기가 끝나니 내 눈에서 눈물이 흘러내려 옷깃을 적셨다. 그동안 얼마나 아팠을까. 그동안 얼마나 힘들었을까. 이런 얘기를 아무렇지 않다는 듯 담담하게 이야기하는 재하의 모습에 괜히 내가 눈물이 났다. 그동안 막연하게 사회성이 부족하다고 여겼던 내 모습이 스쳐 지나가면서 재하를 볼 면목이 없어졌다.

재하는 스스로 '과거'라는 지옥에서 빠져나오려 했다. 과거의 일에 자꾸만 얽매여 있던 자기 자신이 너무 한심했다며, 이제는 이겨내 보겠다고 이야기한다. 정말이지, 어른보다 아이들이 훨씬 낫다. 자신의 상처를 숨기기보단 직접 마주보고 이겨내려는 의지는 물론, 무언가 잘못되었다는 것을 알아차리고 스스로 해결하려는 능력까지도 이 아이는 갖추고 있었다. 나는 이렇게 또 학생들에게 하나씩 배워 나간다.

아, 그래서 재하는 어떻게 되었냐고? 재하의 이야기를 듣던 당시, 나는 재하를 위해 이렇게 말해 주었었다. 과거 우리나라에도 '일본의 식민 지배'라는 아픈 역사가 있었지만, 그것을 발판 삼아 더 큰 시련도 이겨낼 수 있었다고. 그리고 그런 역사가 또 다시 반복되지 않도록 하기 위해 많은 사람들이 지금까지도 노력하고 또 노력하고 있다는 이야기를 들려주었다. 그 이야기를 통해 알 수 있듯이 우리는 아픈 과거를 통해 더욱더 성장해나갈 수 있다고, 아팠던 기억을 감추려 하기보다는 직접 마주하고 털어 버리는 것이 현명하다고. 그리고 과거에 붙잡혀서 현재와 미래를 망쳐버리는 것은 무모한 짓이라고 재하에게 말해 주었다.

그 이야기를 듣고 얼마 지나지 않아 재하는 완전히 다른 사람이 되었다. 자신의 아픈 과거를 내딛고 더 성숙해지기로 다짐한 것이다! 이제는 먼저 아이들에게 말을 걸고 웃으며, 함께 장난도 칠 정도로 사이가 좋아졌다. 그렇게 재하는 원래의 활발한 성격으로 돌아오게 되었고 자연스레 인간관계가 넓어지게 되었다. 이게 원래 재하의 성격이겠지. 그동안 답답해서 어떻게 지냈을까. 괜스레 미안하기도, 기특하기도 했다.

해원이는 꿈을 찾기 위해, 재하는 자신의 아픔을 이겨내기 위해 도전하고 노력했다. 그리고 그 아이들을 통해 나도 한층 더 성장할 수 있었던 것 같다. 역시, 교사는 학생들과 소통하며 매일매일 새로운 것을 배워가는 직업이다. 그리고 그것이 내가 최고의 배움은 가르침이라고 하는 이유이다. 역사를 가르치며, 그리고 다양한 사람들을 만나가며 그렇게 나는 오늘도 배워간다.

"세월을 헛되이 보내지 마라, 청춘은 다시 돌아오지 않는다."
– 안중근

그리고 우리들의 이야기는

24년간의 긴 교직 생활에서 내가 알게 된 것이 몇 가지 있다. 내가 역사를 가르치며 깨달은 것 중 하나는 학교에서 이루어지는 역사 수업의 방식이 너무나도 정형화되어 있다는 것이다. 철저히 시험에 맞추어진 연표, 지도, 사료들과 사건의 배경, 전개, 영향처럼 짜여진 틀의 형식에 맞추어진 수업은 학생들이 역사에 흥미를 잃고 멀어지도록 만들고 있다. 역사라는 과목이 분량 자체가 많다 보니 중요한 부분만 뚝뚝 끊어서 배우기 때문에 사실 흥미를 가지기가 결코 쉽지 않다.

사실 역사는 거창한 것이 아니다. 누군가의 생애와 이야기가 담긴 것으로 우리의 일상도 역사가 될 수 있다. 우리의 이야기가 곧 역사라는 것을 깨닫게 된다면, 분명 학생들은 역사를 어려워하지 않고 편하게 생각할 수 있을 것이다. 이를 위해서는 학교에서 좀 더 다양한 형식의 역사 교육이 이루어져야 한다. 단순한 주입식 교육이 아닌, 정말 이해하고 느낄 수 있는 그런 수업 말이다. 무엇보다도 역사 교육에 있어 가장 우선시 되어야 할 것은 학생들의 흥미를 이끌어내는 것이기 때문이다.

그리고 많은 아이들은 좋은 역사만을 기억하는 경향이 있다. 좋은 역사만을 기억하는 것도 옳지 않다. 우리는 좋은 역사뿐만 아니라 우리의 아픈 역사도 기억해야 한다. 과거의 아픔을 감추고 덮어 놓으려는 것보다 아픔을 인정하고 받아들여야만 나라가 더욱더 발전할 수 있고, 아픈 역사가 반복되지 않는다.

우리나라가 일본에게서 광복한 날이 언젠지 아는가? 이 글을 읽고 있는 사람들은 거의 모두 '8월 15일'이라고 머릿속에 떠올렸을 것이다. 그렇다면 우리가 나라를 빼앗긴 날은 언제인지 아는가? 아마 이 질문에 대해서는 거의 대부분이 대답하지 못할 것이다. '8월 29일', 이 날이 대한 제국이 일본에게 완전히 국권을 빼앗긴 날이다.

이처럼 우리는 좋은 역사는 기억하지만 아픈 역사는 잘 알지 못하거나 오래 기억하지 못한다. 계속해서 역사의 긍정적인 부분만을 강조하는 형식의 교육이 이루어진다면 과도한 민족주의로 이어질 수도 있다. 그렇게 된다면 우리는 역사의 긍정적인 부분만을 기억할 것이고, 결국 옳지 못한 역사 인식을 지닐 수 밖에 없게 된다.

그렇다면 앞으로 우리는 무엇을 해야 할까? 내가 이 책을 통해 가장 전하고 싶은 말은 역사에 대한 지속적이고 꾸준한 '관심'이 필요하다는 것이다. 우리가 역사에 대해 무관심하고 잊고 살아간다는 것은 과거 죄를 저지른 이들의 죄를 없던 일로 여기며 무죄를 인정하는 것과 다름없다. 그런 의미에서 역사는 최고의 심판자다.

일본은 틈만 나면 독도를 자신들의 영토라고 주장하며, 위안부 문제에 대해서는 침묵을 시도한다. 우리가 역사에 관심을 갖지 않고 계속 흘러가게 내버려 두기만 한다면 언젠간 독도는 일본의 영토가 되고, 강제 징용, 위안부 문제 등 그들이 저지른 만행은 없던 일이 되어 버릴 것이다.

그리고 위 내용에 가려져 한가지 잊혀져 가는 사실이 있다. 바로 '친일반민족행위자(소위 말하는 친일파) 청산'에 관한 이야기이다. 누군가는 나라를 지키기 위해 피땀 흘려 목숨을 바칠 동안, 누군가는 자신의 이익을 위하여 나라를 팔고 같은 민족인 조선인들에게 고통을 주었다. 우리는 일제 강점기, 일본에 협조하며 식민 지배에 도움을 준 사람들을 친일반민족행위자, 즉 친일파라고 칭한다. 사실 많은 사람들은 친일파가 누군지도 잘 모른다. 워낙 역사에서 독립 투사들을 강조하다보니 친일파들은 상대적으로 가려지게 되었다.

그렇다면 왜 우리나라에서는 친일반민족행위자의 어두운 행적을 사실대로 드러내는 일을 꺼리는 걸까? 여러 이유가 있겠지만 큰 원인 중 하나는 과거 완료형이 아닌 현재형 문제이기 때문일 것이다.

'내가 두려워하는 것은 역사뿐이다.'

이 말은 조선 최대의 폭군인 연산군이 남긴 말이다. 그것이 어쩌면 내가 이 책을 통해 전하고 싶은 이야기였고, 지금 현재를 살아가고 있는 이들에게, 그리고 역사의 한 페이지를 쓰고 있는 우리에게 들려주고 싶은 말이었을지도 모른다.

마지막으로 내가 이 이야기를 언급하는 이유는 앞으로 조금이나마 사람들이 역사에 관심을 가져주기를 바라기 때문이다. 그리고 우리는 역사와 동떨어진, 그리고 역사와 단절된 존재가 아니라는 것을 기억해 주었으면 한다.

역사는 절대 어렵고 지루한 학문이 아닌, 과거에 존재했던 사람들을 만나는 것이다. 우리는 역사를 통해 현재의 문제들을 해결해 나갈 수 있고, 미래를 예측할 수 있다. 그러므로 역사는 우리의 인생에 있어 가장 훌륭한 나침반이다. 역사를 통해 과거의 잘못과 아픔을 깨닫고 이를 반복하지 않도록, 그리고 새롭게 밝은 역사를 써 내려 가기를 바란다.

그렇게 그들의 이야기는 역사가 되었고, 앞으로 우리들의 이야기는 역사가 될 것이다. 우리의 이야기가 밝은 역사가 될지, 또는 또 다른 아픈 역사가 될지는 그 누구도 알지 못한다. 다만 분명한 것은 우리에겐 아직 시간이 많다는 것이다. 그러니 우리는 밝은 미래를 위하여 더 나은 내일을 살기 위해 노력해야 한다. 우리의 청춘을 위해서, 그리고 우리의 미래를 위해서!

•
•
•

이렇게 길다면 긴, 짧다면 짧은 제 이야기가 끝이 났습니다. 아, 물론 저는 여전히 교사로 지내고 있습니다. 지금은 귀여운 중학교 3학년을 가르치고 있답니다(웃음).

사실 23년이라는 경력을 지닌 교사가 되기까지 참 힘들었어요. 여기선 언급하지 않았지만 말 안 듣는 불량 학생이라던가, 진상 학부모라던가, 동료 교사분들과의 갈등이라던가…. 여러모로 다사다난했었지만, 그래도 참 행복한 시간들이었습니다. 아마 평생 잊을 수 없는 기억이 되겠죠.

이 이야기들은 제 지난 삶이고, 제 역사입니다. 그냥 사람들에게 제 이야기를 들려주고 싶었어요. 저라는 사람에 대해서, 그리고 지나간 것들이 얼마나 큰 의미를 지니는지에 대해서를요. 저처럼 평범한 사람들도 꿈이 있다면 어떻게 변할 수 있는지에 대해 이야기해 보고 싶었어요. 그런 의미에서 참 의미 있는 책이라고 생각해요.

이 책을 쓰면서 저도 참 많은 것들을 배운 것 같아요. 학생들과의 관계를 통해, 동료 교사와의 관계를 통해 저는 한층 더 성장할 수 있었습니다. 그렇지만 가장 중요한 것은 '스스로에게 질문을 던지는 일'이라고 생각해요. 남들이 주변에서 무슨 행동을 하건, 스스로가 무언갈 깨달아야 변할 수 있거든요.

해원이나 재하도 마찬가지였어요. 저는 그저 도움이 될 만한 이야기를 해준 것뿐, 아이들을 변화시키기 위해 열심히 노력하지는 않았어요. 그들이 성장할 수 있었던 것은 본인이 문제를 깨닫고 해결하기 위해 스스로에게 질문을 던졌기 때문입니다.

여러분들도 이 글을 읽고 난 뒤, 스스로에게 질문을 던져 보는 건 어떨까요? 인생의 문제에서 가장 좋은 해답은 바로 '나 자신'입니다. 뭐가 됐든, 자기 자신이 가장 중요해요.

저는 사람들과 소통하는 것도 좋아했지만, 스스로와 소통하는 것도 좋아했답니다. 어떤 문제가 생기면 일단 혼자 생각부터 했던 것 같아요. 내 인생이잖아요. 누가 대신 살아 주는게 아닌, 내가 직접 살아가는.

아차, 서론이 조금 길었네요. 제가 하고 싶었던 말을 한 마디로 요약하자면 '스스로에게 질문을 던져라.'입니다. 좀 더 나은 인생을 위해, 그리고 좀 더 나은 세상을 위해.

그럼 지금까지 긴 글 읽어주신 모든 분들께 감사의 인사를 전하며 이야기를 마치도록 하겠습니다. 감사합니다.

"네 생애의 하루하루가 네 역사의 한 장 한 장이다."
– 주수원

후기

와, 드디어 책쓰기가 끝이 났네요! 사실 처음에는 정말 막막하기만 했어요. 갑자기 글쓰기라니…. 평소 글 쓰는 것과는 거리가 먼 사람인지라 한 글자 쓰는 것도 너무 힘들었고, 시간에 쫓기다보니 마음만 조급해졌던 것 같아요. 거의 일주일 만에 한 원고를 완성했어야 했으니 심리적으로 압박이 컸었어요. 이제 와서 말하는 거지만 정말 정말 힘들었답니다. 잠도 못 자서 피곤한 와중에도 아이디어는 떠오르지도 않고, 시간은 촉박하지, 할 일은 아직 많이 남았지……. 그래도 기왕 시작한 거 최선을 다해서 열심히 써보자!라는 마음으로 버텼답니다. 하하.

원고를 완성하고 나서도 친구들과 선생님의 피드백을 받고, 수정하고, 그렇게 몇 번 반복하다보니 점점 더 글의 완성도가 올라가더라고요. 사실 제가 글 솜씨가 막 좋은 편이 아니라 걱정을 많이 했었는데, 친구들을 보며 조금씩 배워나갈 수 있었어요. 만약 친구들과 선생님이 없었더라면 저는 중간에 포기했거나 끝까지 완성하지 못했을 거예요. 정말 감사하게 생각하고 있습니다.

생각해 보면 자서전 쓰기를 통해 참 많이 성장할 수 있었던 것 같아요. 미래의 제 모습을 상상하며 글을 써 내려가니 뭔가 묘한 기분이 들기도 했고, 그동안 전하고 싶었던 말들이 많았나봐요. (웃음) 생각은 했지만 말로는 표현하지 못 했던 메세지들이 많았는데, 이번 활동을 통해 좀 더 구체화하고 전달할 수 있어서 너무 좋았어요.

저는 이 책을 통해 친구들이 조금이나마 역사에 대한 잘못된 생각을 바로잡을 수 있도록 돕고 싶었어요. 사실 저도 중학생 시절까지는 역사를 정말 어려워하고 싫어하던 학생 중 한 명이었거든요. 특히 시험기간엔 범위도 많은 데다가 외우기도 힘들어서 공부를 하다가도 '역사를 왜 배워야 되는 거야?' '힘들기만 한 과목인데 도대체 뭐가 재미있다는 거지?'라는 생각이 자꾸 들었어요. 아마 그게 중학교 3학년 시험 기간에 제가 제일 많이 했던 생각인 거 같아요. (웃음)

아직까지도 학생들에게는 역사는 어렵다는 인식이 강해요. 제 주변 친구들만 봐도 그래요. 제일 좋아하는 과목이 역사라고 하면 10명 중 9명이 "뭐? 역사를 좋아한다고? 도대체 왜?" 라는 반응을 보이죠. 사실 그런 말을 들을 때마다 조금은 마음이 아팠어요. 갈 길이 아직은 멀었구나, 라는 생각이 들면서요.

그래도 저는 언젠간 모두가 역사를 어려워하지 않고 좋아하게 될 날이 올 거라고 믿어요. 진심은 언제나 통하기 마련이니까요. 그래서 저는 사람들에게 역사를 알리는 사람이 되고 싶어요. 꼭 교사가 아니더라도 대중들에게 역사의 중요성을, 그리고 역사가 가지는 의미를 전달하는 사람이 될 거예요. 그리고 그런 날을 기다리며 하루하루를 살아갈 예정이랍니다. 책에서 이야기 했듯이 저 또한 작은 희망을 가져보려 해요.

마지막으로 책쓰기라는 좋은 경험을 알려주신 김은숙 선생님, 끝까지 격려해주고 도와준 많은 친구들, 그리고 제 인생을 바꾸어 주신 윤혜영 선생님께 감사의 인사를 전합니다. 긴 글 읽어주신 모든 분들, 늘 건강하시고 행복하시길 바라며 여기서 제 이야기를 마치도록 하겠습니다. 우리 존재 화이팅!